KB264530

너, 맛 좀 볼래!

문제아는 없다. **문제어른들**만 있을 뿐!

너 맛 좀 볼래!

윤병훈 신부

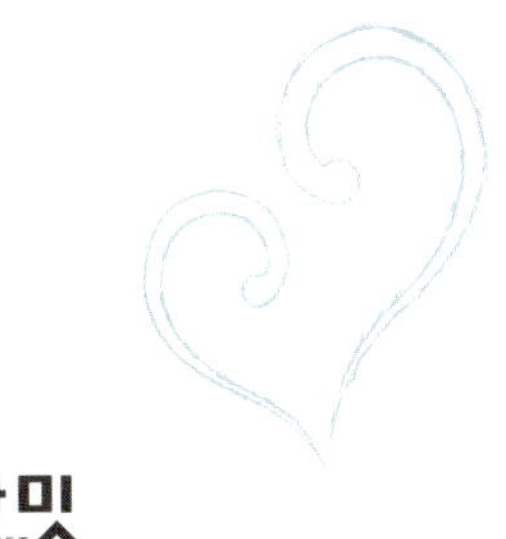

다밋
DAMEET

좌충우돌하는 철부지들과 지낸지 어느새 10년이 되었다.

처음 대안학교를 세우고 난 후 3년 동안은 학생들의 혹독한 반란을 경험해야 했다. 학교는 그 어느 것 하나 제대로 자리 잡지 못했고, 나는 그들의 반란을 잠재울 어떠한 대안도 없는 '생짜 사제'였다.

그들을 사랑하고 인내하겠다는 다짐 외에는 아무것도 준비가 되어 있지 않았으므로, 아이들도 나도 철부지였다. 그들에게 맞는 교육과정과 교육철학도 이론뿐이었고, 경험이 없으니 어수선하기만 했다.

부끄럽지만 그 반란 덕분에 나는 교육의 무지에서 깨어났고 한 수 배우며 성장할 수 있게 되었다.

그리고 그들의 반란을 책에 담았는데 《뭐, 이런 자식들이 다 있어!》였다. 제목 덕분인지 제법 흥행도 되었다.

그들과의 시간이 깊어지면서 나는 그들이 보여준 반란의 이유가 허상임을 알게 되었다. 허상의 배후에는 교육에 무지한 어른들이 있었고, 모든 문제의 실상이 '어른'이었음을 알게 되었다. 어른 자격도 없이 나이만 들어 생명지기 흉내를 내는 나를 포함한 어른들이 더 큰 문제였다.

비로소 우리가 미성숙한 어른들이었음을 아이들에게 정중히 사과

하고 용서를 청해야 한다는 생각이 들었다. 어른들이 교육에 대해 얼마나 모르고 있는지 그것을 깨닫게 하기 위해서라도 나는 이 책을 써야 했다.

사제생활 25주년 중, 그들이 보여준 혹독한 반란 덕분에 사제생활이 더욱 윤택해졌다. 사제가 된 나는 착한 목자 예수님을 닮은 생명지기 농사꾼이 되겠다고 다짐했다. 그리고 그들의 반란 덕분에 자신의 부족함을 볼 수 있었고 생명지기 농사꾼으로 더욱 성숙할 수 있었다.

"나는 길이요 진리요 생명이다. 나를 통하지 않고서는 아무도 아버지께 갈 수 없다."(요한 14,6) 우리의 유일한 스승이신 예수님께 대한 사랑의 고백은, 고통의 삶이 있었기에 가능했고 깊어질 수가 있었다.

나를 성장케 했던 학생들과 학부모님, 그리고 은인분들에게 감사드리는 마음으로 그동안의 생생한 기억들을 엮어 보았다.

이 책을 펴내며 교육의 안목을 열어주신 한국교원대 강윤중 박사님에게 감사드린다. 또한 부모님께, 특별히 사랑과 기도로 보살펴주신 어머니께 이 책을 드린다. 책이 나오기까지 글을 정리를 해준 양업고 김진숙 안나, 정수연 사라 선생님과 출판을 도와준 다밋 출판사 편집부 식구들에게도 감사를 드린다.

2008년 6월 29일 성 베드로와 성 바오로 사도 대축일에

양업고등학교 교정에서 은경축을 기념하며

윤병훈 베드로 신부

대안학교인 '양업고등학교'를 개교한지 어언 10년이 되었습니다. 학교를 시작한 윤병훈 교장 신부님은 2001년에 《뭐, 이런 자식들이 다 있어!》라는 책을 출간한 바 있습니다. 개교 후 3년 동안 학생들과 함께 지내며 받은 충격과 엄청난 반란의 이야기를 담은 것이었습니다. 그 책 속에서 신부님은 가정과 학교, 나아가 세상에 대한 학생들의 이유 없는 반항과 비웃음, 강한 불신의 모습을 보고 들은 그대로 그려냈습니다.

신부님은 그렇게 3년을 두 번 더 살고 난 후에, 그 학생들의 반항이 이유 없는 반항이 아니었음을 깨닫게 되었다고 합니다. 학생들이 왜 그런 반란을 일으킬 수밖에 없었는지, 반항이라는 거친 모습 그 너머에 있는 학생들의 여린 눈물과 슬픔이 무엇인지를 보며, 문제점의 근원이 어디 있는지 직시하게 된 것입니다.

그리고 이제 그들의 대변자가 되어 《너, 맛 좀 볼래!》라는 다소 도전적인 제목의 책을 세상에 내놓으시려고 합니다. 신부님은 이 책을 통해 스스로 학생들 편에 서서 반란을 도모하고 있습니다.

신부님은 한국 교육의 문제점을 파헤치며 그 부조화 속에서 신음하며 방황하고 반항하는 청소년들이 결국 어른들에 의해 만들어진 결과물이요, 희생물임을 담담하게 지적하고 있습니다.

그런 의미에서 이 책은 같은 시대를 살아가며 이 땅의 청소년들을 이끌어 주어야 할 저자 자신을 포함한 모든 어른들의 자성적인 고백서요, 이제 더 이상 아이들을 야단치는 어른이 아니라 아이들에게 용서를 구하는 일종의 참회서라고 해야 할 것입니다.

신부님은 이 책에서 어른들이 아이들을 위해 마땅히 해야 할 역할과 책임을 물으며, 그 길을 함께 찾아보자고 제안하고 있습니다. 그리고 자신이 세운 대안학교에서의 10년 경험을 토대로 조심스럽게 그 답을 제시하고 있습니다.

아무쪼록 대안학교라는 교육 실험 현장에서 얻어낸 생생한 체험이 담긴 이 한 권의 책이, 이 땅에 자녀를 둔 부모님들뿐만이 아니라 청소년을 가르치는 교육 현장의 모든 분들에게 큰 도움이 되리라 확신하며 일독을 권하는 바입니다.

2008년 6월 29일 성베드로와 성바오로 사도 대축일에

청주교구장 장봉훈 주교

+ 장 봉 훈

발칙한 아이들과 함께 한 아름다운 양업 9년

1998년 2월 21일, 인천 박문여자중학교에서의 마지막 종업식을 끝낸 후 새로이 수녀회의 소임 발령을 받고 청주교구에서 설립한 양업고등학교에 왔다. 초창기 학교 설립을 위한 제반 준비와 교무부장과 교감이라는 과중한 직책을 맡아 일하는 것이 내 소임이었다.

박문여중에서는 과학교사와 진로상담부 일을 함께 맡아, 주로 학교에 잘 적응하지 못하는 학생들을 상담하는 일을 했었다. 속수무책으로 학교를 떠나는 학생들을 안타까운 마음으로 바라보기만 했던 것이 수도자로서 마음 아팠던 터라, 학교를 어려워하는 학생들을 위해 더 많은 시간을 가질 수 있다는 희망으로 기쁘게 양업으로 향할 수 있었다.

개교 당시 학교 상황

그 당시 양업고는 아무것도 없는 무無의 상태로 그야말로 '맨땅에 헤딩한다' 는 말이 어울리는 학교였다. 정말 책상 하나 칠판 하나도 없는 학교였다. 건물도 없는 무형의 이름뿐인 학교에서 어떻게 일을 할 수 있나 난감하고 황당했다.

양업에 도착하자마자 청주시내 학원가를 돌며 책 · 걸상부터 얻어

왔다. 1998년 당시는 IMF 직후여서 문을 닫는 학원이 많았다. 그런데 학교를 한창 짓고 있던 중이라, 얻어 온 책·걸상을 갖다 놓을 마땅한 장소조차 없었다.

생각 끝에 성당 신자의 버섯농장 비닐하우스를 빌려서 갖다 놓고, 교장 신부, 신학생, 수녀, 수사, 자원봉사자들과 함께 중고 책·걸상의 낙서를 지우고 묵은 때를 닦아내고 샌드페이퍼로 문질러 페인트칠을 해가면서 개교를 준비했었다.

없는 것은 그뿐이 아니었다. 주방기구도 없어서 충남대학교 교수들의 도움을 받아 천주교 청주교구 자원봉사자의 트럭과 봉고를 지원받아 얻어 타고, 숟가락부터 밥그릇과 접시까지 실어 날랐다.

밥솥과 국솥은 부도난 회사 식당에서 얻어 왔고, 식탁과 의자는 충청대학 교수식당에서 버리는 것을 얻어 왔다. 교사용 책상과 교장 신부가 사용할 책·걸상도 문 닫는 회사에서 얻어 와서 닦고, 페인트칠을 해 8년 동안 사용했다.

2007년 1월, 비로소 교육청의 지원을 받아 선생님들이 새 책상 맛을 볼 수 있었다. 개교와 함께 시작된 IMF는 국가와 모든 국민에게는 힘이 들었지만, 양업을 시작하는 데는 어쩌면 많은 도움(?)을 준 셈이었다.

학교 주방이 완성되지 않은 상태로 입학한 학생들의 식사 준비를 할 데가 없어서 성당 신자 집 버섯농장 비닐하우스 땅바닥에서 식사 준비를 해서, 매끼마다 자원봉사자의 도움을 받아 트럭으로 실어 날랐다. 학교 식당도 물론 없었다. 그래서 교사들과 학생들이 좁은 운동장 한구석과 기숙사 방 하나에 책상 몇 개를 놓고, 서서 식사를 했다. 지금 생각해도 어렵다는 불평 한 마디 하지 않고 학교를 위해 도움을 준 수많은 자원봉사자 분들과 교사, 학생들이 한없이 고맙기만 하다.

이렇게 하드웨어를 준비한 후에는 있지도 않은 교육철학과 교육과정 운영을 위해 교사들이 거의 매일 몇 시간씩 교육을 받고, 교사회의를 하고, 교무에 관련된 서류를 준비하느라 밤을 새우기 일쑤였다.

양업에 처음 부임했을 때의 일이다. 천주교 전례력으로 사순시기인지라 교장신부의 거룩한 권유(?)에 따라 수사, 수녀들은 매일 아침 새벽 5시에 미사를 해야 했다. 이로 인해 몇 달간 수면부족과 중노동으로 몸은 고달팠지만, 아이들을 맞이할 희망을 품고 개교 준비를 하던 행복한 시간이었다.

초창기 교사와 학생들

첫해의 수사 · 수녀교사들은 국어과, 영어과, 사회과, 상업과, 과학과 각각 1명씩 나를 포함해서 모두 5명으로 구성되었다. 그리고 기숙사 사감으로 수녀, 수사 각각 1명씩이 배치되어 근무했다.

그러나 고등학교 교육과정을 운영하기에는 교사가 턱없이 부족해서 교구 신자 자원봉사자들의 도움으로 교육과정을 운영할 수밖에 없었고, 무척이나 많은 어려움이 따랐다.

교사들에게서 수시로 수업을 못하겠다는 연락을 받았고, 그런 연락을 받을 때마다 당황했고 아이들에게 미안한 마음이 들었다. 1회 졸업생들에게 제일 미안한 것이 이 부분이다.

제대로 교육철학에 맞는 교육과정을 운영할 수 없었기에 학생들은 학교라는 생각이 들지 않았을 것이다. 그래서 그런지 학생들은 수업에 나오지 않고 기숙사에서 잠만 잤다. 그리고 오후 늦게 기지개를 펴고 일어나 학교와 기숙사를 활개치고 돌아다녔다. 양업의 첫 해는 밤이 오히려 활기찬(?) 학교였다.

다음 해인 1999년부터는 1학년 2학급, 2학년 1학급이었으며(2학년으로 올라갈 때 학생수가 18명으로 줄었다) 기간제 교사 2명을 포함한 총 교사 수 9명이 되어 교육과정을 정상적으로 운영할 수 있었다.

양업 1기 학생들은 1회 면접만으로 선발되어 입학한 40명의 학생들이었는데, 이중 37명만이 입학식에 참여하였다. 그리고 일주일 사이에 어디로 간다는 말도 없이 3명이 학교를 나갔다. 그 아이들은 부모들의 강압에 의해 양업을 선택한 경우여서 학교에 다닐 의지가 없었던 것 같다.

개교 후 5년 동안은 일반학교에서 중도 탈락한 학생들만 선발하였다. 첫 해의 학생들은 양업에서도 적응을 못해 결국 학교를 떠나는 경우가 많았다. 신입생 오리엔테이션은 34명이 받았지만, 3년간 우여곡절 끝에 결국 15명만을 졸업시켰다. 그들이 성공한 학생들이었기에 무척 자랑스럽다.

그 다음해부터는 3차례 학생 면접을 통하여, 학생 본인의 의지와 부모님의 의지가 있는 학생들로 선발하였다. 지원자가 많아 4:1의 경쟁률을 보였다. 1999년도 즈음에는 공교육에서 중도 탈락한 학생들이 지원을 많이 했다.

2기 학생들은 무척 활발하고 머리도 좋고 끼가 넘치는 학생들이 많았다. 특히 외국에서 공부하다가 온 학생들이 약 20%를 넘었다. 지금도 종종 '호주 멜버른 의대 입학', '명문대학 편입', '놀라운 대학 입학'과 같은 수식어와 함께, 2기 졸업생들의 소식을 듣고 놀라는 경우가 많다.

몇 주 전에 택배 하나가 박문여고 교장실로 도착하였다. 2기 졸업생이 홍익대학교에 다니다가 호주로 Working - holyday를 일 년간 다녀오면서, 아르바이트해서 번 돈으로 산 영양제와 비타민이라면서 보내온 것이다. 재학 중에는 그렇게 우리 속을 애태우더니…. 따뜻한 인성으로 변한 모습이 자랑스럽다.

양업에서의 첫 해에는 이루 말할 수 없는 사건과 사고들이 하루에도 동시다발적으로 수십 건씩 터지곤 하였다. 34명 학생들의 위력(?)은 1당 100으로 가히 폭발적이었다. 어느 하루 그날 일어난 사건의 총 수를 세어보니 새벽녘에 병원으로 2명의 학생이 연달아 실려 간 사건을 포함해서 모두 9가지나 됐다. 아침에 눈뜨는 것이 무서울 정도였으니……. 학생들이 모두 잠든 이른 아침에, 사탄의 세력을 제어하도록 학생기숙사에 성수를 뿌린 적도 한두 번이 아니었다.

그러나 수도자로서 상상할 수도, 이해할 수도 없는 청소년들의 문제를 직접 경험하며 나는 고정관념을 깨고 아픈 만큼 성숙해지는 시간들을 가지게 되었다. 그 덕분인지 지금은 학교에서 일어나는 웬만한 사건과 사고에는 좀처럼 놀라지도 않는다. 지금은 그때의 아이들이 보고 싶고, 가엾기도 하다.

양업의 큰 변화

양업에서의 9년 동안 중에서 가장 큰 변화는, 개교 5년 만에 중학교 졸업예정자들을 신입생으로 받게 되었다는 것이다. 학교 설립 시에는 어두운 사회적 분위기만큼 학교 중도 탈락 학생들이 많아 중도 탈락 학생 문제가 교육계의 큰 이슈로 대두될 때였다.

그래서 학생들의 입학 자격을 중도 탈락한 경험이 있는 학생들만을 대상으로 하였다. 그러나 중도 탈락 학생들을 전문적으로 지도할 수 있는 교사가 양성되지 않은 상태여서, 학교가 상처 난 학생들을 보듬어 안기에는 역부족이라는 것을 개교 후 여러 가지 시행착오를 겪으며 알게 되었다.

그래서 5년간은 한 해 졸업생이 20명을 넘지 못했다. 중도 탈락 학생들만을 모아 놓은 낙인 효과(?) 때문인지, 아이들은 더욱더 아픔과 상처를 호소했던 것 같다. 교사들도 경험이 없어 당황해하고 속수무책인 것은 마찬가지였다.

양업에 있으면서 여러 나라의 다양한 학교들을 견학할 기회를 가질 수 있었다. 러시아, 독일, 미국, 일본 등을 돌면서 느낀 것은 일반 학교와 똑같은 학교 체계로는 부적응 학생들을 변화시키기에 역부족이라는 것이었다.

대안적인 학교에서마저 또 다시 학교라는 테두리를 떠나야만 했던 학생들에게는 두 번의 실패라는 상처만 더 안겨줄 뿐이었다. 그리고 교사들에게도 떠나는 학생들을 보는 것이 상처만 된다는 결론을 얻게 되었다.

부적응 학생들의 상처 난 마음을 치유하고 변화시키려면 당시 체제의 교사 수급 배정 인원으로는 교사수가 절대적으로 부족하여 학교에 더 많은 교사 인력이 투입되어야 했다. 교사가 영역별로 전문적으로 양성되어야 하고, 사명감이 있고 학생들을 사랑하며, 자발적인 열정을 갖고 있는 경험 있는 교사로 구성되어야 한다는 것이다. 그러기 위해서는 재정지원이 문제였다. 도교육청의 재정지원만으로는 불가능해서 재단 차원에서 또는 학부모, 신자들의 후원이 필요했다.

양업은 개교 5년만에 교사회의를 통하여 평화신문과 가톨릭신문에 양업고등학교를 홍보했다. 그리고 교육법전에 나와 있는 일반계 고등학교의 입학 자격조건에 준해 2003학년도부터 신입생을 졸업 예정자들로 받기 시작했다.

부적응 학생들을 위한 학교라는 인식에서 교육개혁을 위한 새로운 학교 모델로 바뀌게 된 것이다. 즉, 본래 학교가 지향했던 모습인 인성과 지식교육이 함께 존재하며 교사와 학생이 모두 행복한 학교로 바뀌어, 오늘에 이르게 되었다.

양업학교는 다른 학교와 달리 전체 학생들이 기숙사 생활을 하므로 학생들이 학교에 있을 때는 개교부터 긴장이 돼서 충분한 숙면을 취하지 못했었는데, 개교 8년 만에 처음으로 숙면을 취하게 될 정도로 학교가 안정이 되었다.

또한 양업이 새로운 학교로 거듭나고 학교가 더욱 발전하기 위해 새로운 교감을 모셔야 한다는 생각에, 나는 양업에서의 9년을 정리하고 아쉬움과 감사함 속에 학교를 떠나 이곳 인천 박문여자고등학교로 오게 되었다.

양업의 기쁨

양업에서는 어려웠던 만큼이나 좋은 일도 많았다. 그 중에 가장 보람 있고 기뻤던 것은, 학생들의 변화되어 가는 모습을 보는 것이었다.

학생들은 자라난 환경에 따라 왜곡된 부분이 서로 다를 수밖에 없다. 이 왜곡된 모습이 입학한 후 서서히 변화되는 것을 발견할 때, 교사들은 그동안의 어려웠던 모든 시간들은 잊고 아이처럼 흥분하고 감동했다.

변화된 양업 학생들의 모습은 일반학교 학생들과는 무척이나 다르다. 주도적이며, 공동체적이다. 그리고 남을 배려하는 마음이 크다. 졸업생 부모님들이 한결같이 말씀하시는 것 중에 하나가, 재학 중에는 잘 몰랐는데 졸업한 후에 보니 아이들이 다른 자녀들과 확연히 다른 모습으로 성장했더라는 자랑이다. 아이들이 따뜻한 마음과 자아실현 능력을 갖춘 양업인으로 당당하게 살아가기를 기도한다.

그 다음으로 기쁨을 주었던 것은 부모님들의 변화된 모습이다. 아이들의 문제는 어른들의 문제여서, 어른이 변하면 아이들이 변한다는 것을 실제로 양업의 경우를 보며 확인할 수 있었다. 부모님들 자신도 자신의 변화된 모습에 놀라워하셨고, 내가 보기에도 아이가 졸업할 때쯤 되면 부모님들의 모습은 위대한 스승(?)같아 보였다. 실제로 양업과 함께 한 부모님들은 자녀교육에 대하여서는 교육학자 이상으로 경험적인 자녀교육론을 갖고 계시다.

인성교육은 학교만의 교육영역이 아니며 가정에서부터 부모로부터 시작되며, 왜곡된 청소년들의 인성은 부모와 학교가 함께 치유시켜야 한다. 양업고등학교는 인문계 고등학교이면서 인성교육 특성화고등학교로 인성 부분 교과를 부모님과 함께 운영하였다.

인성이 바로 서 있지 못하면 모든 것이 뒤틀리게 마련이다. 현재의 교육 체제는 입시위주의 지식교육만을 강조하고 있다. 그리고 학교와 교육당국은 학생들을 입시시험 기술자로 양성하고 있다. 이러한 교육제도의 부산물인 잘못된 인성교육으로 인해 우리는 신문지상에 등장하는 끔찍한 사건들을 오늘도 보고 있는 것이다.

양업에 대한 기대

양업은 다른 학교와 달리 가톨릭 대안학교이다. 대안학교 중에 유일한 천주교 학교이다. 일반적으로 많은 사람들이 가톨릭에 큰 기대를 걸고 있다. 사회 모든 부분에서 가톨릭이 좋은 모델들을 제시하였기 때문이라고 생각한다.

이제 양업학교는 학생, 교사, 학부모가 모두 가톨릭 학교라는 큰 그림을 공유해야 한다. 그리고 신앙 안에서 학생을 믿고, 학부모를 믿고, 학교를 믿어야 할 것이다. 그런 신뢰 속에서 학생들은 변화될 것이며 학교도 발전하게 될 것이다.

1999년 개교한지 2년이 되었을 때 대안학교 교장과 교사들 모임이 양업고등학교에서 열린 적이 있었다. 그때 모인 분들이 '양업은 우리 학교와는 다르다. 가톨릭만의 독특한 전통이 느껴지고, 노하우가 있어 보이며 상당히 안정적이다'라고 이구동성으로 말씀하셨다. '우리가 느끼지 못하였던 것을 외부사람들은 느끼는구나' 하는 생각이 들었다.

양업은 거듭나야 하는 시기에 와 있다. 그동안은 인성교육을 우선시하여 지식교육에 있어서는 열정은 있어도 성취감을 갖지 못하였다. 하지만 이제는 창의적인 수업으로 학생들의 흥미를 유발하며, 학생들 안에 있는 끼를 발휘할 수 있도록 교사들이 좋은 가이드 역할을 해야 할 것이다. 공부를 원하는 학생에게는 개인지도라도 하는 열정이 필요하다.

양업고에 입학하는 학생들은 학생을 존중해주는 교육을 원할 것이고, 부모님들은 인성과 지식교육이 함께하는 본래의 학교 기능을 재현하는 양업학교이기를 원할 것이다. 따라서 교사들은 자신의 교과에 대한 전문적인 지식을 쌓기 위해 부단히 공부를 해야 할 것이며, 학생들에게로 다가가 대화하며 그들의 가슴 속에서 타고 있는 불들이 제대로 연소될 수 있도록 적절한 지도를 해야 할 것이다.

대안학교의 좋은 점은 교사가 소수의 학생들만을 지도할 수 있다는 것이다. 교사들은 학생 한 명 한 명에 대해 가족사부터 가족관계, 교우관계까지를 모두 알 수 있다. 또한 기숙사에서 함께 생활하기 때문에 그때마다 학생들 마음의 변화도 잘 알 수 있다. 따라서 교사는 보다 좋은 안내자 역할을 수월하게 할 수 있다.

나는 교사들과 학생들 간의 친밀한 만남이 학생들의 변화에 많은 영향을 미친다는 것을 9년 동안의 경험으로 많이 보아 왔다. 만일 교사가 학생을 귀찮아하고 피한다면 그것은 교사이기를 포기한 것이라고 생각한다. 얼마나 불행한 일인가?

하느님 안에서 전 교사가 다함께 큰 그림을 그리며 각자가 맡은 자리에서 성실하게 제 색깔을 칠해 간다면 한 폭의 멋진 그림을 그릴 수 있을 것이다. 그것이 어렵다면 몇 명의 열정을 가진 교사들이라도 좋은 표양을 보여 서로에게 좋은 영향을 줄 수 있어야 한다. 그렇게 할 때 그 교육공동체는 훌륭한 교육의 장이 될 것이다.

이러한 아름다운 모습이 양업에서 이루어지기를 기대한다. 나는 확신한다. 양업은 영이 살아 숨쉬는 좋은 학교이고 교사와 학생, 학부모가 모두 함께 행복한 학교임을…….

조현순 마리아 마가리타

*이 글은 현재 인천 박문여자고등학교 교장선생님으로 계시는 조현순 마리아 마가리타 수녀님이 설립할 때부터 9년 동안 교감으로 재직하셨던 양업고등학교 시절을 회고하며 쓰신 글입니다.

차례

1부 물이 포도주로 변하는 과정

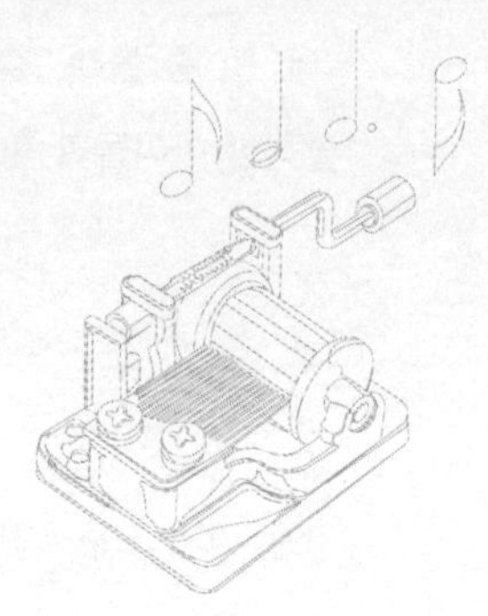

2부 아직도 자고 있느냐

4부 아침을 여는 아이들

1. 물이 포도주로 변하는 과정

(2002년~2004년)

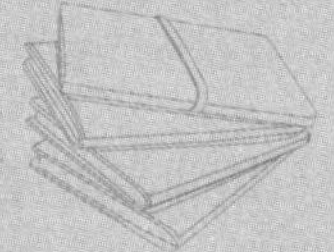

가르침은 교실에서뿐만이 아니라
일상생활 속에서도 계속되어야 한다
더 이상 우리 아이들을 불쌍하게 만들어서는 안 된다
언제나 좋은 마음을 가지고 좋은 일을 꿈꾸며
학생들 마음속의 빈자리를 메워주어야 한다

갈등, 그리고 문제 해결

　10대들이 있어야 할 자리는 어디인가? 10대들이 모여 있는 곳이라고 하면 음산하고 떠들썩하고 담배연기가 자욱한 곳이 연상된다. 겉으로 보기에 반항적으로 보여도, 그들의 내면은 갈등하고 또 갈등하며 그 해결의 실마리를 찾지 못해 많이 아파하고 있음을 잘 알 수 있다.

　어른들은 어른들대로 그러한 문제들을 짐작은 하고 있으면서도 경제적 사정 등의 여러 이유를 들어 해결의 실마리를 푸는데 손 쓸 엄두를 내지 못하고 있다.

　그렇지만 양업고등학교는 늘 하느님이 도우신다. 이번에 우리는 좋은 프로그램을 지원받아 한 학기를 잘 마무리하고, 이제 여름방학에 들어가려고 한다. 서울시립 청소년 정보문화센터(관장 이철위)의 도움으로 '스스로넷 미디어 캠프(www.ssro.net)'를 설치하여 2박3일 동안 청소년이 겪는 갈등과 그 해결의 실마리를 찾고자 노력했다.

　학생들은 미디어 캠프 내의 집단 상담 과정 첫날에는 갈등 사례를 살펴보고 다음날에는 그 해결 사례를 영상자료를 통해 모색해 보았다. 나는 왜 갈등하게 되는가, 그로 인해 생기는 문제에는 어떤 것이 있는가, 등에 관한 물음을 통해 해결방법을 찾아가면서 어느새 아이들은 프로그램에 빠져들었다.

그리고 그 정리단계로 학교 안에서의 갈등과 문제의식, 문제해결 방법에 관해 스스로 그룹 영상물을 제작해 내어놓았다. 작품마다 끼가 넘쳐나고 재치가 있는 걸작품인지라, 그 속에 담겨 있는 '양업인' 들의 무한한 가능성을 보며 모두 환하게 웃었다.

이 프로그램 진행을 위해 전문 상담원 열한 분이 수고해 주셨다. 진심으로 감사를 드리지 않을 수가 없다.

또한 졸업한 선배들 열다섯 명이 자청해 숙식까지 하며 도우미로 나서주었다. 훌륭하게 자란 선배들이 후배들을 걱정하며 건전한 학교 문화가 만들어질 수 있도록 관심을 갖고 도와준 것이다. 그 모습을 바라보는 것만으로도 나는 절로 기분이 좋아졌다.

일과가 끝난 후에는 선후배가 잘 다듬어진 운동장에서 축구도 하고 캠프파이어를 하며 밤늦도록 우의를 다졌다. 그리고 홈 정리를 도와주며 마무리를 한 후, 함께 잠을 청했다.

방학 날이 되어 종업 미사를 위해 졸업생과 재학생들이 함께 제대를 중심으로 둘러앉아 한 학기를 정리해본다. 사육되는 건지, 교육되는 건지 분간이 되지 않는 경우도 더러 있었지만, 자기 반성을 통해 변화된 모습도 볼 수 있었다.

　자기 반성을 하지 않으면, 제대로 된 사람이 되어가는 시기가 한 없이 길어지고 늦어지게 될 것이다. 1학기 동안 여러 가지 사건이 일어날 때마다 우리가 반성하며 깨달은 만큼, 그들도 방학 동안 훌쩍 커서 건강하게 돌아오길 기도한다.

수렴청정垂簾聽政 형 어머니

벌써 고등학교 이적이 네 번째다. 대구에서 ○○으로, ○○에서 △△으로 갔다가 이곳 청주까지 옮겨오게 되었다. 한 곳도 제대로 다니기 힘든 판에 네 곳을 전전한 것이다.

양업에 입학하고 나서도 한동안 집에 가 있었다. 그 사이 동료들을 성토하는 글을 인터넷에 올리며 오지 않을 것처럼 얘기하더니, 어느새 또다시 나타났다.

불과 얼마 안 되는 짧은 기간이긴 했지만 이제 적응을 하려나 싶을 정도로 잘 지내고 있던 어느 날이었다. 방학을 맞이하기 얼마 전 토요일에 친구들과 외출해 술을 먹고 나서 유리창을 주먹으로 치는 바람에, 상처가 심해져서 병원 치료를 받게 되었다.

소식을 듣고 달려온 어머니는 학교를 성토했다.

"우리 아들은 그런 아이가 아닌데, 이 학교에 와서 더 나아진 것은 없고 애만 버렸어요."

형은 신학생이고 그 어머니가 지닌 신앙은 자녀에 대한 성소聖召 열정으로 똘똘 뭉쳐 있는 듯했다. 방학 전의 일로 어머니는 자녀를 학교로부터 떼어놓기 위해 아이에게 '학교가 지난 일로 너를 단죄하고 학교에서 몰아내려 하고 있다'고 얘기했는지, 아이는 '그럴리가 없다'고 하며 자기의 입장을 인터넷에 올렸다. '나는 학교에 가고 싶어요. 왜 학교가 나를 오지 못하게 하나요?' 라고.

그 글을 읽은 동료학생들은 교장, 교감을 성토하며 그럴 수가 있느냐는 비난의 글들을 올렸다. 누가 봐도 수렴청정형 어머니가 꾸민 연극임을 알 수 있었다. 어쩌면 그 거짓말은 자녀를 위한 하얀 거짓말일는지도 모른다. 그러나 그 아이 입장에서 보면 빨간 거짓말 때문에 그 피해가 얼마나 큰지 모른다.

그런데도 어머니는 여기 있다 보면 아이 다 버리니 아예 검정고시를 시키겠다며 막무가내다. '신학교를 보내야 하는데 여기서는 안 된다'며 자퇴 처리를 해달라고 성화다. 제대로 학교에 머문 시간이 한 달도 채 안 되는데, 부모 맘대로 학교를 요리하며 아이를 들볶고 있는 것이다.

다 큰 아이인데 과연 어머니의 간섭이 언제까지 계속될 수 있을 것인가? 자녀에게서 운전대를 뺏어 부모 마음대로 운전하려 한다고 생각하니, 아이가 딱해 보였다. 나는 "잘 가세요. 어른들이 더 이상 아이에게 피해를 줘서는 안 됩니다"라며 여운을 남겼다.

수렴청정형 어머니는 논리가 정연하고 똑똑해 보였지만, 학교를 성토하던 어머니의 모습이 자녀의 기억 속에 좋은 느낌으로 남아있을 수는 없을 것이다. 중심을 잡지 못한 부모의 지나친 경건주의가 아이를 꼭 신학생을 만들어야 한다는 강박관념으로 작용하고 있는 것 같은 느낌이 내게 깊이 다가왔다.

그 어머니는 이 길이 자녀를 옥죄는 것은 아닌지, 왜 생각해 보지 않는 걸까. '나, 그 학교 갈래요.' 하는 아우성이 내 귓전을 맴도는 것 같다.

교육이라는 것이 그 어머니의 간섭처럼 금방 효과를 보는 것이라면 얼마나 좋을까? 기다려주지 못하고 이곳에서 성급하게 빼내어 가는 부모의 행동이 아이에게 또 어떤 방황을 만들어낼까 걱정하며 기도했다.

'함께 하는 것'이 교육이다

교사는 학생을 가르치는 사람이다. 자기 분야를 가르치는 데 있어서 거침이 없는 경지에 이른다면 얼마나 좋겠는가. 평범한 우리는 그런 경지에 도달한 전문가가 되기 위해 정성을 다해 끊임없이 노력할 뿐이다.

아무리 잘난 제자라 하더라도 그 스승만큼 밖에 되지 못한다고 하는 것은, 가르치는 교사에 의해 제자가 그만큼 변화한다는 말일 것이다. 교사가 되어가지고 학생에게 한 수 가르쳐 달라고 눈치를 준다면, 이는 정말 웃음거리일 것이다. 교사는 자기 분야에서 최고가 되어야 하는데 말이다.

그런데 가르치는 일이 교실에서만 이루어지는 것은 아니다. 평소에 하는 교사의 말 한 마디, 걸음걸이, 옷차림 등이 주는 무언의 메시지까지도 학생에게는 가르침이 된다.

우리 학교는 다른 학교와 달리 선생님이 늘 학생 곁에 붙어있다. 교사가 특별히 무엇을 학생들에게 해줘서가 아니라, 함께 있어주는 것만으로도 학생들을 가르치고 있는 것이다.

등, 하교를 하지 않고 기숙사에 머물러있어야 하는 아이들은 자기들을 바라보고 지지해 줄 선생님을 고대한다. 무료하고 따분해질 수 있는 학교생활에 활력을 주고 그들과 기쁨과 슬픔을 함께 나눌 수 있는 선생님들이 옆에 있다면 학생들은 행복할 것이다.

목적 없이 공허하고 내용이 없는 학생들에게 자상한 교사마저 옆에 없다면 그들의 마음은 모래알처럼 부서져버릴 것이다. 홈home미사시간*에 수녀님들과 그 홈 학생들 뿐일 때가 있다. 힘 있는 축제의 미사를 봉헌하며 성령님이 감도하심을 느끼고 싶은데 오늘은 마음이 많이 언짢다. 근무교사*들이 모두 학교 밖으로 나가 버렸기 때문이다.

가톨릭신자가 아닌 선생님들이 어떤 면에서는 더 존경스럽고 가르침이 훌륭해 보일 때가 있다. 이런 비신자 선생님의 열성에 비해, 힘겨워하며 미사시간에 들어오는 신자 선생님들이 학생들 눈에 어떻게 비춰질지 걱정스러울 때도 있다. 든든하고 신앙이 깊은 선생님들이 계시지 않을 때는 엄마가 없어 보채는 아이들처럼 학생들도 어수선하다.

가르침은 교실에서뿐만이 아니라 일상생활 속에서도 계속되어야

---

* 홈미사 : 양업고등학교는 일주일에 한 번 홈(기숙사의 다른 명칭)에서 미사를 드린다. 방 크기와 방 갯수에 따라 한 홈에서 적게는 5명, 많게는 10명이 넘는 학생이 홈 담당 선생님과 함께 미사를 드린다.
* 근무교사 : 양업고등학교는 교사들이 격일로 학교에서 근무를 하며 지낸다.

한다. 더 이상 우리 아이들을 불쌍하게 만들어서는 안 된다. 언제나 좋은 마음을 가지고 좋은 일을 꿈꾸며 학생들 마음속의 빈자리를 메워주어야 한다.

그래야 학생들 마음이 든든해질 것이며, 그 무언의 가르침이 그들에게 큰 가르침이 될 수 있을 것이다. 책임을 지고 있는 동안 최선을 다해 학생들 곁에 있어주는 교사가 '큰 교사'이다. 아이들은 그런 교사를 저절로 알아보고 존경하게 될 것이다.

새로운 체험

우리나라 영토는 '한반도와 그 부속도서로 한다'고 헌법에 명시되어 있다. 하지만 분단의 아픔 속에서 진정으로 하나가 된 영토를 이루지 못한 채 살아가고 있는 게 우리의 현실이다.

가난하지만 행복하게 살아가는 형제들을 돕는다는 허위 명목으로 들어온 힘센 자들의 욕심 때문에 DMZ를 사이에 두고 갈라져서, 오도 가도 못한 채 반세기가 지나도록 서글픈 민족으로 살아가고 있는 것이다.

나 역시, 젊은 날 군 시절 관측장교로 지내며 북녘을 주적主敵으로 삼고 서슬 퍼렇게 응시하던 때가 엊그제 같은데, 어느새 어언 삼십 년의 세월이 흘러버렸다. 격세지감隔世之感을 느끼며 2002년 10월 2일, 나는 방북을 허락받아 103명의 방북단에 끼어 직항로를 통해 평양에 들어갈 수 있는 축복의 기회를 얻었다. 사제단의 이번 방북은 최근의 화해와 협력 분위기 덕분이기도 하지만, '천주교 정의구현 사제단'의 위상 덕분이라고도 할 수 있다.

인천공항을 출발하여 서해 공해 위로 기수를 돌려 날다가 평양을 향해 비행을 시작한 지 1시간 만에 우리는 평양 순안 공항에 도착했다.

평양의 가을 하늘은 유난히 높고 푸르게 빛나고 있었다. 하늘 아래 펼쳐진 모든 것이 친근하게 다가와 전혀 낯설지 않았으며 마음 안의 긴장감은 찾아볼 수 없었다. 분단 후 50년이 넘는 세월 동안 사람들의 생각만이 골이 깊게 파여졌을 뿐이라는 생각이 들었다. 모든 것이 우리가 살고 있는 가을처럼 풍요로웠고 산과 들은 어머니처럼 포근하게 우리를 반겨주었다.

내가 살아온 세계의 고정관념을 접고, 하느님 아버지의 사랑으로 있는 그대로의 모습을 담아보기로 했다. 물론 그동안의 간격이 너무 커서 쉽게 하나가 될 수는 없을 것이다. 그러나 하나가 되기로 마음을 고쳐먹었다.

주어진 일정인 7박8일 동안, 왜 그렇게 살았는가 묻기 전에 우리의 아픈 역사 안에서 그들의 신앙과도 같은 사고방식을 한 번 살펴보기로 했다. 그들 또한 자신들의 자존심을 철저히 보여주었다.

그들과의 간격이 결코 좁다고는 할 수 없겠지만, 그들 마음 안에 있는 인간미를 보았고 그들이 우리 형제자매임을 확인했다. 그들은 우리에게 평양의 풍요로움 뿐만이 아니라, "식량이 많이 부족합니다"라는 말도 덧붙이며 진솔한 마음을 보여주었다. 가난하지만 순박한 그들의 요청에 우리 마음 안에 있는 작은 사랑은 더욱 커져 갈 것이다.

통일문제는 쉽게 풀릴 문제가 아니긴 하지만 '벗을 위하여 목숨까지 바친다' 는 예수 성심으로 사랑을 나눈다면 그것이 그렇게 먼 문제는 아니라는 생각이 들었다.

분단의 아픔에서 생겨난 형제간의 깊은 상처가 사랑으로 아물 때, 우리 영토는 이미 우리 마음 안에 하나가 되어 있을 것이다.

인천공항에 내려 서울로 가며 숨 막히는 서울 분위기와는 너무나 대조적인 평양 시내 도로의 한적한 여유로움을 떠올려보았다. 그리고 한반도와 그 도서가 평화적 통일을 이루어, 하나가 된 내 나라 영토임을 자랑할 때가 올 것이라는 확신을 갖고 기도했다.

인간교육이 중요한데

사랑하고 존경하는 은인님!

이슬 먹은 코스모스는 석별이 아쉬운 듯 더 애틋해 보입니다. 산과 들의 풍경 또한 그 성숙함을 더해가고 있습니다. 들녘에 싱싱하게 피어오른 갈대밭도 인상적입니다. 덩그렇게 떠오른 달밤과 높은 하늘에 빛나는 별들이 풀벌레의 화음과 조화를 이루며 가을을 아름답게 수놓습니다. 깊어가는 가을에 여유를 갖고 모두 마음을 살찌웠으면 합니다.

남해안에 몰아닥친 태풍의 상흔이 얼마나 아물었는지 궁금합니다. 저희는 이번 전교생 봉사 활동 주제를 '상처가 있는 곳에 머물고 싶다'로 정해 수해지역으로 갔습니다. 그리고 동포애가 그들의 상처를 아물게 할 수 있다는 것을 그곳에서 확인했습니다. 우리가 전한 물질적 지원과 마음의 위로가 그들에게 힘이 되었으면 좋겠습니다. 그리고 겨울이 오기 전에 그분들이 상처를 딛고 새 보금자리를 마련할 수 있게 되기를 바라는 마음 간절합니다.

오래전, 우리가 모두 가난하게 살던 때가 생각납니다. 해맑고 순박했던 그 시절 확성기를 타고 흐르던 새마을 노래가 잠을 깨우면, 하루 종일 힘들게 피땀을 흘리긴 했지만 참으로 정답고 행복하지 않았습니까.

그러나 도로가 하나 둘 뚫리자 잘 마련된 도로를 따라 들어온 온 갖 물자들이 넘쳐나게 되었고, 쏟아지는 물질 속에서 우리는 전처럼 행복하지 않게 되었습니다.

자기 신원을 확인할 겨를도 없이 더 많은 재화를 얻기 위해 인간관계까지 포기하며 살아가는 이들, 힘은 넘치지만 정신은 심약해져 목적 없이 방황하며 시간을 축내고 영악한 머리로 계산하여 남의 생명까지 해치는 이들… 그들을 통해 물질적 풍요 속에 들어있는 또 다른 병폐를 봅니다. 우리 교육현장을 통해 자란 아이들 중에서는 이런 사람이 생겨나지 말아야 하겠습니다.

주일 아침 일찍 공설운동장에 나갔습니다. 체육고 학생들이 새벽을 깨우며 줄을 지어 달리는 모습을 보며 누군가가 "사는 것이 고생이구먼"하고 말하기에 옆에서 함께 바라보다가 "땀 흘리며 정성껏 살아가는 사람들은 문제가 없지요"라고 한 마디 거들었습니다.

동행하던 어른이 또 한 마디 했습니다. "큰일입니다. 인간교육이 중요한데 말입니다." 그리곤 긴 여운을 남겼습니다. 땀도 흘리지 않고 적당히 요리하며 악한 방법으로 자신의 욕심을 채우려는 황폐한 모습들이 이 가을엔 없어져야 하겠습니다.

수줍은 듯 붉어지는 단풍잎들과 찬이슬을 먹으며 힘차게 자란 국화꽃과 연약한 듯 하늘거리다 겨울 찬바람 속에 홀로 들판을 지키는 갈대를 보며, 젊은이들이 고통과 가난 때문에 삶이 힘들더라도 강하게 극복해내는 힘을 발견했으면 합니다.

　하느님의 은총과 도우심이 가득하시길 바라면서 이만 줄이옵니다.

헤어지기 전에 해야할 일

3년 동안 대안학교에 와서 교육을 받은 결과는 어떠해야 하나?

학습자가 자기 통제력을 길러 교육의 목적인 학업성취도에서 현저한 증가를 보여줘야 하며, 인성적인 면에서도 환골탈태하여 발전된 모습이어야 하겠다.

좋은 학교 '양업'을 이루고자 지금까지 많은 학생들을 살펴왔다. 어떤 학생은 학교를 수용시설 정도로 여기며 3년 동안 먹고 놀고 자는 일만 반복했다. 그런 반면에, 어떤 학생들은 대안학교의 특성 속에서 과거의 모습은 찾아 볼 수 없을 정도로 성장하고 성숙한 경우도 있다.

목적도 없이 충동과 즉각적인 욕구를 키워가며 제멋대로 자유를 남용하며 살아가고, 기초와 기본을 마련하지 못한 것에 대해 반성은커녕 목적 하나 세워보지 못하고, 계속적으로 실망하고 좌절하며 주저앉고 또 다시 주저앉음을 반복하는 모습은 안타깝기 그지없다. 짧은 인생이라고는 하지만 청소년들에겐 미래가 너무도 긴 무한대처럼 보이는데, 끊임없이 적당하게 살아가는 모습은 짙은 한숨만 내뱉게 한다.

제3회 사정회가 있었으니 이제 곧 졸업을 앞에 두고 있다. 수시모집에 많이들 합격했을 뿐 아니라 아직 진학은 하지 못했지만 내년을 구상하고 있는 학생도 있고 또 피와 땀의 결실로 명문대 진학도 생겨나고 보니 '우리 학생들이 많이도 변했구나' 하는 생각을 하며 감회에 젖게 된다.

그런데 어떤 학생은 여전히 납득이 가지 않는다. π, 3.14, 초코파이, 셋을 놓고 이것에 대해 설명하라고 하였더니 둘은 잘 모르고 초코파이만 설명하는 그 머릿속에서 과연 어떤 창의적인 생각이 나올지 문득 궁금해진다. 낙제하는 학생도 한심하지만, 한편으로는 우리 교사들 책임이 아닌가 싶어 마음이 무겁기도 하다.

체계적이고 정확한 기반 없이 신용카드 빚만 늘리며 농담 따먹기만 한다면, 그것은 자기 인생에 큰 잘못을 저지르는 일이다. 이와 마찬가지로 3년 동안 인성이 변하기는커녕 성적도 수우미양가 중에서 '가' 행진만 거듭하는 것을 보면, 집으로 '가'라고 할 수밖에 별 도리가 없다.

세상은 자기가 주도적으로 살아가야 하는 한 판의 마당이다. 좋은 마당을 마련해 놓고 초대하지만, 초대받은 사람이 고마워하기는커녕 한숨만 짓는다면 이는 서로에게 다 도움이 되지 않는다.

이곳을 수용시설처럼 생각하는 학생에게 '사랑이다', '관심이다' 하며 잔소리를 하는 것도 더 이상 의미가 없을 것이다. '그때가 좋았지’라며 과거에만 집착해서 지금 자기가 몸담고 있는 현실을 부정하기만 해서야 되겠는가.

좌우지간 이제 내보내야 한다. 정의에 입각한 사랑이 바탕이 되어야 하기에 또 한 번 크게 야단을 쳐야 할 텐데…. 그 아이가 기가 죽지는 않을지 마음이 편하지가 않다.

또 떠난다

　방학인데, 졸업생이 연락도 없이 나타나 군 입대 문제로 필요하니 고등학교 전 학년 생활기록부를 떼어달라고 했다. 성적표를 떼어줬더니, 이번엔 자신의 성적표를 들여다보며 왜 윤리 과목 성적이 이렇게 나쁜지 모르겠다며 따지고 있었다.

　의젓하게 변한 이 학생은 한신대학교 사회과학대에 합격했으며, 경영학을 계속 공부해 자신의 꿈을 키우겠다고 한다. 그런데 닥쳐오는 현실이 그렇게 호락호락하지 않은 듯 지난 날이 후회스러운 모양이다.

　"일반학교 다닐 때는 방학이 되면 머리염색을 하고 지냈어요. 마침 소집일이라 염색을 지우지 못한 채 학교에 갔었는데요. 친구들이 보는 앞에서 선생님이 욕지거리를 했지요. '학생이 이 꼴이 뭐냐' 며 열쇠꾸러미 뭉치로 제 머리를 내리치고, 제가 말대꾸를 하자 발로 차고…

　선생님이 아니었다면 맞짱 떴을 것입니다. 친구들이 보는 앞에서 제 자존심을 구겨 놓았으니까요. 수치심이 들어 정말 죽고 싶었습니다. 그 일 때문에 그 학교를 그만두고 이곳으로 옮겨왔지요. 그러는 사이 3년이란 세월이 흘렀고 저는 이 학교도 떠나게 되었습니다. 그동안 대인관계도 좋아졌고 대화하는 방법도 배웠습니다. 의지가 무척 약했는데 이제 그런 모습은 제 안에서 찾아 볼 수가 없답니다. 사회로 나가면 무슨 일이든 자신 있게 할 수 있을 것 같아요.

그 당시에는 정말 하기 싫었지만, 지리산 등반도 여러 차례 했습니다. 일반학교에 다니는 친구들은 어디 꿈이나 꿔봤겠습니까. 만났을 때 그 자랑을 하면 다들 부러워하곤 합니다. 그 친구들은 절더러 딴 나라에서 공부하고 돌아왔느냐며 의아해하지요.

그뿐만이 아닙니다. 봉사활동을 하며 사랑하는 법도 배웠습니다. 해병대 캠프는 지옥훈련이었지만 강한 의지를 키우는 데 큰 보탬이 되었지요. 1, 2, 3학년 전 학년 동안 기숙사에서 생활하는 것도 정말 힘들었지만, 살아가는 데 큰 도움이 될 거라고 믿습니다. 제멋대로 살다가 비로소 자유가 무엇인지 알게 되었고, 이제 자제력을 키워가며 목표를 향해 나아가는 자유를 누릴 수 있게 된 겁니다."

"1, 2학년 중반 때끼지 결석 한 번 하지 않고 살 지냈는데 왜 그 결심을 지키지 못했니?"하고 물었다.

"2학년 때 학교를 집단 탈출한 것 때문이지요."

"집단 탈출한 이유가 무엇이었는데?"

"으음… 그건 일반학교처럼 우리를 옥죄고 있다는 느낌이 들어서 함께 하자는 바람에……. 그 반발심 때문에 '나가자, 보여주자!' 외치며 뛰쳐나가게 된 거지요."

"교장인 나는 그때 너희들 일을 대범하게 처리하고 싶었다. 그래서 너희들이 집단 탈출을 했는데 붙잡지도 않았고 어디 있는지 찾지도 않았어. 왜냐고? 너희들의 잘못된 행동을 고쳐주고 싶었거든. 그리고 다음 날 너희들은 스스로 학교로 돌아왔지. 고개를 푹 숙인 채, 아무 일도 없다는 듯이…. 그때 너희들이 얻은 결과는 무엇이었다고 생각하니?"

"별로 없었어요. 그렇지만 학교와 대화를 많이 나눈 것이 잊혀지지 않습니다. 해결하는 방법이 너무 좋았어요."

"폭력이 없어져야 하는 건데… 폭력문제로 유급을 받은 학생에 대해 넌 어떻게 생각하니?"

"어느 사회건 힘의 논리가 작용하는 거 아닙니까. 힘센 가해자가 많은 피해 학생을 몰아내고 있다는 것은 잘못이지만, 그래도 힘 있는 사람이 생존하는 것은 당연한 일이지요. 선생님들은 객관적으로 일을 처리하시지만, 우리 또래집단은 강자가 살아남는 게 당연하다고 생각합니다. 그렇다고 하더라도 폭력이 있어서는 안 되지요.

선생님, 너무나 많은 추억을 안고 떠납니다. 떠난다는 것이 무척 아쉽습니다. 그렇지만 잘 살아갈 겁니다."

나는 신앙생활 잘 하라는 부탁을 빼놓지 않았다. 양업, 파이팅!

읽고 쓰고 셈하기

간혹 고등학교에 다닌다는 녀석이 기본적으로 읽고 쓰고 셈하기를 못하는 것을 보면 빈정거리지 않을 수 없다.

어느 대학 교수는 내가 그들을 흉보는 걸 듣고는 "요즘 대학생들 답안지를 보면 만점에 5점을 주기도 아까운 학생들이 많습니다"라며 거든다. 공부를 게을리하여 분야별로 무식한 사람들이 너무 많다는 것이다.

그의 말을 들으며, 자신을 살피지 않고 무심코 남을 빈정거렸던 숨겨둔 나 자신의 부족함을 들킨 것 같아 얼굴이 화끈 달아올랐다.

때는 부활을 맞이하고 있지만 우리의 신앙은 여전히 성탄시기에 머물러 있다. 성탄일에는 온통 떠들썩하다가도, 신앙의 정점인 예수님의 십자가와 죽음과 부활에 직면하게 되면 그 의미가 무엇인지 몰라 애매모호한 표정을 짓게 되는 것이 신앙인들의 현주소라고 하면 지나친 표현일까?

"이 날은 주님께서 마련하신 날, 이 날을 기뻐하자. 춤들을 추자. 알렐루야! 알렐루야!" 정말 부활 신앙에 가까이 다가가 춤을 출 만큼 신앙인들이 성숙한가?

부활을 체험한 베드로 사도는 앉은뱅이를 일으켜 세운다. 구걸하는 앉은뱅이에게 "내가 줄 수 있는 것은 이것입니다. 예수 그리스도의 이름으로 걸어가시오"하며 오른 손을 잡아 일으켰다.

앉은뱅이가 벌떡 일어나 걷기 시작하였다니, 실로 놀라운 기적이 아닐 수 없다. 제자들이 예수님처럼 생명을 일으켜 세우게 된 대단한 동력은 무엇일까? 신앙인의 에너지는 성탄에서 비롯되어 완성된 부활 신앙에서 창출된다.

이제 또 다시 부활을 맞이하고 있다. 읽고 쓰고 셈하기를 못한다고 학생들을 빈정거리던 내가 자신의 부족함을 깨닫게 된 후부터는 남에 대한 막연한 빈정거림을 멈추게 되었다. 부위별로 다 맛있는 신앙생활이 되어야 하는데, 신앙인으로 살아오면서 그 에너지를 창출할 만한 신앙의 맛이 없음에 놀란다.

매일 미사 봉헌, 그분의 말씀 봉독, 성체 나눔을 하면서도 십자가를 지고 그분과 함께 살지 못하고 세월 따라 소경과 벙어리로 살아왔으니, 큰일이 아닐 수 없다.

예수님이 즐겨 하시던 말씀이 있다.

"진실히 진실히 이르노니(정말 잘 들어두어라), 들을 귀가 있는 사람은 알아들어라." 이제 눈을 크게 뜨고, 귀를 활짝 열어젖히고 예수님의 삶을 구체적으로 체험하는 공부를 해야겠다. 각 부분별로 너무 무식하니 부활이라는 참 맛이 없을 수밖에…

공부를 게을리하여 신앙의 정점에 다다르지 못한 교회는 도처에
서 중도탈락자(냉담자)들을 양산하고 있는 것이다.

교육이라는 것

　행복이란 단어를 정의하기 어려운 것처럼 늘 '교육한다'고 하면서 살지만, 무엇이 교육인지는 정의하기가 상당히 어렵다.

　가르친다Teaching는 범주 안에는 교육Education이라는 것이 들어있다. 우리는 태어나면서부터 좋은 것이든 나쁜 것이든 다른 사람들로부터 배우는 한편, 가르치고 있다. 어느 교사가 이렇게 말했다. "학생들은 선생님께 배우는 것보다 또래집단에서 더 많은 걸 배웁니다. 그리고 부모로부터 가르침을 받는 것보다 가정 밖에서 더 많은 것을 배웁니다."

　학생들은 또래집단에서건 가정 밖에서건, 좋은 것보다 나쁜 것을 더 많이 배우고 있다. 술, 담배, 비굴함, 폭력, 무시, 미워함, 시기, 질투 등 부정적 사고와 행동들이 그것이다.

　술을 선택하는 흄을 보면, 선배로부터 암암리에 반강제적으로 배우게 되었다는 것을 알 수 있다. 그것은 좋은 쪽보다 나쁜 쪽으로 인격을 형성하게 하고, 공동체에 나쁜 전통으로 자리 잡게 된다.

　선배들로부터 배운 허무 개그로 남을 불러 세워 인격적인 모욕을 강요한다든가 수치심을 불러일으켜 상처를 주고 나서, 그로 인해 상처받은 이를 외면해버리는 일이 얼마나 많은가. 생일을 축하한다며 케이크를 얼굴에 뭉개고 또래가 모여 두들겨 패는 모습도 다 선배로부터 전수받은 것이다.

선배들로부터 전수 받은 나쁜 가르침은 교육에서 제외된다. 학교는 가르치는 것 중에 가치 있는 것을 전수함으로써 나쁜 것을 구분할 줄 알게 하고 올바르게 성장하도록 해야 한다. 이러한 행위를 교육이라고 한다. 요즘의 '가정교육, 학교교육의 부재'라고 말하는 것은 가치 있는 것의 가르침을 포기하고 있다는 것을 뜻한다.

교사는 학생들을 교육하는 사람이다. 학생은 가치 있는 것을 교사로부터 배우는 사람이다. 교육부재의 상태에서 교육한다는 것은 정말 어려운 것이다.

무사가 되기 위해서는 사부님께 한 수 가르쳐 달라고 정중히 청한다. 나쁜 것이 아니라 좋은 것을 청하고 있는 것이다. 그런 마음으로 학생은 교사에게 가치 있는 것을 한 수 가르쳐 달라고 청해야 하는데, 요즘은 그런 마음들이 솔직히 없다.

그렇더라도 교사는 학생을 방임해서는 안 된다. 왜냐하면 교육을 해야 하기 때문이다. 교육을 잘못하면 그 인생의 백년대계가 허물어지고 만다. 부모들은 자녀들을 과잉보호하여 키울 것이 아니라, 제대로 교육을 해야 한다.

교사는 또래집단이 가르치는 나쁜 가치들을 수정해 주어야 하고 좋은 가치들을 분명하게 설정해 주어야 한다. 그렇지 않으면 모든 것들이 다 무너지는 결과를 초래하게 된다.

물이 포도주로 변하는 과정

예수님이 카나에서 혼인잔치에 초대되셨을 때 그분은 첫 번째 기적(요한 2,1-11)을 행하셨다. 맹물을 맛 좋은 포도주로 변화시킨 기적이 그것이다.

니고데모와의 대화(요한 3,1-21), 사마리아 여인과의 대화(요한 4,1-30), 제자들과의 대화(요한 4,31-6,59) 등으로 이어지는 예수님과의 친밀한 대화는, 맹물 같던 인간을 점차 맛 좋은 포도주 같은 풍요로운 인간으로 변화시키고 있다.

오늘 예수님이 우리에게 해 주시려고 하는 것은 무엇일까? 이 질문에 대한 답이 될 만한 말씀을 찾아냈다.

"나는 양들이 생명을 얻고 더 얻어 풍성하게 하려고 왔다.(요한 10,10)"

영적 성장과 성숙의 극치는 예수님의 부활에서 집약된다. 문제를 가지고 있던 제자들이 힘 있고 소신 있게 살아가는 모습 속에서 부활 신앙의 완숙함을 느끼게 되는 것이다.

또한 "의회에 잡혀들어 갔을 때 제자들은 예수님 때문에 얻어맞고 모욕을 당하게 된 것을 특권으로 생각하고 기뻐하면서 의회를 물러 나왔다.(사행 5,41)"는 말씀을 통해 제자들이 더 이상 용기를 잃고 두려움에 떠는 겁쟁이들이 아니란 것을 알 수 있다.

그들은 부활 신앙에서 얻어낸 생명의 풍요로움으로 하느님을 향하는 동시에, 고달픈 인간 세상을 향해 창조 에너지를 무한대로 발산하는 그러한 생명의 포도주가 된 것이다.

나는 문제아들을 만나 풍요로운 맛을 내는 인간이 될 수 있도록 다듬어가는 교육을 하고 있다. 대안교육이란 무엇인가. 그것은 교사와 학생이 끊임없는 대화를 통해 하나가 되는 일이다.

그렇게 되기 위해서는 책임감을 갖고 부족한 인간 생명을 높이 들어 올려, 풍요롭게 만드는 작업이 필요하다. 예수님처럼 그들과 함께 먹고 마시고 뒹굴며 사랑의 관계를 맺고자 노력해야만 한다. 그리고 세상을 직시하고 올바르게 살아갈 수 있도록 보다 가치 있는 지적 안목을 넓혀주어야 한다.

신앙인들은 "나는 하늘에서 내려 온 살아 있는 빵이다(요한 6,51)"라는 말씀을 어떻게 이해하며 살아가는가. 많은 이들이 이 말씀을 지식으로만 알고 있을 뿐, 그에 대해 차원 높은 영적인 안목은 갖고 있지 않은 것처럼 보인다.

신앙인들의 영적 안목을 넓혀주는 작업은 사목자들의 몫이다. 그리고 끈질긴 사랑과 관심 속에 보다 성숙한 인간관계를 맺게 되는 것이 그 결실이라 할 수 있을 것이다. 사목자는 신자들의 영적 안목을 넓혀주는 신앙의 전문가이기 때문이다. 그런데 오늘을 살아가는 사목자가 과연 그러하다고 할 수 있는지 모르겠다.

학교는 지금 지식 위주로 교육을 하고 있다고 비난을 받고 있다. 이 말은 교육 전문가인 교사가 학생들이 세상을 제대로 바라볼 수 있도록 교육하고 있는지에 관한 질책일 것이다.

대부분의 학교들은 대학만 가면 무용지물이 되어버리는 지식의 정도를 따져 학생을 서열화시키고 있다. 그리고 열등감과 우월감 사이의 팽팽한 대치 구도 속에서 학생들을 병들게 하고 있는 것이다.

우리 교회도 마찬가지가 아닐까? 세례를 받은 신자들의 지적知的 안목을 얼마나 높여주고 있는지 한 번쯤 생각해 봐야 할 것 같다. 대부분 신앙교육을 끝내고 난 직후에는 신앙 정도를 지켜본다. 열심인 신자, 냉담신자, 중도 탈락 신자, 문제 신자 등으로 분류하여 몇 번 방문한 후 반응이 없으면, 일부 신자를 문제 신자로 몰아붙여 상처를 주고 낙오자로 만들고 있지는 않는가.

교회도 대안을 마련해야 한다. 대화가 없는 교회공동체에서 관계가 친밀하지 않다는 이유만으로 문제 신자로 만들어 버리고, 그 결과를 보며 신세타령을 해서야 되겠는가. 교회 쇄신을 위해 사목자들의 분명한 대안이 있어야 하겠다.

대안代案이 무엇인가

성령강림일, 쉬운 말로 '성령님 오신 날'이다. 부활시기를 마감하고 주님 부활을 목격한 증인들의 구성체인 교회가 성령님을 통해 부활하신 예수님을 알아 뵈옵고, 하느님 아버지를 찬양하는 날이다.

그런데 이상하리만치 이 날을 조용히 지내고 있다. 예수님 오신 날은 요란하게 지내면서, 교회 창립일인 성령강림대축일은 의외로 조용한 것이다. 조용해야 할 때는 떠들썩하고 떠들썩해야 할 때는 조용한 것이 우리 교회 분위기인 것 같다.

대축일 미사를 봉헌하면서도, 원래 지닌 의미를 제대로 찾지 못하는 것 같아서 속이 상한다. 고개를 푹 숙인 채 의무감으로 미사를 드리는 모습을 지켜보노라면 서로가 불편하다. 능동적인 대안이 없을까? 신자 학생들에게 하는 질문도 더 이상 대화의 진전이 없다.

"미사 참석했니?" 혹은 "고해성사 보았니?" 하는 정도이고, 대답도 간단하다.

"안 했습니다."

야단만 칠 것이 아니라, 신앙교육에 대한 대안이 있어야 하지 않겠는가. 어떤 이가 가톨릭 공동체를 '어른들만의 공동체'라고 표현했는데 여기에는 청소년들이 별로 없다는 의미도 포함되어 있다고 본다.

줄을 지어 성당에 입장하는 청소년들의 모습이 아쉽다. 역사를 알아야 미래가 보인다고 했다. 하느님의 구원사를 속시원히 이해하도록 도와주고, 단계적으로 진행되는 하느님의 인간 구원에 대한 예수님의 사랑을 알게 하는 작업이 필수적이다. 청소년들의 욕구에 충분한 조건을 갖추어 접근해 갈 때 청소년들을 향한 신앙의 비전이 있을 것이다.

이 학교엔 복사 출신 학생들이 의외로 많다. 어쩐 일인지 아이들은 미사전례에 대하여 관심이 없고 시큰둥하다. 나는 교목신부에게 청소년 신앙교육에 대안이 있느냐고 물어 보았지만, 별 뾰족한 대답이 없다.

대안학교는, 청소년 신앙교육에 대한 대안을 찾아 본당에 공급할 책임이 있다고 본다. 말만 대안학교라고 할 게 아니다. 모두 인정하고 받아들일 만한 교육 개혁안이 없다면 스스로 멍청함을 자인하는 것이다.

본당에서는 청소년 사목을 보좌신부가 맡고 있다. 그래서 책임질 부분을 놓고 늘 보수와 진보 사이에 불협화음이 있는 것 같아 보인다. 그런데 시간이 흘러 그 보좌가 본당 책임자가 될 무렵이면, 어느 사이 보수가 되어 있는 것이다. 그러면 새로운 보좌들은 협력자로서 본당에 대하여 맹목적인 비난만 할 것인가.

성령 강림 날이 남녀노소가 기쁨의 축제를 벌일 만큼 하느님을 향한 진정한 축제의 날이 되었으면 좋겠다. 자, 날마다 새로이 태어나게 하는 협조자이신 성령님이 오신다. 먼저 나를 비워드리자.

사목자가 하느님을 향한 열정으로 가득 차 있을 때 비로소 성당도 변하게 된다. 청소년들이 우글거리고, 살아 숨쉬고 있으며, 머물고 싶고, 함께 하고 싶은 성당으로 변해 갈 것이다.

이 일만큼 신나는 일이 또 어디 있겠는가. 노력하는 만큼 이루어질 것이라 믿는다.

이번 일만은 제가!

제 자식은 태어나서 고등학교에 올 때까지 저희 말을 거역해 본 적이 거의 없었습니다. 그 놈을 명문이라는 논산 ㄷ고에 입학시켜 놓고 기숙사에서 잘 지내겠거니 여겼는데 얼마 후 학교를 그만두고 가출까지 했다는 소식을 들었을 때는 눈앞이 캄캄했습니다.

아이의 일이 사실이 아니길 바라면서 학교를 방문했습니다. 그런데 아이는 이미 학교에 없었습니다. 집에도 돌아오지 않았지요. 일 년이 지난 후에야 그동안 아르바이트를 해서 돈을 제법 모았다며 집에 돌아왔습니다. 그리고는 머리를 싸매고 공부를 하더니 대입검정고시에 합격했습니다. 고등학교 과정을 마치게 된 셈이지요.

이놈이 학교를 탈출한 것은, 자신이 지내온 날들이 어른들의 일방적인 강요에 의한 것이라는 생각이 든 후라는 사실을 나중에 알게 되었습니다.

초등학교 시절부터 나는 아들과 함께 새벽공기를 가르며 미사에 참여하곤 했습니다. 이 일은 변함없이 중학교 졸업 때까지 계속되었고 복사를 하며 신부님의 사랑도 많이 받았습니다.

아이는 자연스럽게 사제성소를 키우며 자랐죠. 학교에서 선생님이 장래 희망을 물으면 자신 있게 칠판에다 '신부神父'라고 쓸 정도로 사제성소를 굳게 마음속에 간직하고 있었던 겁니다.

논산 ㄷ고에 보낸 것도 나중에 가톨릭 학교로 진학하면 확실하게 사제의 꿈이 실현될 줄 알았기 때문이었습니다. 그런데……. 학교 탈출 후, 그동안 아들의 의사보다 나의 고정관념과 신부님의 격려 탓에 아이가 견디기 힘든 부담을 짊어지고 있었다는 것을 깨닫게 되었습니다.

부모는 성장해 가는 아이를 바라보며 즐거워했고, 복사 노릇을 잘 하며 순명하는 것이 사제 생활을 준비하는 것으로만 알았던 겁니다. 그러나 그것은 어른들의 착각이었지요. 아이는 함께 미사를 봉헌하고 가까이서 사제의 모습을 지켜보며 사제의 삶이 얼마나 힘든지 깨닫게 된 것입니다. 그래서 그 꿈은 점차 엷어져 갔고 학교를 탈출하는 것이 사제성소를 접는 길이라는 판단을 내리게 된 모양입니다.

당황해하는 내 모습을 보고 있던 아이는 저에게 부탁했습니다.

"앞일은 잘 모르겠지만, 지금 당장은 사제의 꿈을 고려하고 싶지 않습니다. 지금까지는 어른들의 말에 거의 순명하며 지냈지만 이 일만은 제가 결정하도록 내버려두세요."

그 순간 그동안의 꿈이 나의 착각이라는 것을 비로소 알게 되었고, 반대로 아이는 꿈에서 깨어나고 있는 듯한 느낌을 받았습니다.

늘 밝고 명랑하며, 긍정적인 사고방식을 갖고 있는데다 운동을 즐겨했다던 학생이 왜 양업학교에 왔는지 궁금했었는데 이제야 그 궁금증이 풀렸다.

그래도 아버지는 아이의 인간적인 성숙을 위해 검정고시로 대학을 진학하는 것보다 공동체 속에서 인간관계의 안목을 넓히며 살아가기를 바라는 마음만큼은 양보하지 않으셨다고 한다. 그래서 그걸 따르기 위해 '양업'에 왔다는 말을 아이로부터 들었다.

별난 놈 또 하나 입학했다고 속으로 뇌이면서 잘 살기를 바래본다.

"아버지 말씀에는 허풍이 제법 들어가 있습니다. 하하……." 아이는 이야기를 하며 시원스레 웃었다.

이건 아니다

1학년 학생 한 명이 밤에 잠을 자다가 침입자에 의해 폭력을 당해 눈언저리에 피멍이 들고 코뼈가 부러지는 일이 일어났다.

지난번에 있었던 하극상 문제와 관련된 학생들이 봉사활동을 통해 잘 해결되어 화해가 이루어지고 있을 무렵, 그와 상관없이 다른 학생이 술을 먹고 들어와 그 사건에 끼어들어 폭력을 휘두르는 바람에 아이가 다치게 된 것이다.

3학년 학생 3명이 함께 술을 마셨는데, 그 중 1명은 지난번에 하극상을 당한 3학년 학생이었다. 그 학생은 홈장*이었다. 홈장이라면 자기 홈의 구성원인 1학년들을 보호해 주어야 할 의무가 있다.

그런데 함께 나가서 술을 마시고 들어와 자기 홈의 학생이 폭력 앞에 노출되어 있는데도 그 상황을 방조하는 행동을 한 것이다. 폭력을 휘두르지는 않고 그저 옆에 있었다고 하지만, 그건 간접 폭력자로서 변명의 여지가 없다.

---

* 홈장 : 한 홈마다 홈장이 대표로서의 역할을 한다.

아침이 되어서야 피해 학생을 만났다. 아픔을 참으며 서럽게 울었는데 그 모습을 바라보고 있으려니 정말 견디기에 어려웠다. 이 일로 인해 가해 학생에게는 1년간 유급이라는 벌이 내려졌다. 그리고 학교를 떠나 알코올 치료를 받으며, 성격 장애라는 문제를 해결하기 위한 특별지도를 받도록 했다.

교사가 24시간 학생들과 함께 하는데도 이처럼 교사의 눈을 피해 일이 벌어져 난감할 때가 많다. 피해 학생이 어느 정도 치료를 하고 학교로 돌아왔는데도, 눈언저리의 부기는 빠지지 않고 그대로이다. 그리고 눈 언저리가 무섭도록 빨갛게 충혈되어 그 당시의 아픔이 되살아나는 듯했다.

내 마음도 이리 아픈데 피해 학생 부모는 어떻겠는가? 학부형들이 가만히 있으면 중간이라도 될 터인데, 평소에 문제 있던 학생들의 부모가 더 시끄럽다. 학생들을 처벌하라고 아우성치는 한편, 자신의 아이도 그 상황에 간접적으로 관계가 있는데도 불구하고 슬그머니 발뺌을 하려고 해 속상하다.

게다가 1학년 피해 학생의 상황을 이야기하자 가해 학생의 부모가 나서서 '다른 고등학교는 이보다 더하다'는 등, 문제를 아전인수 격으로 해석하려 하니 불쾌하지 않을 수가 없다.

'내 탓이요' 하고 자신의 잘못을 솔직히 인정하면 되는데, 왜 자기 자식만 두둔하는 걸까. 학교가 관심이 없다는 등, 인간적으로 대접을 안 해 준다는 등 문제해결에 도움이 되지 않는 말을 만들어 여러 사람을 어렵게 만드는 이유가 무엇인지 알 수가 없다.

　제발 어른답게 처신했으면 좋겠다. 아이들 문제를 객관적으로 바라보며 올바른 말을 할 수 있는 학부모가 되었으면 좋겠다. 문제가 있는 학부모는 당당히 접근하라. 뒤통수를 치는 식으로 반응하는 것은 자신의 자녀에게도, 학교에도 좋지 않은 영향을 미친다.

지식을 얻는 방법

한 학생이 농촌 봉사활동 중에 농부들이 콩을 심고 있는 것을 바라보다가 말한다. "저는 그동안 농부들이 공중으로 콩을 던지면 떨어져 싹이 트고 자라는 줄로만 알았습니다."

자라나는 아이들에게 신기한 일이 어찌 한두 가지겠는가.

살아갈 날이 많은 아이들에게 지식의 습득은 매우 다양하게 이루어진다. 문제는 어떤 방법으로 지식을 얻는가가 중요하다. 한국의 교육과정은 미국에서 도입된 것들인데 그것들을 살펴보면 아래와 같다.

첫째, 학생들은 교과서 내용을 주로 살펴봄으로써 상식적인 지식을 양적으로 얻는데 오랫동안 익숙해져왔다. 분필과 칠판, 책과 노트로 끊임없이 문제를 풀고 외우며, 단편적인 지식들을 교실 내에서 축적해간다. 점수를 1점 올려 좋은 대학을 가기 위해 교과서 안에서 상식에 가까운 지식들을 습득하는 것이다. (교과敎科 중심 교육과정)

둘째, 지속적인 탐구를 통해 지식을 재구성하는 방법이다. 존 듀

이는 '교육은 인간이 세계를 연구하고, 비판적 탐구와 지적인 삶을 위한 자료가 되는 가치와 의미에 대해 축적된 지식을 획득하는 과학적 방법'이라고 정의했다.

또한 과학적 탐구의 경향은 더 깊은 탐구의 방향으로 나아가는 수단으로 이해될 수 있는 지식체계를 향하고 있으며, 이는 경험으로 연결되고 지식의 지속성에 영향을 주도록 재구성할 때만이 교육적이라고도 했다.

그는 참다운 학습태도란 종적, 횡적, 역사적, 사회적, 순차적, 역동적인 모습이라고 말한다. 지속성의 과정 안에서 경험하게 된 지식이 새롭게 구성되어, 미래를 열어가는 동력으로 지식이 확고히 내면화될 때 비로소 산지식이 되는 것이다. (경험 중심 교육과정)

셋째, 나무는 줄기, 가지, 잎 부분으로 구성되어 있다. 상식적인 지식은 줄기에 해당하는데, 깊이 있고 질적으로 우수한 지식은 가지와 잎 부분에 해당된다 하겠다. 초, 중, 고등학교에서는 상식적 지식수준이지만 대학과 전문 분야에서는 구체적인 지식을 습득하게 되는 것이다. (학문學問 중심 교육과정)

넷째, 지식 뿐만이 아니라 인간미 넘치는 인본人本도 중요하게 여기며 그 바탕 위에 지식을 축적해 나아가는 방법이다. 인간 정신의 황폐화를 막기 위해 경쟁사회에서 필요한 지식 뿐만이 아니라, 훌륭한 정신적 바탕을 중히 여기며 지식을 얻는 것이다. (인본 중심 교육과정)

이 네 가지 방법은 시대의 요청에 의해 생겨난 지식 습득의 방법이며 교육현장에서 모두 소중히 여겨야 할 부분이다. 단정 짓기는 쉽지 않지만, 기초가 부족하고 전통교육에 싫증난 아이들에게 관심을 기울이기 위해서는 경험 중심 교육과정과 인본 중심 교육과정이 적절하지 않나 생각된다.

이런 방법들은 학생들의 흥미를 유발하고 지식 탐구에 대한 지속성을 갖게 하는 수단이 된다. 특히 인본人本을 중시한 인성교육의 바탕 위에서 학생들이 행하는 여러 경험들의 축적은 미래의 삶을 선택하고 결정하는데 큰 영향을 주고, 자발성을 갖게 하는데 도움을 준다.

작은 부분부터 큰 부분에까지 지식은 학생들에게 맞게 그 방법이 도입되고 개발되어야 할 것이다. 이 노력은 교사들의 몫이다. 방법을 찾아 노력하는 교사는 아이들을 무한대로 자라게 한다.

대학 진학률 100%

각 나라의 대학 진학률을 살펴보면 일본 70%, 유럽 30%, 중국 10%, 미국 55%, 한국 100%이다. 자랑스러운(?) 한국은 국민의 정부 덕분(?)에 2003년도부터 대학 진학률 100%를 달성했다. 시市·군郡 숫자가 230여 개인데 대학이 370여 개(2년제, 170개)라니 대학 수가 얼마나 많은지 알 수 있다.

한편 청년실업 문제가 지금 심각하다. 이를 해소하기 위해 정부가 공약公約을 내걸고 노력을 한다고는 하나 이 공약은 구조적인 문제 때문에 공약空約이 될 수밖에 없다.

대학 진학률 100%라는 것이 국가 미래를 위해 자랑스러운 일인가? 불행한 일인가? 이 현상이 불행의 씨앗이었다는 것을 50년 후에나 사람들은 알게 될 것이다.

우리나라 국민들의 학력은 전 국민 대졸화이다. 대졸자의 50% 미만만이 취업이 된다. 직장 정년이 더욱 하향화 되어 62오(62세인데 직장에 다니고 있으면 오랑캐), 56盜(56세에 직장생활을 하고 있으면 도적), 45停(45세 정년), 38線(38세가 퇴직 한계선)으로 내려

가더니, 요즘은 청년 실업의 심각성을 이태백이라고 표현하고 있다. 이는 이십대 태반이 백수임을 의미한다.

그 백수들은 대학원 진학, 취업준비생, 고시생이라는 이름 아래 신음하고 있다. 일자리가 없다고, 청년 실업을 해소해 달라고 아우성이다. 그러나 일자리가 없는 것이 아니다.

위기의 청년들은 노동의 소중함을 뒤늦게 깨닫고 3D업종이라 하더라도 취업을 해야겠다며 잠시 침을 삼키지만, '대학 나왔는데 죽으면 죽었지 그런 일 안 한다' 며 다시 주저앉아버리고 만다. 부모도 덩달아 내 자녀만은 그런 일을 해서는 안 된다고 가로막고 나선다. 그런 걸림돌 때문에 정작 일자리는 외국인 노동자들에게 내어주면서 일자리를 달라고 아우성이다.

공교육을 하고 있다는 고등학교의 유일한 교육 목표는 대학진학이다. 이는 유치부 · 초 · 중학교도 별로 다르지 않다. 대학진학 타령은 이제 그만 좀 하자. 미래를 위해 내가 대학에서 어떤 공부를 해야 하는가가 중요하지, 대학에 진학하는 그 자체가 그리 중요한 것은 아니지 않나.

의무교육이라 낙제도 없다. 때가 되면 진급해서 국문 해독도 못하는 학생이 대학에 온다고 대학교수들이 푸념이다. 그런데도 모자라는 대학 정원을 채우기 위해 실업계고등학교에 대학교수들이 몰려와 자신이 몸담고 있는 대학 선전에 열을 올린다.

대전 이남지역에 있는 대학은 정원의 반을 채우지 못하다보니,

지원하는 학생 숫자에 따라 3학년 교사들에게 술값을 지원한다는 이야기도 들려온다. 참으로 답답한 소문이다.

공교육의 유일한 교육 목표인 대학진학은 학교 평가, 교사 평가와 직결되므로 열을 내고는 있지만, 사실 이태백을 양산하는 교육이 되고 마는 것이니 나라 망치는 일이 아닌가?

0교시, 보충수업, 자율학습을 놓고 시·도 교육청과 전교조, 학부모와 전교조가 극한대립으로 치닫고 있는 모습을 종종 본다. 대학진학이란 문제로부터 다들 자유로워져서 중하위권 학생들에게 꼭 필요한 다양한 선택권이 주어지기 바란다. 그들이 미래에 백수가 되어 시달리는 일은 없도록 해야 할 것이다.

일방적으로 강제하여 바보 만드는 교육에 동조하고 있는데, 이는 참으로 안타까운 일이다. 여행을 하다보면 세상에는 할만 한 일이 참으로 많다. 특히 광활한 중국이나 우리보다 경제 수준이 낮은 캄보디아를 여행하며 나는 많은 것을 생각하게 된다.

교육자와 부모들이 해야 할 역할은, 째째하게 0교시나 보충수업이나 대학진학을 위해 열을 올릴 것이 아니라 학생들이 미래에 해야 할만한 일을 찾아보고 눈을 뜨게 해주는 것이다. 나라의 미래를 위해서도 이런 일들이 더 훌륭한 것 아닐까?

공교육이 더 이상 아이들을 바보로 만들어서는 안 된다! 

안주가 더 무섭다

한국어사전에 '방종'은 '아무 거리낌 없이 제 마음대로 놀아먹음'으로, '안주'는 '둥지를 틀고 편안하게 지냄'이라고 정의하고 있다.

인생은 순례의 여정이다. 순례자는 분명한 지향과 목적이 있다. 순례자는 고통과 직면할 때라도 목적을 이루기 위해 끊임없이 도전 의식을 지니고 살아간다. 그런데 사노라면 아무 목적 없이, 때론 목적을 잊고 방종하며 안주할 때가 있다.

'방종'은 힘들지만 변화될 가능성이 있다. 아무 거리낌 없이 제멋대로 놀아나다가도 마음만 잡으면 본연의 자세로 돌아오기 때문이다. 문제는 '안주'이다. 정체성에서 비롯된 초발심은 온데간데없고, 목적을 잃은 채 편안하게 지내는 삶이 사실 더 무섭다.

우리 아이들의 생활을 보면 천하태평이다. 늘 아이들에게 던지는 질문이 있다.

"오늘 뭐하고 지냈니?"

1학년부터 3학년까지 공통적으로 하는 대답이 있다.

"그냥 지냈어요."

늘 그냥 지내왔기에 여전히 그냥 지냈다는 것이다. 목적이 없으니 아무런 가치 없이 시간을 날려버리게 된다.

그런데 선생님들이 조금만 도와주면, 마음을 잡고 학생의 신원으로 돌아와 기쁜 모습으로 살아간다. 방종했던 아이들은 뿌듯한 마음을 갖게 되고 지도한 교사는 보람을 느끼게 된다.

그렇게 보면 안주는 방종보다 더 골칫거리다. 오늘은 늘 새로운데 우리 삶이 변하지 않는 것이다. 나의 신원에 대한 목적과 지향이 확인되어야 하는데, 자기를 과거에 고정화 시켜놓고 편안함에 몸을 기대고 있는 것은 옳지 않다.

변화하는 삶에 적응할 수 있도록 항상 새로운 대안을 마련해야 한다. 나이가 들고난 다음에 지나쳐버린 시간을 아쉬워하며 헛살았던 과거를 후회한들 무슨 소용이 있겠는가.

매일 매일, 철저한 자기반성과 새로운 시작의 기도가 필요하다. 오늘의 시간이 답습되지 않도록 기도해야 한다. 오늘을 주신 하느님께 감사드리며 내가 지니고 있는 나의 정체성에 관하여 최선을 다해 지향과 목적을 드리며 살아가야 할 것이다.

고통스러웠던 시간은 나를 결코 안주하게 하지 않았다. 그 시간은 나 자신을 일으켜, 방종하는 이들을 위해 내가 어떤 일을 할 수 있을지 늘 생각하게 했다. 그런데 모든 것이 마련되고 고통이 줄어들었을 때, 다이얼 끄듯이 생각을 꺼버리고 안주를 하게 된다.

안주는 방종보다 더 무섭다. 성서에서도 광야에서 고통을 통한 여정을 맛보게 한다. 그 여정 속에서 고통과 직면하게 되지만, 그 덕분에 늘 신선한 날들을 맞이하며 하느님과의 만남을 통해 우뚝 설 수 있게 되는 것이다.

안주하지 않기 위해 날마다 반성하고 새벽을 깨우며 새날을 맞이해야 한다. 대안학교에 근무하는 구성원은 모두 고통 속에서 값진 진주를 찾아낼 수 있도록 깨어 있어야 한다.

자기 발전을 위한 고통이 없다면 그것은 안주해버리겠다는 속셈이다. 삶과 직면하며 끊임없이 고통과 부딪쳐야 한다. 우리의 삶은 결코 안주하는 삶이 아니라는 것을 잊어서는 안 되겠다.

사람 좀 만납시다

옹기종기 모여 살던 정겨운 농촌마을, 고작 마차와 자전거가 교통수단인데도 부자처럼 느껴지던 시절, 제법 먼 거리인데도 '세월아 네월아' 하며 장 구경을 떠나던 동네 사람들, 방학이면 친구들과 냇가에서 해가 지도록 고기를 잡고 물장구치던 일, 터벅터벅 비포장 신작로를 지루하게 걷다가 뽀얗게 먼지를 피우며 자동차가 나타나기라도 하면 짓궂게 그 뒤를 따라 달리던 일, 농사철이 되면 온 동네는 도란도란 정겹기만 했다.

나이가 어려도 그때는 누구나 위아래 예의를 차릴 줄 알았다. 동네 어귀에서 만나 공손히 인사를 드리면 "누구 아들이여?" 하며 머리를 쓰다듬어주시던 어르신들 생각도 나고, 등하굣길이 멀고 힘들어도 함께 어깨동무하며 다니던 아이들도 그립다. 없이 살았지만 나름대로 행복하던 시절이었다.

이런 이야기들이 지금 아이들한테 도움이 될까 해서 리얼하게 설명을 해보지만, 그들에게는 귀를 쫑긋 세우고 들을 만한 흥밋거리가 못 된다. 가난이 무엇인지 체험해보지 않은 아이들이기 때문이다.

한 번 신고 버린 운동화, 운동장에 버려진 새 옷가지들, 아직 쓸 만한 학용품들이 마구 나뒹군다. 먹다 버린 잔반들, 마음껏 먹어대다가 버린 인스턴트 찌꺼기들, 임자 없이 버려진 생활용품들.

어느새 소비는 미덕이 되었다. 그리고 그다지 잘 사는 나라도 아닌데 아이들은 이미 절약이라는 단어를 머릿속에서 지워버렸다. 절약을 호소해 보기도 하지만 아무도 귀 기울이지 않는다.

이런 우리에게 과거의 정겨운 모습을 볼 수 있는 방법이 없는지 고민하다가 찾아낸 곳이 중국 연변이었다. 악취 나는 재래식 변소며, 입맛에 맞지 않는 음식들, 누추한 잠자리 등 가난의 때가 묻어나는 그곳에서 아이들이 무엇을 배울 수 있을지 한편으로는 걱정스럽기도 했다.

하지만 내가 머릿속에서 계산한 것 이상으로 아이들은 많은 것을 배웠다. 2002년 북한 방문 때의 일이다. 평양, 사리원, 묘향산, 그리고 멀리 양강도의 백두산을 돌아보면서 남아있던 옛 기억들이 또렷이 되살아났다.

무척 가난해보였지만 자연 속에 어우러져 사람들이 살을 맞대고 무리지어 걸으며 출퇴근하던 모습은 참으로 인상적이었다. 중국에서의 거대한 자전거 물결도 무척 활기차 보였다.

우리나라가 이전에 비하면 정말 살기 좋아졌다. 물질적으로 잘 살 수 있게 된 것에 감사를 드리지 않을 수 없다. 그렇지만 겉만 화려하게 부풀려졌을 뿐 속을 들여다보면 때로는 흉한 모습을 보게 된다. 흥청망청하는 가운데 소중한 인간관계는 산산이 부서지고 인면수심의 모습으로 치열한 경쟁 사회를 살고 있는 것이다.

경쟁 속도는 날로 가속화되어 이제 숨 고를 여유조차 쉽지 않다. 한강 투신자살, 서해대교 투신자살도 그 참담한 한 가지 예이다. 가슴이 답답해온다. 단절된 아파트 문화, 쌩쌩 달리는 자동차 문화 속에서는 인간 소외에 대해 시간적 여유를 가지고 되돌아 볼 틈조차 없다. 가난을 잊어버린 채 교만하게 소유와 소비에만 급급하다 보니 또 다른 좌절의 문화를 낳게 된 것이다.

교통체증에 걸린 고속도로에서처럼 앞뒤 좌우 살필 겨를도 없이 달리다보니, 사고가 나도 울어줄 사람, 돌봐줄 사람이 없는 거다.

찾아가자! 사람이 사는 곳으로! 가까운 곳은 걷고 때로는 자전거를 타고 다니며 사람 살아가는 얼굴을 보아야겠다. 스쳐 지나가는 것이 아니라 속속들이 마음을 열고 만날 수 있는 삶의 현장 속으로 들어가 보아야겠다.

좁아터진 이 나라, 다시 가난함을 배워야 한다. 가난하면 오히려 나눌 줄 알게 되고, 작은 것에도 행복할 줄 알게 된다. 겉멋이 든 부자가 결코 행복하지 않다는 것을 우리도 이미 알고 있지 않는가. 이 길을 함께 가자! 가난의 현장 속으로!

아버지가 달라져야

두 아이를 둔 아버지이며 중소기업 대표로 일하는 분이 창업한 후 사업을 확장하느라 정신없이 지내다 보니 그동안 적조積阻했다며 저녁을 함께 하자고 했다.

이 학교가 시작될 때부터 학교 가까이 있는 회사 부사장으로 계시던 분이라, 학교 상황에 대해서도 잘 알고 계셨다. 하는 일은 달라도 창업이 어렵다는 것은 서로 공감하고 있는 터라, 만나면 화제도 일치하리라 여겨졌고 든든한 후원자이기도 해서 나도 흔쾌히 응했다.

동동주를 한 잔씩 나누다 보니 인생살이 4,5학년답게 회사보다 자녀교육에 관한 이야기와 우리 학교 초창기 때 이야기를 많이 나누게 되었다.

"신부님, 하나 둘도 어려운데 그 많은 학생들 때문에 얼마나 고생이 많으세요? 지금도 그 감동의 졸업식 미사를 잊을 수가 없습니다. 그 친구들, 이 다음에 한몫 톡톡히 해낼 겁니다. 눈시울을 적시며 포옹하던 모습이 지금도 선합니다.

신부님, 자녀교육은 아버지 책임입니다. 아버지들은 바쁘다는 핑계를 대곤 하지만, 자녀들과 대화를 많이 해야 합니다. 그리고 끝까지 믿고 기다려주어야 하는 거지요. 그래서 미래를 위한 선택은 스스로 하도록 해주어야 합니다."

요즘 보기 드문 아버지시라며 칭찬을 했더니 쑥스러운 듯이 말을 잇는다.

"경험에서 얻어진 결론이지요. 저도 다른 부모님과 다르지 않았습니다. 급 처방으로 언제나 자녀들에게 폭력을 써왔답니다. 딸아이가 고등학교에서 40등 중에 35등을 하고 집에 왔을 때는, 순간 참지 못해 해병대 출신답게 옆구리에 공격을 가하기도 했습니다. 하늘로 붕 떠서 구석에 처박히는 딸을 보는 순간, 죽었구나 싶어 심장이 멎는 줄 알았지요. 자녀에게 폭력을 쓰는 나 자신을 돌아보며 비참한 마음이 들었습니다.

그 후부터 손찌검을 하지 않았고 자녀를 위해 아버지가 달라져야 겠다고 마음먹었습니다. 저는 3가지를 꼭 지키기로 결심했습니다. '자녀와 시간을 내어 가능한 한 많은 대화를 하겠다', '끝까지 신뢰하며 기다려 주어야겠다', '미래에 대한 선택은 어른이 아니라 자녀 스스로하도록 도와주겠다' 는 다짐이었습니다.

꼴찌 행진을 계속하던 딸 녀석이 저에게 3개월만 학원에 보내달라고 하더군요. 믿고 밀어주었습니다. 고3 때는 전교 1,2등을 할 정도로 상위권에 진입해 명문대학 패션디자인학과에 진학했습니다. 왜 그런 학과를 선택했는지 궁금했는데, 태어나서 첫 돌이 될 때까지 딸아이가 패션잡지 사진과 눈을 자주 맞추던 기억이 문득 떠올라 깜짝 놀랐습니다.

또 아들 녀석은 줄곧 PC에 빠져 있었습니다. 컴퓨터 학과를 갈 거라고 장담하더니 어느 날인가 의대를 가겠다는 겁니다. 이유를 물으니 컴퓨터학과는 미래가 없다며 의대를 선택하겠다고 해서 이번에도 믿고 밀어주었습니다.

저는 아이들과 대화를 많이 하기 위해 제가 일하는 공장에 데리고 와서 제 경영 전략을 가르쳐 주기도 했습니다. 또 사회 속에서 힘들어하는 아버지의 고충이 얼마나 큰지 느낄 수 있도록 했지요. 절약을 하도록 돈의 소중함과 그 가치를 가르쳐주기도 했습니다.

이렇게 대화를 많이 하다 보니 자녀가 건강하게 자랄 수 있었던 것 같습니다. 무엇보다 하느님의 도우심에 감사할 뿐이지요. 그리고 아버지가 해야 할 역할과 책임을 다한 덕분이라 여겨집니다. 그들이 잘못했을 때에도 스스로 잘못을 깨달을 때까지 기다려 주고, 결정적인 선택은 아이들 스스로가 하도록 했습니다.“

아이들이 훌륭하게 변화할 때 아버지도 똑같은 변화의 과정을 거치며 새롭게 태어나게 되는 것 같다.

“신부님! 양업의 아이들은 학교를 믿고 있으니 지금도 즐거우시겠지만, 미래에도 분명히 행복할 것입니다.”

좋은 분과 함께 나도 기쁜 마음으로 동동주 한 잔을 높이 들어올렸다. 건배!

스스로 목표를 찾아가는 아이들

방과 후 학생들이 학교 뒤편을 부산하게 왔다 갔다 한다. 무슨 일인가 했더니, 화덕에 고구마를 굽고 있었다. 얼굴에 숯검정 칠을 하고 잘 익은 고구마를 호호 불며 맛있게 먹고 있는 중이다.

"이놈들, 하라는 공부는 하지 않고……."

"신부님, 저희 학교에서는 이것도 다 공부 아닙니까? 저희는 대안학교 학생답게 잘 지내고 있는 겁니다."

그날은 아이들이 더 예뻐 보였다. 그래서 칭찬까지 해 주었다.

매일 아침 일찍 일어나 4킬로미터 조깅을 하고, 줄넘기로 몸매를 다듬고, 야무지게 아침식사를 챙기며 건강한 일과를 활기차게 시작하고, 언제나 늦은 시간까지 스스로 열심히 공부하는 학생들이 있다.

그 중 한 학생이 주말에 집에 가서 지내고 난 후, 월요일 아침에 컵을 하나 들고 나타났다. 늘 명랑하고 부드러운 그 학생은 그날따라 더 환하게 웃으며 교장실을 찾아왔다.

"신부님, 어제 과천시 단축 마라톤 대회에 참가해 5등 했습니다."

대견스럽기도 하고 감동적이기도 해서 어깨를 두드려주며 칭찬해주었다.

"자네는 스스로 찾아 행하는 진정한 대안학교 학생이야."

먹는 것을 좋아해 날로 우량아가 되어가고, 담배 냄새로 예쁜 모습을 반감시키는 여학생이 있었다. 어느 날 그 학생은 아침만 먹으면서 단식을 하고 있는 중이며, 금연을 시도하고 있다고 나에게 살며시 찾아와 이야기해주었다. 속으로는 며칠이나 갈까 싶었지만, 일단 지지를 해주었다.

그런 일이 있은 후 한 달이 지날 무렵 그 학생을 보고 깜짝 놀랐다. 좋은 향기를 풍기는 예쁜 여학생이 되어 나타난 것이다. 도서관에서 열심히 독서를 하며, 부족한 학과 공부를 하는 모습도 종종 눈에 띄었다.

자녀문제로 고민만 하던 어머니도 이제는 안심이 되는지 오랜만에 환한 모습이다. 그 학생을 만날 때마다 자랑할 만한 대안학교 학생이라며 칭찬을 해주지 않을 수가 없다.

그 학생은 사업을 하는 아버지는 일본에 남고, 어머니가 두 딸을 데리고 귀국했다고 한다. 일산의 모 고등학교에 입학했더니 모국어를 잘 모르는 탓에 선생님의 수업을 잘 알아들을 수가 없었다. 선생님은 그 학생이 질문에 답은 하지 않고 자기를 기분 나쁘게 빤히 쳐다본다며 사정없이 때렸다고 한다.

처음 이곳에 왔을 때도 한국어를 제대로 알아듣지 못했지만, 2년이 지난 지금은 전혀 불편하지 않을 정도로 잘 구사하고 있다.

언어 문제로 얼마나 답답해했을까. 학생은 이를 극복 하기 위해 부단히 노력했을 것이다. 영리하고 차분한 그 학생은 2학기 중간고사에서 여러 과목 만점을 맞았다고 한다. 이제 생활이 불편하지 않을 정도로 정상가동을 하게 되었으니 진심으로 축하할 일이다. 자신을 이겨낸 참으로 대견한 대안학교 학생이다.

학부형들은 '흡연터'를 없애주고, 강제로 깨워 아침운동을 하게 해 달라고 주문했다. 늘 입에서 악취를 내는 일부 학생들은 중학교, 빠르게는 초등학교 때부터 흡연을 했다고 실토한다. 담배로부터 해방되어야 한다는 것을 그 어느 누구보다 잘 알고 있는 아이들이다.

그러나 결단력이 부족하다. 작심 3일로 쉽게 포기해버린 탓에 실패의 경험이 축적된 것이 그들에겐 더 큰 장애이다. 청정지역에서 독한 매연을 스스로 마셔가며 우두커니 지내는 일부 중독자 학생들에게 강제와 명령이 묘안이 될 수는 없다.

대안학교는 스스로 목표를 찾아갈 줄 아는 학생들이 모여 있는 학교이다. 학생들은 부모나 교사에 의한 양육이나 교육과정을 통해, 이미 여러 차례 흐트러져버린 상태다. 자신이 누구인지 모르는 채 흐트러져 있는 아이들과 부모들이, 2주에 한 번씩 있는 '가족관계'* 시간을 통해 긴 사랑의 대화를 나누며 많은 문제를 내어놓고 함께 풀기 바라는 마음 간절하다.

---

* 가족관계 : 매월 첫째, 셋째, 다섯째 주말에 시행되는 것으로, 기숙사 생활로 소원해 질 수 있는 가족의 유대감을 도모하는 프로그램이다.

내 아들만은

일 처리는 객관적이고 공정해야 한다. 세상을 살아가는데 아무 문제가 없다면 성인이거나 죽은 자, 둘 중에 하나일 것이다.

5명의 학생들이 귀교했다가 또다시 학교 밖에서 지내고 있다. 부모들이 집으로 데려간 것이다. 대부분의 학생들은 '양업'에서 기쁘고 행복하게 살아가고 있는데 왜 5명만은 학교를 떠난 것일까? 내 아들을 제외한 다른 모든 학생들이 문제투성이라서 그런 걸까?

매년 일어나는 격랑처럼 금년에도 예외 없이 아이들 문제로 고통스런 시간이 지나가고 있다. 11월 전체 학부모 회의를 기점으로 이제 골칫거리가 정리되나 싶었는데 또 다른 문제가 불거져 학부모가 학생들을 데리고 나갔으니 걱정이 많이 된다. 학부모들을 보면서 걱정스러운 것은, 당면한 문제를 심사숙고하여 해결하려고 하지 않고 그것을 피해버린다는 점이다.

학부형 중 한 분이 자기 자식이 입은 피해를 성토하며 학교를 모질게 비난하고 따졌다. 남의 잘못만 단죄하겠다는 것은, 자신의 부족한 면에 대해 반성하지 않는다는 것을 의미한다. 그것은 생산적이지 못한 것이어서, 좋은 방향으로 문제를 해결하고자 노력하는 이들의 순수한 열성마저 식어버리게 만든다.

상대방에 대한 이런 식의 비난은 결국 자기 얼굴에 침을 뱉는 결과를 낳는다. 대놓고 남을 심하게 모욕할 정도로 강성인 그 학부형의 자녀는 정말 아무 문제가 없는 걸까. 화살의 진행 방향이 상대방을 향하다가 어느 순간 방향을 돌려 자신에게 되돌아오게 된다는 것을 왜 모르는 걸까.

한순간에 어제의 피해자가 오늘의 가해자가 되어버렸다. 이러한 상황에 많은 사람이 놀랄 수밖에 없다. 피해 학생의 학부형은 자신에 대한 반성 없이 상대방을 일방적으로 몰아세워 문제를 해결하려고만 한다.

그렇게 되자, 지금까지 상황을 지켜보고 있던 동료들이 입을 열기 시작했다. 가해자를 용서하지 못하는 피해자의 마음을 알아채고, 그동안 참고 묻어두었던 피해자의 잘못을 다 끄집어내게 된 것이다. 그렇게 되자 그동안 감추어져 왔던 피해 학생의 누적된 잘못이 동료들에 의해 샅샅이 드러나게 되었다. 자기 잘못이 크면서도 남의 허물만 따지며 비겁하기까지 한 피해자를 위해 동료들이 더 이상 침묵할 수 없었던 모양이다.

요즘 기초적인 윤리성이 부족한 청소년들이 많다. 그렇지만 잘못을 저지를 때조차도 여유를 갖고 기다려주어야 한다. 그리고 대화를 통해 그들이 스스로 후회하고 반성하며 건강하게 자랄 수 있도록 돕는 것이 대안학교 '양업'의 몫이다.

부모는 '내 아이만 문제가 없다'며 상대방을 무조건 단죄하려고 해서는 안 된다. 청소년들이 잘못 했을 때 어른들은 엄하게 훈계를 해야 한다. 하지만 용기를 잃지 않도록 그들을 북돋아주고 타이르는 것도 어른들의 몫임을 잊지 않아야겠다.

건실한 시민이라고 자처하는 학부형들이 자기 자식만 건강하다고 자식을 빼내어 간 후, 남겨진 텅 빈 자리에 동료학생들이 모여앉아 허탈해 하는 모습을 보는 것은 참으로 안타까운 일이다.

자녀의 내면을 정확히 읽어내지 못한 학부모의 성급함 때문에, 자녀는 이제 건강한 학교생활을 하기 어려운 상황 속에 빠져들게 된 것이다. 아이들 문제에 학부모가 깊이 개입하게 되면, 문제는 더욱 부정적으로 발전하게 되어 상처밖에 얻을 게 없다. 왜 이렇게 어른들이 성숙하지 못한 걸까.

한 피해 학생은 가해자가 되어 결국 전학을 가게 되었고, 폭력 학생에게는 장기간 귀가 조치가 떨어졌다. 용기를 가질 수 있도록 도와주지 못해 아이들한테 미안할 뿐이다.

"애들아! 예수님께서 '용기를 내어라'고 말씀하셨단다. 너희들도 용기를 낼 거지? 그리고 이번 일로 우리 또 한 번 도약하자!"

희망이 있는 교육을 하자

전국을 흔들어댄 수능 부정, 밀양 여중생 집단 성폭행 사건이 발생하자 시·도 교육감들이 오랜만에 교육의 본질에 대한 이야기를 꺼냈다.

늘 그랬듯이 인생은 '수능으로 결판' 나기 때문에 학교, 부모, 학생이 공모해 인성교육을 다 죽여 버린 토양 위에 부패의 냄새가 피어날 때 비로소 본질에 접근한다고 하는 것 같아 아쉽다.

얼마 전에 유명회사의 불량만두가 우리 식단을 위협했다. 사건이 발생하면 온통 난리법석을 피우지만 사회적 부정행위를 근본적으로 바로 잡지는 못했다. 이번 우리 교육의 심각한 사태도 시간이 지나면 망각될 것이다.

교육철학자 버틀런트 러셀은 그의 '자녀교육론'에서 성격 교육은 태어나서 12개월이 가장 중요하다며 대개 6세 이전에 어느 정도 성격이 완성된다고 주장했다.

'세 살 버릇 여든까지'라는 말이 있다. 성격이 일단 형성되면 어떤 노력을 해도 변화하기 어렵다는 의미이다. 올바른 성격 교육이 이루어진 후 지적知的인 교육을 해도 부족한데 전문적인 교육을 받지 않은 부모들이 일방적으로 지적知的 교육만을 중요시하다보니 자라나는 자녀들을 진흙덩이로 몰아넣고 있는 것이다.

부모들이 예전의 방법으로 실용적 결과만을 다그쳐 물으며 자녀들을 강제하게 되면, 자녀의 성격은 왜곡되고 양심을 버리게 되며 잘못된 현실을 선택하기에 이른다.

구식 교육에는 강제만 있고 자유는 없다. 자유가 없는 곳에 정의가 있을 수 없다. 언제 누가 자유 속에서 스스로 정의를 선택하도록 가르치고 본보기가 되어주었는가?

인성교육의 기본이며 중심인 성격교육은 아예 땅에 묻어버렸다. 도덕, 윤리, 철학을 다루는 인문사회 분야가 쇠퇴하는 것을 보면 잘 알 수 있다. 현장에서 일하는 전문 지식인조차 그 일자리를 잃어가고 있지 않은가.

인간다운 인간 만들기! 이것이 교육의 본질이다. 좋은 토양에 자리를 잡고, 하느님께서 각자에게 주신 소질과 적성 찾기 작업을 통해 적절하게 지적교육을 하여 올바른 사회인을 만들이아 하는 것이다.

오늘 우리 사회에 일어나는 일련의 심각한 사태들은 그러한 성격교육을 도외시한 채 지적교육에만 급급하여 학생들을 강제로 끌어낸 그 결과가 아니겠는가.

신앙교육도 중요한데 많은 사람들은 그 진가를 알지 못하고 있다. 신앙교육은 절대자이신 하느님을 알고 그분을 통해 절대적인 진리를 만나며 인간의 내면을 풍요롭게 가꾸는 인테리어 작업이라고 할 수 있다. 이것이 교육의 기본이다.

그런데 도덕적·윤리적 기준은 대화 없이, 가르침 없이, 공허한 이론으로 자녀들에게 전수된다. 실천 없는 궤변의 껍데기 속에서 아이들이 성장하게 되는 것이다. 결국 자녀들은 아무것도 모른 채 자기 자신만의 기준에 따라 입만 살아 움직인다. 절대자이신 하느님과 절대성의 가치를 모르는 채 자라나게 되는 것이다.

그리고 상대적인 것이 진리라고 우기면서 제멋대로 행동한다. 수단과 방법을 가리지 않고, 자신의 실용적 결과를 위해서라면 무엇이든 선택할 수 있는 아이들이 되어버린다. 기본 바탕이 제대로 되어 있지 않으니 정의와 사랑이 꽃피지 못하고 메마른 땅과 사막을 만들게 된 것이다.

청소년들에게 질문을 하면 제일 많이 사용하는 용어가 있다.

"모르겠는데요." 잘못을 저지르고도 정직하지 못한 것을 보여주는 한 가지 예이다. 따져 보아도 변화의 가능성이 보이지 않는다. 하지만 지금부터라도 다 함께 희망이 있는 교육을 하자.

다 무너져 내려도 하느님을 향한 겨자씨만한 믿음이 있을 때 진정한 행복이 찾아든다고 했다. 이제부터는 아기가 태어날 때부터 인성교육의 기본인 성격 형성 교육에 마음을 쏟아야 한다. 올바른 습관, 올바른 도덕적 훈련이 되어있을 때, 지적인 교육은 제대로 빛을 발하게 될 것이다.

오월 예찬

　오월의 새벽, 비가 온다. 우산을 받쳐 들고 길을 나서며 묵주의 기도를 드리면 내 발자국 소리에 산새들이 놀라 인사를 한다. 아름다운 새 소리가 생음악으로 퍼져나간다.

　새벽길은 홀가분한 느낌으로 나를 반긴다. 다리는 아프지만 무겁던 몸도 어느 사이 한결 가벼워진 것 같다. 꽤 멀리 길을 떠나왔나 보다. 아침의 상쾌함으로 하루를 열며 하느님을 향하여 성무일도와 미사를 드린다. 아침식사가 맛있다.

　늘 이렇게 아침을 연다. 업무가 시작되고 아침조회가 끝나고 조간신문을 훑어보며 커피를 한 잔 마시고 두 시간 철학수업을 한다.

　수업이 끝나면 외부행사를 챙기며 내달린다. 행사가 끝나자마자 놀아와 내방객을 맞이한다. 꽃의 나라 네덜란드에서 20년간 바로크 음악을 연주하고 있는 부부와 환담을 나누었다. 방문 기념으로 성경을 찾아 꺼냈는데, 성경은 선물로 이미 받았다고 하여 다른 선물을 찾아보았다.

　오늘 행사에서 받아 온 귀한 선물, '산삼'이 보인다. 오랫동안 유럼에서 지냈으니 풍토병이 걱정된다는 말과 함께 산삼 두 뿌리를 선물로 드리니 무척 기쁜 표정이다. 덩달아 나도 기분이 좋아졌다.

여러 현안을 놓고 갑론을박하며 토의를 하는데 전화벨이 요란스럽다. 저녁 식사약속이 늦어지고 있음을 그제야 알았다. 정말 내 시간은 아침 시간 밖에 없는 듯 하다.

학교로 돌아오니 갑자기 마음이 무겁다. 정리도 잘 안되는 밀린 숙제가 부담이 되기 때문이다. 함께 찾아 온 내방객들은 학교 정원에 앉아 담소를 나누고 있다. 학생들이 성모상 주변으로 옹기종기 모여들어 묵주의 기도를 시작한다. 내방객들의 말소리는 점점 작아지고 학생들의 기도소리가 점점 커지더니 이내 교정에 가득 찬다.

하루가 너무 바빴는지 하품이 연신 나오지만, 밀린 숙제 때문에 밤을 세워보려는데 마음은 벌써 나를 침대에 뉘인다. 낮에 학생들에게 했던 이야기가 문득 떠올랐다. 십대, 이십대의 삶이 평생을 가름하니 시간을 낭비하지 말고, 목적 없이 빈둥대지 말고, 시큰둥하게 살지 말자고 말이다. 학생들이 '양업'에서 철분이 많이 들어 있는 영양가 높은 말들을 자꾸 듣다보면, 언젠가는 성령님이 오시고 철이 들게 되겠지. 그리고 뜨거운 감동이 일어나게 될 것이다.

젊은 학생들이 레드오션Red Ocean의 피바다가 아닌 블루오션Blue Ocean, 즉 청정바다를 꿈꾸며 오늘을 힘 있게 살고 미래를 행복하게 가꾸어, 늘 싱싱한 오월 같기를 바라며 간절히 기도한다. 그리고 끝기도로 오월의 성모찬가를 흥얼대며 하루를 접는다.

2. 아직도 자고 있느냐

(2005년)

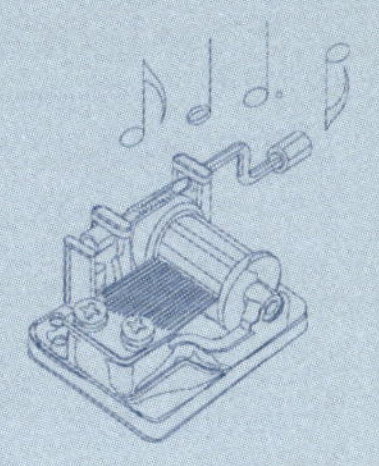

학생들아! 자유에 대해 착각하지 마라
자유의 개념이 무엇인지 잘 파악하고 학교생활을 하기 바란다
자유는 성숙한 사람에게 부여되는 선물이며, 그 선물의 가치를 아는 사람만이
자율성 안에서 희망을 꿈꾸며 인생의 청사진을 그릴 수 있는 것이란다

자유와 책임

　인간은 누구나 자유롭고 싶다. 간섭과 통제를 하면 할수록 반항하며 제멋대로 하고 싶어 하는 청소년들은 더 말할 나위가 없다. 이들이 제대로 된 자율성을 가지고 있다면 얼마나 좋겠는가. 하지만 올바른 자율성을 갖는다는 것은 어른들에게도 어려운 일이다.

　진정한 자유란, 제 마음대로 하는 것이 아니라 원칙에 기대어 선택하고 결정하며 책임을 지는 것을 뜻한다. 자유는 더 높은 질적 자유를 위해 있는 것이기 때문이다. 우리에게 주어진 자유를 합당하게 사용하지 못한다면 빼앗길 수밖에 없다. 그것은 자신과 공동체의 질서를 위해 필요한 일이다.

　얼마 전 서울의 한 대학 교수 신부를 만났다. 2년 전 양업고등학교를 졸업한 학생이 그 학교에 지원했는데 수능 성적이 과목별 1, 2, 3등급에 해당되었다고 한다. 하지만 좋은 성적과는 달리 생활점수가 모자라 불합격 처리가 되었다는 얘기를 전해주었다.

　"신부님, 면접 때 그 학생을 불합격 처리했습니다. 출석일수에 제동이 걸렸지요. 결석일수가 너무 많아서 왜 이렇게 결석을 많이 했느냐고 물었더니 수업에 참여하는 것은 자유의사이며 그것이 학교 방침이라고 대답하더군요."

나는 그 학생의 대답이 더 솔직하고 진지했더라면 하는 아쉬움이 들었다. 나는 늘 학생들에게 말해왔다.

"자유란, 원칙에 합당하게 순응하는 것이어야 한다. 수업에 참여하는 것은 자유다. 그런데 수업에 참여하지 않는다면, 학생으로서 더 높은 수준의 질적 수업을 받기 위해 더 적극적으로 노력해야 할 것이다."

제도권 학교나 대안학교나 다 똑같은 교육의 장이다. 대안학교가 일반학교와 다른 것은 일방적으로 자유를 강제하고 통제하는 것이 아니라, 일반학교보다 자율성을 훨씬 더 많이 지닐 수 있다는 점이다. 이는 학교생활이 즐겁고, 머물고 싶고, 행복하다는 것을 뜻하기도 한다.

하지만 그 자유 안에서 선택한 행동에 따르는 책임은 자기 자신이 질 수밖에 없다. 학생들은 자기에게 돌아오는 불이익의 책임이 자기에게 있다는 것을 잊지 말아야 한다.

2년 전 졸업생의 이야기다. 어깨가 딱 벌어지고 다부진 학생인데, 청주대학교 경영학부에 다니면서 즐겁고 보람찬 생활을 하고 있는 청년이다. 양업에서의 생활과는 달리 아주 모범적이며, 철이 들어도 보통 멋지고 훌륭하게 든 것이 아니다.

학교자랑도 잘하고 방과 후나 주말이면 후배들에게 충고의 말을 전해주기 위해 자주 모교를 방문하기도 한다. 그런 그가 머리를 긁적이며 후배들에게 얘기하는 걸 들은 적이 있다.

"야, 해병대 두 번 지원을 했는데 말야. 두 번 다 불합격했어. 해병대는 꼴통만 가는 곳인 줄 알았는데 많이 업그레이드가 된 모양이야. 남자답게 군대생활을 하고 싶었는데 결석일수가 너무 많다고, 성실성에 문제가 있다고 지적하면서 꼴좋게 불합격 처리를 하더군. 그때서야 지난 날 불성실하게 학교생활을 한 게 생각나면서 정신이 번쩍 들었어. 너희들은 꼬박꼬박 출석일수 챙겨서 불이익 당하는 일이 없기 바란다."

체험을 통한 진지한 반성이 후배들에게도 좋은 교훈이 될 것이고, 자신의 삶을 아름답게 만드는 좋은 거름이 될 것이라고 믿는다.

학생들아! 자유에 대해 착각하지 마라. 자유의 개념이 무엇인지 잘 파악하고 학교생활을 하기 바란다. 자유는 성숙한 사람에게 부여되는 선물이며, 그 선물의 가치를 아는 사람만이 자율성 안에서 희망을 꿈꾸며 인생의 청사진을 그릴 수 있는 것이란다.

찌꺼기 걷어내기

위대한 작곡가이자 음악가인 모차르트는 그에게 음악을 배우고 싶다고 찾아오는 사람에게 이런 질문을 던지곤 했다.

"전에 음악을 배운 적이 있습니까?"

배운 적이 있다고 하면 모차르트는 수업료를 두 배로 청구했다. 그리고 전혀 배운 적이 없다고 하면 수업료를 반만 내라고 했다는 것이다. 너무나 부당한 처사라며 사람들은 어리둥절했다.

"음악을 전혀 모르는 사람이 오면 수업료를 반만 내라고 하고, 십 년 동안이나 음악을 공부한 사람이 오면 수업료를 배로 내라고 하시는데 도대체 무슨 까닭입니까?"

"음악을 배운 사람들의 경우, 나는 먼지 그 찌꺼기를 걷어내야 합니다. 그동안 가지고 있던 잘못된 습관을 없애는 것은 백지 상태에 있는 사람을 가르치는 것보다 훨씬 더 힘든 일입니다."

오랜 훈련과 습관에 의해 형성된 성격을 바꾼다는 것은 거의 불가능한 일이다. '고기를 낚는 어부들'은 자신들이 '사람을 낚는 어부'가 되리라고는 꿈에도 생각지 못했을 것이다.

예수께서는 그 어부들을 구원사업의 동업자가 되어달라고 부르셨다. 그리고 그동안 그들 삶에서 생겨난 고정된 생각과 마음을 없애고 '새 마음'을 만드셨다. 그 작업은 실로 어려운 일이었을 것이다. '새 마음'은 부활하신 예수님을 보게 하는 믿음의 마음이다. 그 마음은 세상에 나아가 부활의 삶을 행동으로 옮기게 해주었다.

예수님의 12제자들은 촌사람들이어서 순수하긴 하지만, 무지하고 천박한 사람들이었다. 예수님은 그런 사람들과 동행하며 하느님에 대한 인간 사랑을 알려주시고, 하느님의 아들인 자신의 정체성을 확인시켜주셨다. 때가 되자 앞으로 이룰 구원사업에 관해 말씀해주시기도 했다.

그리고 최후의 성찬 식탁에서 모든 것을 담아 말씀해 주시고, 절망의 십자가에 대한 수난과 죽으심, 묻히심을 보여주셨다.

예수님은 죽은 지 사흘 만에 부활하셨다. 그러나 제자들은 예루살렘에서 있었던 치욕적인 십자가 사건과 스승의 죽음을 통해 이제 더 이상 그분에게 어떤 희망의 기대도 할 수 없게 되었다. 그때 한 사람이 그들의 대화에 끼어든다.

"…… 그분의 시신을 찾지 못하고 돌아와서 하는 말이 천사들의 발현까지 보았는데 그분께서 살아 계시다고 천사들이 일러 주더랍니다. 그래서 우리 동료 몇 사람이 무덤에 가서 보니 그 여자들이 말한 그대로였고, 그분은 보지 못하였습니다."

"아, 이 어리석은 자들아! 예언자들이 말한 모든 것을 믿는 데에 마음이 어찌 이리 굼뜨냐? 그리스도는 그러한 고난을 겪고서 자기의 영광 속에 들어가야 하는 것이 아니냐?"

어부들은 그분이 성서 말씀을 들려주실 때 뜨거운 감동을 느끼게 되었고, 한 식탁에 앉아 빵을 뗄 때 비로소 그분이 부활하신 예수이심을 알아보게 된다. 고기 잡는 어부들이 부활을 체험하며 드디어 '사람 낚는 어부'로 변신하게 된 것이다.

이처럼 제자들은 예수님의 부활에 대한 불신과 확신을 경험하며 복음의 증인인 주님의 사도가 되어 '사람 낚는 어부'로 거듭 태어나게 되었다. 이 얼마나 경이적인 발전인가. 세속적인 마음의 찌꺼기를 거두어내고 하느님의 사람으로 태어나는 그 순간까지, 예수님은 스승으로서 참으로 힘든 작업을 하신 것이다.

이 놀라운 변화는 예수님이 보여주신 사랑의 힘이 이루어낸 것으로, 제자들은 비로소 예수 부활을 가슴에 품고 인간 구원을 향한 사랑의 발걸음을 재촉할 수 있게 되었다.

매년 학생들의 비윤리적인 행동들을 바라보며 잘못을 끄집어내어 없애는 일이, 지식을 가르치는 것보다 몇 배로 어렵다는 것을 실감한다. 시간은 흘러가는데 학생들은 현재 가르침을 받고 있는 것이 무엇인지, 전혀 알지 못하고 있을 때도 있다. 그럴 때는 모차르트처럼 수업료를 곱절로 받을 수도 없고, 정말 답답하기만 하다. 그들이 모두 '사람 낚는 어부'가 될 수 있도록, 그들 속에 들어있는 찌꺼기를 다 꺼내주고 싶은데 그건 불가능한 일일까.

생명 가꾸기 대토론회

시작할 때부터 대안학교alternative school는 일반학교에서 적응을 못 하는 학생이나 중도에 탈락한 학생들이 다니는 곳으로 인식되었다.

개교한 지 8년의 시간이 지난 지금은 부정적인 인식보다 긍정적인 인식이 많아지긴 했다. 하지만 아직도 학교 밖은 물론이고 대안학교에 다니는 학생들조차 부적응 학생들이 다니는 학교라는 인식을 떨치지 못하고 있는 실정이다.

과거에 나 자신이 학교에 적응을 잘 못하던 학생이었다고 치자. 그래도 '지금은 확실히 아니다!' 라고 스스로 말하며 멋지게 살아야 한다. 대안학교는 오로지 대학 진학에 초점을 맞추어 삭막하게 살아가는 일반학교를 뛰어넘는 학교이며, 진정한 교육을 추구하는 곳이라는 긍지를 학생들 스스로 가져야 한다.

우리 학교 학생들은 그동안 잘못 훈련받은 모습을 여전히 보여주고 있는데 어쩌면 이는 당연한 것이다. 때로는 가정교육 부재에서 비롯된 왜곡된 성격, 잘못된 가치관과 윤리관, 잘못된 훈련과 습관에 의한 행동으로 학교를 혼란스럽게 만들기도 한다.

하지만 이러한 것들은 분명 우리 공동체가 노력하며 풀어야 할 과제들이다. 문제를 해결하기 위해서는 문제에 매달리기보다 먼저 적극적으로 인간관계를 개선하고 회복할 수 있도록 해야 한다.

이러한 노력이 이미 고정화된 습관을 변화시키기에는 역부족이겠지만, 하느님 사랑과 윌리엄 그래셔William Glasser 박사의 《선택이론과 현실요법》이 더해져 '좋은 학교'를 만들 수 있을 거라고 믿는다.

박사는 "'좋은 학교'란 교사와 교육 행정가들이 질적으로 우수한 교육을 학생들에게 제공하고, 그 결과가 '좋은 학교'의 기준에 들어가는 것"이라고 한다. 또 '좋은 학교'의 기준은 학교에서 최근 2년 동안 사건 사고가 현저히 줄어들어야 하고, 폭력과 무단결석이 없어야 하며, 학업성취도 면에서 뚜렷한 향상을 가져오고, 전국의 학생들과 겨뤄 성적이 상위권에 진입해야 한다고 말한다. 이는 추상적 이론이 아니라 그가 부적응 청소년들에게 적용하여 효과를 본 결과이다.

우리 '양업'도 좋은 학교가 되기 위해 열심히 노력하고 있다. 그 '좋은 학교'의 기준에 도달하기 위해 해아 할 일은 첫째, 학생들이 자기 사랑과 자신감 회복으로 긍정적 인식을 갖는 것이며, 둘째는 교사와 학부모가 '현실요법'을 통해 학생들과 건강한 인간관계를 갖고 학생이 올바른 선택을 하도록 꾸준히 도와주는 것이다.

교사와 학부모가 문제를 풀어갈 방법을 학생들과 함께 끊임없이 모색하고 적용할 때, 학생들은 어른들에게 존경과 신뢰를 갖게 될 것이며 교육적 효과도 클 것이다. 이러한 방법 찾기의 하나로 교사와 학생, 학부모가 머리를 맞대고 생명 가꾸기 대토론회를 가졌다. 주제는 '양업공동체 안에서 이성교제는 바람직한 것인가' 였다.

이성교제로 불거진 음주, 폭력, 무단가출, 미귀교 등의 여러 어려운 일들을 보며 우리의 교육 목표를 방해하는 요소들이 무엇인지 하나하나 짚어보았다. 이 토론회는 학부모, 교사, 그리고 전문가의 주장으로 나누어 장장 4시간 동안 진지하게 이루어졌는데 참으로 분위기가 좋았다. 이러한 신선한 시도가 각자의 마음을 움직여 서로 깊이 이해할 수 있게 해주었다. 앞으로 이런 시도가 공동체 안에서 계속되길 바란다.

학생들에게 도움이 되는 이 토론회를 주관한 담당 선생님과 동료 선생님들과 학부모님께 깊은 감사를 드리고 싶다.

아직도 자고 있느냐 (마태 26,45)

신부님이 강론을 하는데 신자들 대부분이 졸고 있고, 한 할머니만 초롱초롱 눈을 뜨고 있었다. 졸고 있는 신자들을 본 신부는 열심히 강론을 듣고 있던 할머니에게 소리쳤다.

"할머니! 뭐하고 계세요? 졸고 있는 옆의 신자 깨우지 않고!"

할머니는 어이가 없다는 표정으로 푸념했다.

"신부님이 재워놓고 왜 나더러 깨우래?"

강론이 신자들 마음과 거리가 멀면 졸 수밖에 없다.

예수님께서 겟세마네 동산에서 번민에 쌓여 기도하실 때 제자들이 잠에 취해 있자 예수님께서는 제자들에게 말씀하셨다.

"아직도 자고 있느냐? 한 시간도 깨어 있을 수 없단 말이냐?"

제자들은 예수님으로부터 수난 예고를 세 차례나 들었는데도 불구하고 그 말씀을 받아들일 마음 준비가 되어 있지 않았던 것이다.

예수께서 승천하시는 날도 제자들은 멍하니 하늘만 쳐다보고 있었다. 하지만 그분이 떠나시고 성령이 오시는 날, 제자들의 근심은 기쁨으로 바뀌었다. 그들은 예루살렘과 온 유다지방, 사마리아 지

역과 이방지역 그리고 땅 끝까지 인간의 한계를 뛰어넘어 복음의
증인으로, 부활의 증인으로 다시 태어나게 되었다.

성령께서 오시는 날, 예수님을 속속들이 알게 된 제자들은 예수
님께로 모든 초점을 맞춘다. 제자들은 협조자이신 성령이 오시자
드디어 십자가의 사랑이 세상을 이겼다는 것을 알게 되었다. 그들
의 마음은 예수님의 사랑으로 넘쳐나 온갖 위험을 무릅쓰고 세상을
향해 투신할 수 있게 된 것이다.

수업시간에 아이들이 이곳저곳에서 잠을 잔다. 학생에게 소리친다.
"야! 저놈 깨워!"

한 학생이 '선생님이 재웠으면서 왜 나보고 깨우래?' 라고 말하는
것 같다. 수업이 재미없어서 그럴 수도 있고, 수업을 받아들일만한
마음 준비가 되지 않아 그럴 수도 있다.

딱딱한 의자에서 힘들게 50분을 버티던 학생들은 끝나는 종이 울
리자마자 '아휴, 답답해!' 하며 문을 열고 나선다. 그 느낌이 교무실
까지 이어져 와 마음이 무겁다. 얼마나 힘들고 답답했으면 저럴까
싶어 동정심이 일기도 한다. 학생들이 수업을 받아들일 마음이 없
다면 잠자는 것은 어쩌면 당연한 일이다.

그들을 깨워 더 이상 자고 싶은 마음이 들지 않도록 하는 일이 급
선무이다. 그러려면 교사는 수업을 보다 더 철저히 준비해야 한다.
그리고 학생들의 마음을 움직일 수 있도록 노력해야 한다. 그들을
잠에서 깨어나게 하는 동력은 진정으로 그들을 존중하고 사랑하는

것이기 때문이다.

오늘은 성령 강림의 날이다. 제자들의 마음 안에 성령이 오셨으며, 그들의 정신 안에는 세상을 이기고 승리자로 부활하신 예수님이 계시다. 진리의 성령이 임하신 제자들은, 그분처럼 세상에서 당당할 수밖에 없다.

성령은 인간 정신의 바탕을 보고 찾아오신다. 예수님의 생애는 하느님 아버지와 함께 한 생애이며, 신앙인의 생애는 예수님과 함께 하는 생애이다. 신자 중에 성령의 은사를 받았다고 하는 사람들이 있는데, 훗날 보면 선무당이 되어 있는 경우도 더러 있으니 조심해야 할 것이다.

'양업'에서 지내는 3년은 학부모, 학생 모두에게 긴 피정의 시간이다. 그래서 모두 힘들다고 아우성이다. 그러나 '양업'을 떠나는 날, 부모도 학생들도 비로소 진리를 깨닫게 된다. 제자들이 성령의 도우심으로 예수님의 전 생애에 담긴 하느님의 사랑을 깨닫고 파견되는 것처럼, 부모도 학생들도 세상을 향해 새롭게 뛰어들게 되는 것이다.

지리산 종주

지리산 종주가 3박4일 일정으로 6월 7일~6월 10일 사이에 있었다. 매 학기마다 하는 프로그램이지만 산행 경험이 전혀 없는 1학년 학생들은 걱정을 많이 하는 듯 했다.

학년이 올라갈수록 지리산이 안겨주는 선물이 값지다는 것을 알기에 나는 큰 걱정을 하지 않지만, 새내기들은 잔뜩 긴장한 표정이다. 모두 산행이 잘 이루어지길 기도했다.

특별한 산행조가 있었는데, 진주 방향 중산리에서 출발해 천왕봉, 노고단을 거쳐 정치령을 넘어 고기리까지의 코스를 종주하는 조였다. 3박4일 동안 담당 교사와 함께 꼼꼼하게 계획을 세우고, 멋진 산행을 성공적으로 마친 일행은 환한 미소 속에 피곤함을 감추고 승리감에 도취되어 있었다.

산에서 마주친 학생들은 '이렇게 건재하다' 며 자랑스러워하기도 했지만, 때론 쩔뚝거리며 힘이 너무 든다고 응석을 부리기도 했다. 산행을 마치고 개선장군이 되어 학교로 돌아온 전교생들의 표정은 자신감으로 넘쳐났다.

이번 산행은 3학년의 협력이 두드러졌으며 새내기들도 이에 힘을 많이 얻은 것 같았다. 집채만 한 배낭 속에서 버너, 코펠, 햇반, 마른반찬, 김치 등을 주섬주섬 꺼내어 식사를 준비하고, 물을 끓이고, 음식을 나누고, 산장에서 새우잠을 자며, 긴 시간을 인내해야 했던 산행. 이렇게 함께 지낸 3박4일은 그들의 머릿속에 오랫동안 아름다운 추억으로 남으리라.

한 선생님은 말한다.

"3박4일의 산행을 통해 학생들의 성격을 확연히 알게 되었습니다. 나 몰라라 하는 방관자도 있고, 눈에 띄게 부지런히 남을 도와주는 학생도 있었습니다. 소득이 남 다릅니다."

혹시라도 산행을 하다 어려움에 처한 학생을 만나게 되면 도와줘야겠다 싶어서 나도 지리산으로 향했었다.

"낙오자 3명 발생입니다." 산 정상에서 연락이 왔다. 그리고 뒤이어 예정 지점에서 이탈한 힘없는 패잔병 모습을 한 학생 3명이 눈에 들어왔다. 이탈한 조원들을 보는 순간 같은 조 대원들이 제대로 산행을 할 수 있을까 걱정이 앞섰다.

조원의 이탈은 다른 조원들의 산행에 큰 지장을 가져다준다. 필요한 준비물을 나누어 꾸렸기 때문에 어느 한 사람만 빠져도 타격이 크다. 나는 이탈한 학생들의 배낭을 확인하려고 2, 3분 정도 잠시 자리를 비웠는데, 그 사이에 그들은 어디론가 사라져버렸다.

그 학생들은 1시간 후 본부 조 교사들에 의해 다시 발견되었지만 또 도망가 버렸다. 마음이 비뚤어지면 어쩔 수 없는 모양이다. 이들 학생들은 중산리에서 천왕봉에 이르는 로터리 휴게소로 산행을 하다가 쬐가 나자 아프다는 핑계를 대고 대열에서 이탈한 아이들이었다.

학생들의 마음을 돌리려고 했지만, 이미 굽은 마음을 끝내 돌이키지 못했다. 그로부터 4시간이 지난 저녁 무렵 전화가 왔다. 시내에서 조무래기 중학생들한테 용돈을 빼앗다가 경찰에게 붙잡혔다는 것이다. 나는 오히려 잘 걸렸다 싶었다. 만약 잡히지 않았더라면 더 큰 것을 계획했을지도 모를 일이다.

좋지 못한 마음이 원인이 되어 이런 일은 터지게 된다. 그래서 이런 일을 맞닥뜨릴게 될 때면 학생들만의 문제로 끝내고 싶지 않다. 문제는 학부모와 함께 바라봐야 한다. 그리고 상담치료 프로그램에 참여해야 하고, 못다 한 산악등반을 부모와 함께 마쳐야 한다. 그 과정이 힘들고 어려울지 모르지만 학생들에게서 좋은 행동을 끌어낼 수 있다면, 아무리 어려운 일도 반드시 해야 하는 것이다.

언제나 우리 안에는 좋은 일과 어려운 일이 함께 한다. 때론 좋지 않은 일도 벌어지지만 그것 또한 살아가는데 다 필요한 일이다.

아이들을 바라보는 어른들의 관심이 그들을 건강하게 살릴 것이다. 그 아이들이 학교의 결정을 존중하고, 무사히 돌아오기를 바라며 기도한다.

엉킨 낚싯줄 풀 듯이

벌써 오래전 일이다. 낚시를 하러 가보면 낚시꾼들은 여러 대의 낚시를 드리우고 찌에 초점을 맞추고 있다. 초보자에게 입질은 기분 좋은 일이다. 하지만 입질 한 번 하지 않고 밤을 꼬박 새는 날은 지루하기만 하다.

어쩌다 피라미라도 걸려들 때 전해지는 짜릿함은 무료함을 깨운다. 하지만 가끔 큰 것이 걸려들어 요동을 치기라도 하면, 여러 대의 낚싯줄이 사정없이 엉켜 골치 아프다. 그럴 때면 인내심을 시험받게 된다.

이럴 때 프로 낚시꾼은 전혀 감정에 치우치지 않는다. 오랫동안 내공을 쌓았기 때문에 냉징할 수 있나. 그들은 고기와 신경전을 벌이기보다, 자연과 동화되어 머리를 식히고 느긋하게 즐긴다. 줄이 심하게 엉켰을 때도 투정 한 마디 없이 밤을 새워 풀기도 하면서 말이다.

초보자는 전문가에게 많은 것을 배운다. 똑같은 상황이 나에게 찾아왔을 때 성미가 급한 나는 인내심을 갖고 엉킨 줄을 느긋하게 풀기 보다는 단번에 줄을 끊고 새것으로 갈아 끼우곤 했다. 이런 일이 반복되는 날이면 성질을 참지 못해 엉킨 줄에 대까지 구겨서 던져버린 적도 있었다. 그렇게 처신하는 내 모습을 되돌아보면 정말 덕이 없다는 생각이 들었다. 그런 일이 몇 번 더 생기자 나는 재미를 잃게 되어, 낚시를 그만둬버렸다.

나는 학생 문제를 놓고 늘 민감하게 반응했다. 감정에 치우쳤고, 낚싯줄 끊어내듯 단번에 문제를 처리하려고 했다. 지내놓고 보면 학생들은 별 문제가 없는데 나의 잣대로 학생들을 다룬 것이다.

느긋하게 기다려주면 되는 걸 언제나 속전속결로 처리하지 못해 안달이었다. 학생들의 마음을 잘 살피지 않고 빨리 문제를 해결만 하려고 했던 것 같다. 문제는 보이는 것이 전부가 아니라 부풀어 있게 마련인데 말이다.

학생들은 학생들대로 학교의 처방전이 자신의 입장을 고려한 교육적 접근이라고 여기지 않고 처벌이라고만 여긴다. 학교는 발 빠르게 결정하지만, 학생들은 학교를 불신하고 반발하기도 한다. 그래서 학생들은 사소한 일인데도 이곳저곳에서 심통을 부린다.

무엇이, 무엇 때문에 이런 상황을 만들었는지 밤을 새워가며 학생과 함께 문제를 풀어 보려는 마음이 부족했던 것은 아닐까. 강제적로 빠른 시간 안에 학생들을 진압하여 내 요구에 순응하기를 바랐던 것은 아니었을까. 그런데 이는 나만의 병은 아닌 것 같다. 한국의 어른이면 모두 이런 급한 병에 걸린 게 아닌가 싶기도 하다.

이런 조급증은 문제 해결에 전혀 도움이 되지 않는다. 천천히 순리적으로 바라보는 것이 아니라, 상대방에게 내 생각을 억지로 집어넣어 급조시키려고 하기 때문이다.

　이제 고기를 잡기 위해 낚시를 할 것이 아니라 인내심을 배우기 위해, 꼬인 낚싯줄을 밤새 풀며 여유롭게 앉아있고 싶다. 학생들 안에서 일어나는 여러 가지 상황을 정확히 읽고 끈기 있게 매듭을 풀어가는 법을 배우려면, 다시 낚시를 시작해야겠다.

안 그랬어요

물체가 수직으로 작용할 때 그 힘이 대단하다는 것은 누구나 다 아는 사실이다. 그 낙차가 크면 클수록 힘 또한 비례한다. 인간도 부정적인 힘이 내리누르면 그 충격이 어마어마하다.

학교에서는 그 누구보다 3학년의 힘이 크게 작용한다. 특히 학교를 물 먹여 보겠다는 심사에서 비롯된 부정적인 힘은 그 위력이 대단하다. 두려움에 빠진 저학년들은 맹목적으로 복종할 수밖에 없다.

연극 공연이 있던 수요일, 공연장에는 몇 명의 학생들만이 간신히 자리를 지키고 있었다. 많은 학생들이 자리를 비운 바람에, 공연 시작이 자꾸 늦어졌다. 무슨 일이 생겼다는 것을 직감했지만, 더 미룰 수는 없었다.

다행히 시간이 지나자 학생들이 차츰 자리를 메웠고, '햄릿' 연극 공연은 주인공들의 열연과 관객들의 환호 속에 무사히 막을 내렸다. 그런데 어떤 힘이 작용했기에 저학년들이 이 훌륭한 연극 공연에 거의 참석을 하지 않은 것일까.

그 진원지를 살피고자 조심스럽게 접근해보았지만, 보이지 않는 힘이 얼마나 무서웠는지 아무도 입을 떼지 못했다. 준비도 많이 했고, 경비도 엄청나게 들어간 연극 수업을 방해하며, 대다수 선의의 학생들에게 피해를 준 학생은 도대체 누구일까?

벌써 3, 4일 지났는데도 아무도 나타나지 않았다. 전교생이 모인 가운데 이러한 분별력 없는 행동에 대해 말하지 않을 수가 없었다.

"여러분, 누가 이런 일을 했습니까? 솔직히 고백하기 바랍니다. 남을 속이는 일도 잘못이지만 자기 자신을 속이는 일은 세상에서 가장 비겁한 일입니다. 떳떳하게 자신을 밝혀주길 바랍니다. 오늘 18시 이전까지 솔직하게 고백하면, 우리 공동체는 조건 없이 용서하고 문제 해결을 위해 교육적인 측면에서 접근하겠지만, 그 시간이 지나게 되면 상황이 매우 복잡해지게 되니, 그 책임을 전적으로 그 학생에게 물을 수밖에 없습니다."

누가 그랬는지 이미 묵시적으로 다 드러났지만, 본인은 결코 하지 않았다고 부인를 하고 있는 상황이었다. 확증은 있었지만, 자기 입으로 고백하는 시간을 주기 위해 나는 기다렸다.

그러나 그는 시한을 넘기고 사징이 어렵게 된 뒤에서야 어쩔 수 없다는 듯이 입을 뗐다. 공동체 앞에서 한 약속 시한을 비굴한 자존심 때문에 놓쳐버림으로써 상황을 어렵게 만들어버린 것이다.

이제 전교생에게 한 약속은 지켜질 수밖에 없다. 당사자가 나타나 '잘못했습니다' 라고 말했고 그의 잘못을 개인적으로는 용서할 수 있지만, 모든 학생 앞에서 한 말을 번복할 수는 없는 일이다.

　그리고 그동안 공동체에서 엄청난 물리적, 심리적 피해를 입고 학교를 떠날 수밖에 없었던 학생들을 아무 일도 없었던 것처럼 본래의 모습으로 복원시킬 수 있다면, 자연스럽게 용서해 줄 수 있을 거라고 말했다.

　학생을 살리는 것은 '양업공동체' 구성원 모두가 그 학생을 살려야겠다는 의지를 가질 때만이 가능한 것이다. 나는 '양업공동체'가 학생들의 수직적인 힘의 논리에 의해서가 아니라, 교권이 제대로 선 학교, 약자가 건강하게 살아갈 수 있는 공간이 되길 바란다. 안타깝지만, 그런 변화 말고는 결코 다른 구제 방법이 없다는 것을 분명히 밝힐 수밖에 없었다.

　나는 늘 개인을 중히 여겨왔다. 그러나 공동체가 더욱 건강해지기를 바라는 마음도 크다. 그런 까닭에 이러한 방법으로 일을 처리하면서 마음이 몹시 아팠다.

빠떼루_{par la terre}를 주고 싶다

봉사활동 가서 한 학생이 탐나는 물건을 몰래 가져와서 그것을 보고 야단치는 교사에게 이렇게 말한다. "제가 뭘 잘못했나요? 이 물건은 누구나 사용할 수 있는 것 아닌가요?"

도둑질이란 개념을 모르는 학생이다.

걸어오다가 피곤하다고 남의 자전거에 손을 댄 학생에게 그건 도둑질이라며 제자리에 갖다 놓고 오라고 하면, 태연히 대답한다.

"자전거가 임자 없이 버려져 있기에 타고 왔을 뿐입니다."

어떤 학생은 저학년에게 강제로 돈을 빌려놓고 되돌려 줄 생각을 전혀 하지 않는다. 돈을 돌려 달라고 하면 꼭 갚아야 되느냐고 되레 성질을 부린다.

또 다른 학생은 지나가는 학생에게 공갈을 쳐 돈 만 원을 빼앗아 공갈범이 되어 경찰에 붙잡혔다. 그것으로도 부족해 자신의 소중한 인격을 저당 잡힌다. 자기 잘못은 뉘우치지 않고 오히려 걱정하는 부모를 협박한다. 학교를 자퇴하고 기술을 배울 거라며 으름장을 놓기도 한다. 가출해 삼겹살 집에서 도우미로 일하며 청춘을 불사르는 경우도 있다.

그뿐만이 아니다. 공동체에서 강자로 군림하며 약한 학생들을 마구잡이로 못살게 구는 것으로는 모자라, 학교를 물 먹이겠다며 부정적인 일을 저학년 전체에게 시키고 명령의 진원지가 다 밝혀졌는데도 시치미를 뗀다. 그리고서는 자기는 아무 잘못도 없다며 끝까지 거짓말을 하기도 한다.

몇몇 학생들은 도무지 분별력이 없어 보인다. 또 학부모도 마찬가지다. 어느 부모는 자식이 잘못하면 제대로 못 가르친 어른 잘못이라며 머리를 조아리지만, 어떤 부모는 너무나 당당하고 뻔뻔스럽게 학교에 항의를 하기도 한다.

"그까짓 것 가지고 뭘 그러세요?"

그런 부모에게는 자녀 교육을 제대로 하지 못한 잘못을 묻기 위해 '빠떼루par la terre'를 주고 싶다.

부모의 생명이 온전해야 자녀의 생명도 온전해진다. 많은 부모들이 자녀가 태어나서부터 지금까지 공부하라고 재촉만 했지 올바른 가치관 위에 제대로 된 도덕관과 윤리관을 정립시켜주지 못했다. 제대로 교육했다면 적어도 고등학생이 돈 만 원에 자기 인생을 걸지는 않았을 것이다. 이런 소식을 접하다보면 어떻게 이런 일이 일어날 수 있는지 그저 놀라울 뿐이다.

"학부모 여러분, 자녀를 대안학교에 보내놓고 제발 대학 타령 그만 좀 하시고 자녀를 훌륭한 사람으로 만드는데 힘을 쏟아주시기 바랍니다.

많은 자녀들이 입학할 때 부모님과 한 약속을 다 잊어버리고 할 일 없이 서성대기만 합니다. '해라!' 라고 한다고 해서 절대 그대로 할 학생들이 아닙니다. 잘 아시지 않습니까. 지금까지 그래 왔잖습니까. 속지 마시기 바랍니다.

왜 그리 성급하십니까? 자녀들이 부모의 변화된 모습에 답답해 할 정도로 참고 인내하십시오. 당신들의 철부지 자녀들, 아직도 대책이 없어 보입니다.

방학 동안 잘 지도해서 또 건강하게 만날 것을 기대합니다. 한 학기도 참 어려웠습니다. 함께 기도합시다."

40이 불혹인데四十而不惑

'마흔 살에 사리事理에 의혹疑惑하지 않다.' 아는 것이 분명해진다는 의미일 것이다. '공자는 열다섯에 학문에 뜻을 두고, 서른 살에 자립하였고, 마흔에 사리에 의혹하지 않았고, 쉰 살에 천명을 알았고, 예순 살에 귀로 들으면 그대로 이해가 되었으며, 일흔 살에 마음에 하고자 하는 바를 쫓아도 법도를 넘지 않았다.' (논어 위정 제2편)

한 번 주어진 인생이다. 한 번 지나면 다시 돌아올 수 없는 것이 인생이다. 잘 살아야 할 텐데 잘 살지 못하는 사람을 보면 언제 철이 들지 걱정이다.

왜 사느냐고 그 이유를 물어보면 '그냥' 산다고 대답한다. 적당히, 편하게, 요령껏, 아무 목표도 없이, 노력도 하지 않고 살아가는 청소년들을 본다.

얼마 전 한 병사가 군대 내무반에 수류탄을 던져 많은 동료들의 생명을 뺏은 사건이 있었다. 나는 군에 간 제자들에게 충실하라고 이르면서 농담으로 한 마디 했다.

"수류탄 던지려면 혼자서나 죽지, 절대 내무반에 던지지는 마라."

원인 없는 일은 하나도 없겠지만 그 원인은 전적으로 자신에게 있음을 알아야 한다. 자신을 훌륭하게 키워내지 못한 연약함이 남에게 해가 될 때가 있다. 청소년 시절에는 그것을 모르고 지낸다. 그리고 부정적인 사고를 키워가다가 그 간격이 점차 증대되면 남을 원망하고 남에게 잘못된 탓을 돌린다.

부모와 교사가 공부 열심히 하고, 뜻을 세우라고 귀가 따갑도록 말하기도 했을 것이다. 하지만 언젠가는 허송세월하며 하나도 이룬 것 없는 자신을 발견하고 원망을 하게 된다.

"아버지! 그때 저를 때려서라도 바로 세워주었어야 하는 것 아닙니까?"

거세게 반항하며 자신을 돌보지 않고 지내다보니, 어느새 나이가 40을 바라보게 된 것이다.

한 학생을 제적 처리하며 1년 후에 다시 복학하라고 했다. 용서해 주고 싶은 마음이 크지만 그 학생에게는 무엇보다 반성하며 정화하는 시간이 꼭 필요했다. 그리고 지금 용서해 준다면 남에게 피해가 돌아갈 수밖에 없디. 또 굽은 길로 사는 섯이 익숙해지면 그 나쁜 버릇을 고치는데 10년, 20년이 더 걸릴 수도 있을 것이다. 학생에게 관심과 사랑을 갖고 함께 살아가자는 말을 했더니 받아들였다.

시시하게 레스토랑에서 서빙하고, 삼겹살 집에서 일하며 돈 몇 푼 버는 청소년이 되어서는 안 된다는 말도 전했다. 최선을 다해 목표를 세우고 공부하라는 말도 잊지 않고 일러 주었다. 어머니는 그

제언을 겸허하게 받아들였고 학생도 이에 동의하였다. 용서가 중요한 것이 아니다. 용서받기에 합당한 보속을 제대로 하는 것이 내일을 훌륭하게 키워가는 힘이다.

패륜아, 흉악범들을 보면 아무도 자기를 지지해주는 사람이 없었다고 한다. 그래서 세상이 원망스러웠다고 말한다. 세상이 왜 지지를 하지 않겠는가? 목표 없이 허송세월 하다가 이룬 것이 하나도 없게 되자 세상을 비관하는 것은 아닌지 모르겠다.

오늘 잘 안 된다고 실망하지 말고 최선을 다해 살았으면 좋겠다. 내 제자들이 나이 40이 되었을 때는 공자님 말씀대로 사리를 분명하게 말하고 행동하기 바라는 마음 간절하다.

대안학교가 좋다

2학기가 시작한지 얼마 지나지 않은 점심식사 시간에 ㅂ이 웃으며 말했다.

"1, 2학년 때는 몰랐는데, 3학년이 되니 대안학교가 정말 좋다는 생각을 자주 하게 됩니다. 사실 그동안 일반학교가 그리워서 돌아가고 싶었던 때도 여러 번 있었답니다. 자유와 방종이 잘 구분되지 않았고, 신부님의 군자 같은 말씀도 저에게는 아무 도움이 되지 않았습니다. 왜 마음에 와 닿지도 않는 말을 저렇게 들려주시는 걸까? 왜 우린 힘든 등산을 해야 하고, 남과 만나서 하기 싫은 봉사활동을 해야 하고, 그 너른 세상으로 내쫓고는 오관으로 체험을 하도록 했는지 몰랐습니다. 하지만 이세는 알아요."

나는 옥을 발견한 듯 내심 기뻐하며 칭찬을 아끼지 않았다.

"너야말로 대안학교의 용이다. 내가 그동안 많은 학생들을 졸업시켰지만 너처럼 기억에 남을 만한 학생들은 그리 많지 않단다. 나는 내 기억 속에 남는 졸업생들은 존경한다."

ㅂ이 자랑을 한다.

"신부님, 제가 자유가 무엇인지도 모르고 제멋대로 방종한 생활을 할 때도 부모님은 중심을 잡고 저를 믿어주셨답니다."

"그래, 자녀를 망치는 것은 부모의 지나친 사랑이란다. 자식 사랑이 지나치면 중심을 잃어버리게 되고 자녀를 과잉보호하게 되지."

"3년이 다 되어가고 있는 요즘 제 안에서 좋은 것들을 많이 발견하게 돼요. 그런데도 뭔가를 또 꺼내고 있는 제 자신을 보고 놀라기도 한답니다. 일반학교 아이들처럼 고등학교 3년 세월을 교실에서 보냈다면 경험한 것이 별로 없어서 무언가를 논하고 주장해야 할 때도 이론에 그치고 말았을 거예요. 그리고 감동과 호소력도 갖지 못했을 겁니다. 그런데 저는 대안학교의 삶을 통해 크고 작은 다양한 경험을 해봤기 때문에 많은 것을 자신 있게 꺼내고 종합해서 정리할 수 있어요."

"그래, 텔레비전 프로그램 중에 '아침마당'이라는 게 있지. 그 프로그램 출연자들을 보면, 지금 너처럼 삶 속에서 자연스럽게 경험을 꺼내고 그 경험이 시청자들에게 감동을 주지 않니? 자네가 경험한 삶도 진솔하게 이야기해주면 사람들이 큰 감동을 받을 거야."

B은 교무실로 논술 주제를 들고 자주 찾아오는 학생이다. 예를 들면 '황우석 교수의 생명 복제 연구'란 주제를 놓고, '저는 이렇게 생각하는데 신부님 의견은 어떻습니까?' 하고 묻곤 한다.

내가 '… 생각한다'고 이야기 해주면, '저도 그렇게 생각합니다' 하고 맞장구를 치는데, 마치 어른의 생각을 꿰뚫고 있는 듯했다.

“어떻게 그런 폭 넓은 생각을 했지?”라며 묻지 않을 수 없었다. 그러면 ㅂ은 당당하게 대답했다.

“제가 체험한 것들 안에서 찾아내어 종합한 거예요.”

“철없이 마구잡이로 뛰어놀다가도 언젠가부터 자신을 당당히 세우라는 마음의 소리를 듣게 되었습니다. 그럴 때는 제 모습이 더욱 빛나고 자랑스럽습니다. 3년 동안의 대안학교 생활은 저에게 많은 것을 가르쳐 주었습니다. 자생력을 키워주었고, 주도적이고 자발적으로 미래를 열어갈 갈 힘을 갖게 해주었습니다. 그 힘은 상대방에게 해가 되는 물리적이고 파괴적인 것이 아니라, 절대 권위에 가깝다고 할 만큼 정신적이며 건강하고 풍성한 생명을 내재한 것입니다. 그 생명은 또 다른 생명을 만드는 힘이 될 거에요.”

ㅂ은 참으로 자랑스러운 ‘양업인’이다. 우리 이야기를 부러운 듯이 듣고 있던 옆의 학생을 격려를 해주고 싶어서 말을 덧붙였다.

“자네도 지난날이 참 어려웠지? 앞으로 진솔한 모습으로 당당히 선다면 그동안의 허물은 오히려 감동과 생명력을 지니는 큰 재산이 될 거야.”

점심식사 시간이 제법 길어졌지만, 무척 의미가 있었다. 

갈등

청소년 이야기를 하다가 갈등에 대한 말이 나왔다.

"신부님! 갈등이 무엇인지 아십니까? 칡나무 갈葛과 등나무 등藤의 합성어입니다."

공식 방문한 수녀원 관구장 수녀님이 알려주었다. 다른 나무를 귀찮게 얽어매고 있는 칡과 등나무를 떠올리자 갈등이란 단어를 실감할 수 있었다.

우리는 모두 살아가면서 갈등을 겪는다. 갈등은 고통이지만 필수적이다. 적당히 갈등하면 좋으련만 죽음에 직면할 정도로 갈등할 때도 있다. 그런 경우 내가 노력하여 벗어던지든지 남의 도움으로 벗어지든지 해서 홀가분한 마음으로 살아가길 바란다.

아침저녁으로 산책을 나가는 것은 나의 일과 중의 하나이다. 그런데 산책을 하다보면 답답함을 느낄 때가 많다. 칡넝쿨이 감고 있는 나무를 보면 마치 나를 휘감고 등짝을 짓누르듯 답답해서 쳐다보기조차 싫어질 때가 있다.

콩과식물이라 번식력이 얼마나 대단한지 모른다. 주인에게 달라

붙은 넝쿨을 사정없이 베어버리지만, 돌아서면 다시 그 주변을 덮어버리곤 한다. 산 하나를 다 덮어버리고 말 것 같다는 느낌이 들어 낫을 들고 덤벼들어보지만 뿌리를 뽑지 않는 한 한계가 있다.

등나무는 또 어떤가? 왼쪽으로 감고 올라가는 탓에 재수가 없다며 집안에 심지 않는 나무이다. 운동장 주변에 산을 삼켜버릴 듯이 자라는 등나무는 얼마나 번식력이 뛰어난지 무섭기까지 하다.

다행히 주변에서 칡과 등나무가 함께 엉켜 자라는 모습을 아직은 보지 못했는데, 만일 그 두 놈이 함께 감고 싸움질이라도 한다면 정말 볼만할 것이다.

누군가 말한다. '갈등하는 사람은 아름답다' 고 말이다. 하지만 산을 삼키는 칡넝쿨과 등나무 때문에 건강한 나무들이 고목이 되어 죽어가는 모습을 보면, 이 말을 함부로 꺼내지 못할 것이다.

청소년들의 갈등, 그 무엇이 그들의 정신과 육신을 칭칭 감고 올라가 자유롭지 못하게 만드는 것일까? 그 원인을 제거해 주고 싶다.

지식의 본질은 지혜에 대한 사랑으로 연결되고 결국 하느님을 만나 참 인간이 되는 것으로 통한다. 그런네 오늘날의 지식은 하나의 수단일 뿐이며, 인간을 인간답게 만드는 것이 그 목적이 아니다. 그러기에 알고 있는 지식을 일회용으로 쓰고 나서 헌신짝처럼 버리기도 한다.

너무 분주하게 움직이는 탓에 자기를 돌아볼 시간조차 없는 사회는, 실속이 없다. 가정에서도, 학교에서도, 심지어 교회에서도 삶의 이야기를 점차 나누려고 하지 않게 되었다.

　삶 속에서 지식을 꺼내고 지혜를 사랑하는 교육이 되어야 하는데, 모두 쓰레기 버리듯 살고 있으면서 남 탓만 한다. 가정은 학교를, 학교는 가정을 탓한다. 요즘은 부모나 교사가 제 몫을 못하니, 종교인들을 몰아세워 삶이 없는 교회를 만들고 있다며 사목자를 야단친다. 이런 것들을 보고 있으면 답답해진다. 갈등이 있는데도 그것을 해결해줄 대책을 선뜻 내세우지 못하기 때문이다.

　생명이 되는 대책이 있을 때만이 갈등은 아름다운 것이 될 것이다. 모범생인 어른들이 갈등하는 청소년들을 만난 적이 없는데 어떻게 그들을 제대로 읽고 대책을 세울 수 있겠는가?

지나친 자녀 사랑

나는 오랫동안 학생들과 지내고 있다. 그래서 학부모가 자녀를 학교에 입학시킬 때 온갖 수단과 방법을 동원해 '사람 만들어 달라'며 부탁하는 것을 수도 없이 지켜봐왔다.

그런데 학기를 시작하기가 무섭게 자녀들을 데리고 가버리는 바람에 텅 빈 자리로 남겨진 것을 보면 마음이 아프다. 그 아이들 대부분은 검정고시를 택한다. 그것도 자녀가 선택하는 것이 아니라 부모가 일방적으로 몰고 가는 경우가 대부분이다. 어쨌든 떠난 학생들이 잘 되기를 바라지만, 부모의 결정이 결코 옳다고 볼 수는 없다.

나는 학교를 떠나는 학생에게 묻는다.

"자네, 이 학교를 떠나기를 원하는가?"

"아닙니다. 저는 남고 싶은데 아버지 생각이 너무 완고하셔서요."

입학할 당시 자기 자식 사람 만들어 달라며 신신당부한 것과는 너무 대조적이다. 내 자녀가 교사로부터 꾸지람 들을까 두렵고, 혹 동료들로부터 얻어맞을까 불안해서 미리 겁부터 나는 모양이다. 그리고 아무 피해도 없는 자녀들까지 들썩이며 꺼내간다.

하지만 성공하는 것은 끝까지 남은 학생들 몫이다. 졸업하는 날, 학교를 떠난 학생들이 조용히 찾아와 허송세월했던 지난날을 후회하며 졸업하는 동료를 부러워하곤 한다.

나는 자녀에 대한 부모의 사랑을 비난할 뜻은 없다. 단지 그 사랑이 너무 지나쳐서 맹목적인 것이 안타까울 뿐이다. 아이 일로 학교를 찾아 온 부모들은 학교를 성토하고 교사들을 몰아세우기도 한다. 욕만 안 했지 눈을 부라리기도 한다. 자녀를 학교에 맡기고 갔으면 어떤 일이 있어도 학교와 교사들을 신뢰해야 한다.

내가 보아도 자녀의 인간됨이 많이 부족한데 자녀의 잘못된 행동을 살피지 않고 오히려 학교와 선생님들을 나무라니, 그 자녀가 큰 인물이 되기는 어려울 것 같다. 그래서 그 학부모에게 이렇게 말한다.

"당신 직장 일이나 충실하시오. 왜 당신 직장 일을 넘어와서는 학교에서 이 난리요. 사람 만들 자신 있으면 학교가 아닌 당신이 일하고 있는 직장으로 데려가시오."

한 부모가 자녀를 맡기고 갔다. 학교는 어떻게 해서라도 그 학생을 책임지기 위해 혼신의 노력을 다 한다.

그런데 갑자기 그 부모가 찾아와 다른 학교로 전학을 시키겠다는 것이다. 일반학교에서 이 학교로 전학을 온 지 얼마 안 되었는데 또 전학을 가겠다는 것이다. 너무도 완고해서 그렇게 하라고 했다.

그런 일이 있은 후 일주일이 채 안되어 또 다시 이곳으로 전학을 오겠다고 어머니가 연락을 해왔다. 전학 간 학교 동료들이 아무도 아이를 아는 척 하지 않고, 공부도 적응을 할 수 없으니 다시 전학을 오겠다는 것이다.

나는 그 어머니에게 단호하게 말했다.

"전학 간다고 만든 서류에 찍은 인주가 아직 마르지도 않았습니다. 자녀를 놓고 부모가 언제까지 이렇게 흔들어 댈 겁니까? 다시 돌아올 수 없습니다."

자녀교육은 어른들의 장난이 아니다. 어른들은 자녀교육에 보다 더 진지해져야 하며 견고하리만큼 진실 된 중심이 있어야 한다. 자녀사랑이 지나쳐서 과잉보호를 하게 되면 자녀는 자기도 모르는 사이 중심을 잃어버리게 된다.

그러나 부모가 자녀문제에 흔들림 없이 중심을 잡게 되면 자녀도 빠르게 중심을 잡아가게 된다. 자녀에 대한 부모의 지나친 애정은 자녀를 그르친다.

데이트 메이트

　신세대들이 쓰는 신종용어는 어른들이 이해하기 어렵다. 데이트 메이트는 이성異性과 연애하는 것을 뜻하는 데이트와, 친구를 뜻하는 메이트의 합성어라고 한다.

　요즘 청소년은 남을 의식하지 않고 공공연한 장소에서 스킨십과 키스를 즐긴다. 데이트 상대도 너무 자주 바꾼다. 왜 이런 현상이 벌어지는 걸까?

　애인은 여러 가지 사정을 고려하고 상대방에게 자신을 맞춰야 하지만 데이트 메이트는 함께 지내는 동안 아무 부담이 없다고 한다. 그래서 데이트 메이트에는 4가지 조건이 있다. 1.사랑하지 말 것 2. 스킨십은 키스까지 할 것 3.감정이 식으면 깔끔하게 헤어질 것 4. 사생활은 묻지도 간섭도 말 것.

　그러다 보니 서로 큰 기대도 하지 않고, 공을 들이지 않아도 되고, 싫증나서 'NO'라고 답하면 언제든지 끝낼 수 있다. 서강대 사회학과 전상진 교수는 '실리에 익숙한 젊은이들이 진정한 사랑을 구하는 것이 아니라, 하나의 즐기는 대상으로 바라보는 현상'이라고 지적한다.

학교는 가치 있는 것을 가르치고 배우는 곳이기에 기본적으로 재미가 있을 리 없다. 그런데 요즘 들어 부쩍 학생들이 학교가 재미없다고 말한다. '뭐 재미있는 게 없을까?' 학생들이 공부는 하지 않고 맹목적으로 시간을 낭비하며 단지 재미있게만 생활하려고 한다. 공부시간에도 휴대폰, MP3 플레이어를 매만지며 작동하고, 때론 남녀가 재미로 시시덕거리고 학교 밖 시장 바닥을 서성이고, PC방 등을 전전긍긍한다.

학교는 학생들을 교육하기 위한 곳이다. 학교에서 가르치는 내용은 그들의 감각이나 현실과는 거리가 멀다. 수학시간에는 방정식과 인수분해, 미적분을, 국어시간에는 현대소설, 현대시 등을 배우며 저자는 누구이고, 내용은 어떻고 하는 등의 딱딱한 내용을 배운다.

사실 교사가 재미없게 수업을 하는 부분도 있다. 삶이 없는 교사들이 딱딱한 이론으로 일관할 수밖에 없으니 재미가 솔직히 없을 수도 있다. 그래서 이런 기초적인 지식을 왜 배우는지도 모르고 배울 때는 더더욱 재미없게 느껴지는 게 사실이다.

똑똑한 척하는 학생들이 수업 도중에 끼어들어 항의 한다.

"선생님, 이런 것들은 왜 배워요? 배워서 써먹을 곳도 없는데, 지겨워요."

옛날 학생들은 따져 묻지 않았다. 치국평천하를 하려면 수신제가부터 해야 하므로 무조건 성실하게 배웠는데, 요즘 학생들은 영악

해서 지식도 가려 먹겠다는 듯이 말한다.

공자님 말대로라면 나이 30에 자립한다고 했는데, 인생 중반인 30을 살면서도 자립을 못하는 젊은이들이 많다. 자세히 보면 모두 학창시절 수업시간에 따져 묻고 큰소리쳤던 사람들이다. 기초 학문에 실력이 있어야 하는데 그것이 없으니 높이 도약할 수 없고 어른으로서의 종합적인 사고도 나오지 않는 것이다.

교육받지 않고 제멋대로 살아가고 싶어 하는 청소년들은 자기발전이 아닌, 전적으로 소극적 자유만을 향유하려고 한다. 마치 재미만을 위해서 태어난 것처럼 시간 낭비를 하고 방종을 하며 살기 일쑤다. 철따라 계절은 우리에게 아름다운 인생을 살라고 깨우쳐주는데, 철부지들은 이런 것과는 전혀 무관하게 재미를 위해 산다.

요즘 고등학교에서도 이성 간에 데이트 메이트가 늘어가고 있다. 이 현상은 우리 학교에서만 벌어지는 일이 아니다. 스승이 없는 길거리에서 학생들은 타인을 의식하지 않고 실리만을 위해 행동한다. 그런 모습을 바라보는 것도 어렵고, 그런 아이들을 교육하는 것은 더더욱 어렵다.

인생의 기쁨과 행복은 재미만을 좇다 얻어지는 것이 아니다. 학교도 재미만을 추구하기 위한 곳이 아니라는 것을 알고, 잘 적응하며 지내면 좋겠다. 세월을 낭비한 후에 누구 탓인지 살펴보다가 부모나 선생님에게 화살을 돌릴까 두렵다. 신종 용어가 빚어내는 재미에만 충실하다가 미래가 보이지 않게 될까봐 정말 걱정이 된다.

금연 선포식과 '그린 존'

니코틴, 알코올, 성, 이데올로기, 마약 등에 심각하게 중독이 되면 개인 건강은 물론 나라 건강까지 망친다.

나는 군대에서 야간 사격을 하는 도중 동료들이 권하는 담배를 태운 것을 시작으로 골초가 되어 버렸다. 오랫동안 하루 세 갑 이상 실하고 맛있게 담배를 태웠다. 나는 생활 패턴이 아침형 인간이다. 그러다 보니 아침 식사 전에 재떨이에서 15대의 꽁초를 발견할 만큼, 늦게 배운 담배가 애연가 수준을 넘어서고 있었다. 잠자는 시간, 식사 시간, 미사를 봉헌하는 시간 외에는 하루 종일 담배를 물고 지냈다. 여러 번 금연을 시도했으나 백전백패였다.

그러던 어느 날인가 미사전례를 담당하고 있는 책임사 수녀가 나에게 쓴소리를 해댔다.

"앞으로 저는 제의를 차려놓지 않겠습니다."

'아니, 제의를 차려놓지 않겠다니 이게 도대체 무슨 말인가?' 귀를 의심하며, "수녀님, 지금 뭐라고 했습니까?" 하고 물었다.

"제의에 찌든 담배 냄새가 역겨워서 앞으로는 제의를 준비하지 않겠다고 했습니다"하는 것이었다.

나는 담배 맛이 좋다는 생각만 했지 찌든 담배 냄새가 역겹다는 생각은 하지 못했다. 그 당시 내의를 입었다 벗으면 노랗게 염색이 될 정도로 몸이 황달이었다. 지나친 흡연이 건강을 해칠 뿐만 아니라 남을 토하게 할 정도로 역겹게 만든 것이다.

충격을 받은 나는 '끊어야지!' 결심하고는 즉시 수녀에게 금연 선포를 하고 말았다. 금단현상 때문에 한동안 아무 일도 못할 정도로 고생을 많이 했지만 지금 생각하면 수녀가 내 생명의 은인이 된 셈이다. 그 수녀에게 고마워하지 않을 수가 없다.

양업 학교에서 그동안 많은 학생들이 흡연을 했다. 수북이 쌓여가는 꽁초를 보면 그것이 학생들의 마음을 대신하는 것 같아 보는 내 마음도 아팠다. 흡연 장소에서 선후배끼리 양아치 문화가 만들어지고, 폭력과 괴롭힘의 장소가 되기도 했다.

그들과 대화를 하려고 마주서면 입에서 토해내는 악취 때문에 불쾌하기 짝이 없었다. 마음 같아서는 강제로라도 학교를 '그린 존'으로 선포하고 싶었지만 너무나 심각한 골초들이라 불가능했다. 또 아무리 교사가 강제한다고 해도 자발성이 결여되어 있으면 어디든 숨어서 흡연을 할 테니 하나마나라는 생각이 들기도 했다.

그 와중에 지속적으로 금연 교육을 실시했고 2005년 11월, 교사와 학생들이 토론의 장을 펼친 시간에 금연을 하자는 데 의견이 모아졌다. 모든 일들이 그렇겠지만 마음 안에서 진심으로 우러나와야 실천력을 지닐 수 있다. 그것을 알기에 오랜 시간이 소요되더라도 끈질기게 기다려온 것이다.

겨울 방학식이 있는 날, 전교생이 지켜보는 가운데 8년 동안 흡연으로 찌든 흡연터가 사라질 예정이다. 쉽지는 않겠지만 학교는 '그린 존'이 될 것이고 이런 노력이 모아져 성숙한 대안학교로 또다시 성장하게 될 것이다.

골초인 한 학부모가 금연 선언을 했다. 그동안 특성화 교과목인 '가족관계 프로그램'을 통해 학교는 물론, 가정으로까지 금연 운동이 확산되었다. 그런데 아버지가 아들에게 한 금연 약속이 제대로 지켜지지 않았다. 1년이 지나자 아들이 아버지에게 쓴 소리를 했다.

"아버지, 어른이 약속도 제대로 못 지키십니까? 제가 담배를 피우겠다면 아버지는 어떻게 하시겠습니까?"

아들의 말이 아버지에게는 충격이었던 모양이다. 순간 아버지는 자신이 초라하고 추하게 느껴졌고, 결혼 17주년이 되는 날 금연을 결심했다고 들려주었다.

"금연은 나 자신의 건강은 물론이고 아내에게도 값진 결혼 선물이 되었습니다. 아들에게도 훌륭한 선물이 될 것입니다."

"금단 현상이 한동안 심할 겁니다. 응원을 보내드리겠습니다."

지난날 아무것도 하지 못한 채 안절부절못하며 미친 사람처럼 지내야했던 금단현상을 떠올리며 힘찬 응원을 보냈다.

3. 도전하는 자가 아름답다

(2006년)

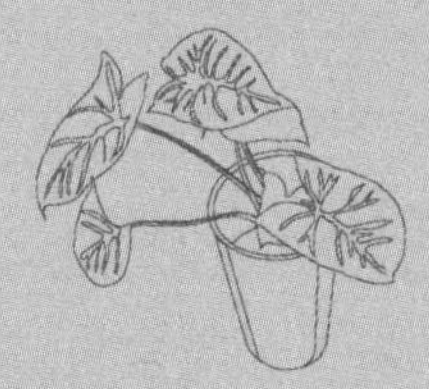

학생들이 잠에서 깨어나듯이
"왜, 교장 신부님은 신부가 되었나요?"라고 질문을 하자
철학 수업이 끝나고 있었다
+ 예수님, 참으로 부활하셨습니다
알렐루야, 알렐루야. 하느님의 축복을 전합니다

아이들이 시동을 걸었다

우리 선생님들은 개학이 가까워지면 긴장하게 된다. 학생들과 곧 얼굴을 마주 대해야 하기 때문이다. 그것도 24시간 직면해야 하기 때문에 더 그렇다. 직접적이건 간접적이건 학생들과 부딪혀야만 하는 것이다.

개학날이 다가오면 학생들은 시동을 걸고 몰려올 준비를 한다. 방학이 다 끝나갈 무렵 한 선생님이 말했다. "아이들이 시동을 걸었다. 아이들이 몰려온다!"

3학년 학생들이 떠나고 나면 한 학년씩 진급을 하게 되고, 새로운 학생들이 학교 문화를 어떻게 만들어갈지 기대가 된다.

학교는 지난 학기말에 공동체 구성원 모두의 결심으로 흡연터를 철거했다. 학생들이 학교를 금연청정지역으로 만들어보겠다는 의지를 보여줬는데 과연 얼마나 효과가 있으려는지 궁금하다.

학생들이 찾아온 교정은 입춘 추위로 쌀쌀하긴 하지만 활기가 넘친다. 한 명도 예외 없이 학교로 돌아와 줘서 고맙다. 학생들은 오랫동안 헤어져 있다 만나서인지, 아니면 없어진 너구리굴을 새로

꾸밀 둥지를 찾는지 삼삼오오 모여 들로 산으로 움직이며 부산하다. '설마 그곳에서 너구리를 잡고 있는 것은 아니겠지?' 하며 일단 믿어보기로 했다.

졸업식이 끝나고 학교를 돌아보았다. 외부에서는 흡연의 흔적이 보이지 않았다. 학생회장에게 물었다. "담배 피운 흔적이 전혀 없는데 정말 너희들 결심을 단단히 한 모양이구나!"하자 빙긋이 웃으며 묘한 표정을 지어 보였다.

그들이 졸업과 종업식을 마치고 떠난 후 나는 다시 기숙사며 옥상을 두루 살펴보았다. 기숙사 이곳저곳에서 담배 냄새가 묻어났으며, 3층 옥상 한구석에 꽁초들이 너절하게 널려 있었다.

'그럼 그렇지! 골초들이 여전히 기승을 부렸구나!' 하는 생각이 든다. 속았다는 생각보다 '금연이 그리 쉽지 않겠지' 하는 생각과 함께 그 대안을 찾아내야 한다는 걱정에 벌써부터 골치가 아파온다.

학교는 교사 연수에서 그 대안을 다각도로 마련하기로 했다. '선택이론과 현실요법'을 통해 강력한 통제가 아니라 스스로 금연할 방법들을 찾아보기로 한 것이다. 학생부장 선생이 의견을 제시했다.

"신부님! 함께 하며, 기다려주고, 그 대안을 찾아 봤으면 합니다."

많은 학생들이 금연을 했고 학부모들도 금연을 했다는 소식이 들려온다. 그리고 우리 선생님들도 자발적으로 금연을 선언하고 나섰다. 골초 행정실장도 그 좋아하던 담배에서 해방된 지 꽤 오래다.

봄방학이 되고 다시 개학하여 학생들이 시동을 걸고 학교로 몰려

올 때는, 더욱더 굳은 결심으로 돌아오기 바란다. 사순절이 시작되고 있다.

문제는 풀라고 있는 것이다

가끔 어른들이 참 비겁하다는 느낌이 들 때가 있다. '문제아' 란 단어를 생각해봐도 그렇다. 이 말은 청소년들이 만든 것이 아니라 어른들이 만들었다. 어른들은 문제를 지닌 청소년들을 제대로 바라보지도 않으면서, 그들이 큰 병이라도 걸린 것처럼 방치하고는 무책임한 표현을 하고 있다. 이 표현은 어른으로서 책임을 회피하고 마치 아이 혼자 문제를 일으킨 것처럼 떠넘기는 것 같아 비겁하게 느껴진다.

나는 어른들이 지금부터라도 '문제아' 라는 표현 대신에 책임의 연대성이 느껴지는 '청소년 문제' 라는 말을 썼으면 좋겠다. '청소년 문제' 라고 표현하면 듣는 입장에서 그나마 조금은 편안할 것이다. 또 청소년과 관련된 문제이기는 하나, 그 책임이 전적으로 청소년에게 있다기보다 어른들도 일정 부분 책임이 있으니 연대하여 해결해야겠다는 의지가 담겨 있는 것 같아 좋다.

'문제아' 라고 하면 이미 거기에는 구제불능의 낙인이 찍혀 있다. 성인인 어른들이 한창 변화를 추구하며 희망 속에서 자라야 할 청소년들에게 불도장을 찍어 불량으로 몰아붙여서야 되겠는가?

사춘기 아이들 속에는 양질도 있고 불량도 있을 것이다. 단순히 공부가 싫다고 해서, 등교를 거부한다고 해서, 대인 기피증이라고 해서, 학교를 어떤 문제로 중퇴했다고 해서 그들을 아무 생각 없이 '문제아' 라고 낙인찍는다면 어른의 도리가 아니다.

청소년 문제는 사회가 발전하면 할수록 쉽게 사그라지지 않는다. 우리는 청소년들에 대한 어른으로의 책임을 결코 회피해서는 안 된다. 묘안을 찾아 그들을 기필코 살려내야 한다.

플라톤은 현실세계는 허상이며 이데아의 세계를 참된 세계로 보았다. 그는 인간이 현실에서 이데아의 세계로 오르기 위해서는 인간 내면에 사랑의 힘이 필수적이며, 모두 그 힘을 지녀야 한다고 했다. 또한 인간은 참된 세계로 상승할 수 있는 동인動因인 에로스를 지닐 때만이 참된 세계로 진입할 수 있다고 했다.

청소년들이 진리의 세계로 접근해 가는 동인을 갖는 것은 본인의 몫이다. 그렇지만 그것을 도와주는 것은 성숙한 어른들의 몫이다. 하느님 아버지의 자비하신 사랑이 방탕한 작은 아들을 참된 삶으로 나아가게 하는 동인이 되었다면, 우리 어른들도 '청소년 문제' 가 보다 더 좋은 쪽으로 나아갈 수 있도록 동인을 불어 넣어줘야 하지 않을까?

청소년들을 낙인찍는 '문제아' 라는 표현 대신 '청소년 문제' 로 표현하며 그 책임의 연대성을 지니고 함께 풀어갔으면 좋겠다.

부모의 그릇

3년 동안 열심히 지도해도 좋은 모습으로 변하지 않는 학생들이 있다. 학생들이 변하지 않는 가장 큰 이유가 부모의 부족한 그릇 때문인 경우를 많이 본다. 3년 동안 자녀에게 관심과 사랑을 제대로 주지 않았으면서, 자녀가 변하지 않는다고 학교를 향해 아우성치는 부모는 틀림없이 작은 그릇이다.

학생이 3년 동안 정도正道에 들어오지 않고 어지간히 속을 썩이며 지내다가 졸업식에도 나타나지 않을 때, 우리는 학생을 탓하고 싶지 않다. 그 학생은 마음이 여유롭지 않아 자기 자신과 그 주변을 잘 돌아보지 못한다.

그리고 충고를 해도 쉬이 받아늘이지 않는다. 왜곡된 것을 바로 잡아주려고 해도 그동안 받은 상처 때문에 남의 질타나 충고를 반성의 기회로 삼지 않고 화를 낸다. 부모도 마찬가지로 그릇이 작아, 자녀가 변하지 않는 탓을 남에게 돌리며 철부지처럼 군다.

새 학기가 시작된 지금까지 졸업 앨범이며 졸업장이 잃어버린 주인을 기다리고 있다. 정리해야 할 서류와 물건들을 남겨둔 채 학교를 훌쩍 떠나버린 부모와 학생이 있기 때문이다. 이처럼 부모의 작은 그릇이 자녀도 옹졸하게 만든다.

이런 부모를 가까이 들여다보면 의외로 가진 것이 많은 졸부에다가 학식도 제법 있으며 사회적 지위까지 있는 경우가 많다. 부모가 해야 할 일을 하지 않고 자녀들 앞에서 사랑하고 옹호한답시고 잘못된 자기 생각을 함부로 주입하여 그걸 듣고 자라는 아이들이 비뚤어져 자라게 되는 것 같아 더 속상하다.

자녀가 학교에 있을 때는 수업일수 부족으로 혹시 졸업을 하지 못하게 되는 건 아닐까, 거미줄처럼 연약하게 붙어있는 자녀의 생명이 위태롭게 보이는지 어쩔 수 없이 가끔 나타나 그럴싸한 말로 꾸며대다가, 정작 결정적인 때는 본색을 드러내고 만다. 그러다 겨우 졸업을 하게 되면 끝내 고맙다는 인사 한 마디 없이 가버린다. 그 모습이 바로 그 부모의 인품인 것이다.

학교가 잘못한 자녀를 적절한 방법으로 야단치며 책임을 지려고 하면 부모도 함께 힘을 실어 훌륭한 자녀로 만들어야 한다. 그런데 학교가 자식을 다 책임져야 한다는 듯이 오히려 쌍심지를 켜고 항의하며 삐치곤 한다. 정작 자신은 자식에 대한 사랑을 게을리 하면서, 남이 자녀를 조금이라도 힘들게 하면 무슨 죽을죄라도 지은 것처럼 법석을 떠는 것이다.

자녀를 맡기고 졸업시킬 때까지 학교에 대한 고마움을 갖지 못한 채 끝내 원망과 서운함만 갖는다면 그 부모의 그릇은 그 정도밖에 안 되는 것이다. 그러한 부모를 보고 자라는 자녀 역시 그 그릇 정도 밖에 될 수 없다는 사실을 깨달았으면 한다. 이런 태도의 대물림이 큰 화를 만들까 두렵다. 더 늦기 전에 부모의 마음이 좀 더 커지길 바란다.

도전하는 자가 아름답다

　이서연(5회 졸업생) 생도가 인문학과 교수 임원빈 대령을 인솔단장으로 하여 훈육관 1명과 청주 출신 생도 3명과 함께 해군사관학교 생도가 되어 모교를 방문했다. 그들 일행이 교정에 들어오는 모습은 제복의 매력 때문인지 몰라도 마치 4월의 백목련처럼 우아하고 깔끔했다.

　선배의 특강을 듣기 위해 전교생이 소란스레 교실에 모여 있다가 서연 선배와 그 일행이 들어서자 열렬한 환영의 박수를 터트렸다. 이어서 해군사관학교 소개와 서연이의 특강이 있었다.

　"여러분! 작은 시골에서 살아갈 수도 있지만 도전하는 사람은 큰 물에서 놉니다. 나도 큰물에서 지내기 위해 해군사관학교에 왔습니다. 여러분도 큰물이 있는 곳으로 오세요. 내가 양업에서 3년을 지내며 잊을 수 없었던 것은 놀 때 놀고 공부할 때 확실히 공부하며 많은 것을 경험했다는 것입니다. 여러분도 늘 적극적이고 긍정적인 사고로 도전하여 큰 뜻을 이루시기 바랍니다."

　단장 일행은 학교를 돌아본 후 대안학교에 대한 좋은 인상을 가지게 되었다며 미소를 지었다. 교감 수녀가 서연 학생이 학교에 있을 때 모범적이었다며 칭찬을 아끼지 않자, 서연 학생은 겸연쩍은지 부끄러운 듯 손을 내둘렀다. 인솔 단장은 그동안의 여러 정황으로 미루어보아 매우 뛰어난 학생임을 인정한다며 지금부터 더 잘해야 한다는 말도 빼놓지 않았다.

철학 수업시간이었다. 의자를 원 모양으로 배열을 하고 서연 학생을 만난 소감을 나누었다. 마침 ‘너 자신을 알라’ 라는 말로 유명한 소크라테스의 ‘무지에 대한 자각’ 을 설명하는 시간이었다. 학생들은 돌아가며 소감을 말했다.

“시야가 좁은 저희의 진로 지도에 큰 도움이 되었습니다.”

“서연 누나가 멋있었어요. 누나처럼 나도 할 수 있다는 생각을 했고, 앞으로 공부를 열심히 해야겠다고 결심했어요.”

“여학생이면서도 리더십과 호소력이 뛰어난 선배를 보고 놀랐습니다. 정말 자랑스럽습니다.”

“남이 갈 수 없는 길을 간다는 것이 멋있어 보였고요. 내가 가고 싶은 길은 그 길이 아니지만, 밍청하게 살아가는 나에게 삶의 의욕을 갖게 해주었습니다.”

“큰물에서 논다는 선배 말을 듣고 나도 그 학교 땡겨요, 가보고 싶습니다.”

모두들 한 마디씩 거들었다.

나도 한 마디 했다.

"자각하고 도전하는 사람만이 세상에서 존경을 받게 됩니다. 서연 학생은 모든 일에 늘 긍정적이고 도전적이었어요. 해군사관학교 역사상 여생도는 서연 학생이 처음이라고 하는데 앞으로도 해군장교가 아닌 해병대 장교로 지원하고 싶다고 합니다. 바로 그런 태도가 서연 학생의 도전정신이라고 봅니다."

또 여러분들이 어떻게 느꼈건, 선배의 특강을 마련한 것은 스스로 생각할 기회를 주고 싶은 뜻이 담겨 있다는 얘기도 전했다. 학생들이 잠에서 깨어나듯이 "왜, 교장 신부님은 신부가 되었나요?"라고 질문을 하자, 철학 수업이 끝나고 있었다.

+ 예수님, 참으로 부활하셨습니다. 알렐루야, 알렐루야. 하느님의 축복을 전합니다.

박스 속에 갇혀있던 아이들

"초등학교 시절 내내 아이를 제가 만들어 놓은 박스에 넣어두려고 한 것 같습니다. 아이가 어린 시절 방바닥에 장난감을 어지럽게 늘어놓으면, 저는 화를 내며 정리 정돈을 가르치기 위해 장난감을 담을 서랍장을 마련했습니다. 이곳에는 이것을 넣고, 저곳에는 저것을 넣어야 한다고 잔소리를 했지요.

그때 아이는 제 말을 잘 들었습니다. 그런 아이가 지금은 돌변했습니다. 어린 시절엔 제 요구를 거절하면 꾸지람을 듣고 매를 맞으니까 무서워서 말을 잘 들었던 것 같습니다.

아이가 중학교로 진학하고, 제 키를 훌쩍 넘을 만큼 자라면서 말을 듣지 않기 시작했습니다. 그때부터 내 요구는 번번이 거절당했고, 엄마를 무시하고 마냥 어깃장을 부리면서 제멋대로 행동하기 시작했어요. 그 착하고 말 잘 듣던 아이가 이렇게까지 변할 수 있다니 믿어지지 않았습니다. 부모 피를 말리며 점점 부모를 떠나고 있어요."

엄마가 서글프게 그동안의 사건을 풀어놓는다. 아빠가 말을 이었다.

"아이 문제로 제 아내가 코너에 밀리고 피곤해 하는 모습을 보니까 손을 써서라도 버릇을 고쳐 놓아야겠다는 생각이 들었습니다. 어느 날 속 썩이는 아들을 보자 내 안에 분노가 치밀었고 웃통을 벗어던지고 아이에게 달려들어 아이를 때리면서 그놈과 육박전을 벌이려고 했습니다. 아이는 의외의 아빠 태도에 놀라는 듯했지만, 엄마에게 대들듯이 나에게 대들지는 않았습니다.

아무 반응도 없이 맞고만 있는 아들을 보니 내가 멋쩍어지더군요. 차라리 엄마에게 대들듯이 반항이라도 했으면 결판을 내려고 했는데…. 나 자신이 갑자기 초라하게 느껴졌습니다.

그런 일이 있은 후부터 아이는 부모를 믿지 않았으며 집이 아닌 세상 밖에서 머물며 친구들과 어울렸습니다.

면접을 보고 학교가 내 자식을 도저히 뽑아줄 수 없다고 판단을 내렸을 때도, 저는 이 학교에 대한 희망의 끈을 놓지 않았습니다. 그 덕분에 아들은 이 학교에 올 수 있었고, 강압적인 틀에서 벗어나자 아름다운 모습으로 점차 변하게 되었습니다.

제 아이는 참 착한 아이였지요. 다만 우리 요구가 아들을 질리게 만들었고 분노 섞인 폭력이 아이를 집에서 밖으로 내몬 것 같습니다."

그 학생은 수업시간에 종종 튀는 행동을 하곤 했다. 하지만 학교는 별 말 하지 않고 그대로 인정하고 바라보았다. 그 학생은 학년이 올라가면서 점점 주도적인 모습으로 발전해가고 있으며, 그 모습이 무척 사랑스럽다.

내가 버리지 못한 것

지인들이 종종 내게 말한다.

"신부님, 학생들 때문에 고생 많으시지요?"

그들은 내가 맡고 있는 학생들이 일반 학생들과 다르다고 여겨 걱정을 한다. 성인인 어른들을 양질과 악질로 구분하는 것은 당연하지만, 자라나는 미성년자들을 미리부터 단죄하듯 긍정과 부정이라는 말로 구분지어 놓는 것은 왠지 바람직하지 않다.

어른들은 아이들이 말 잘 듣고 공부 잘하면 착한 학생, 그렇지 않으면 나쁜 학생 정도로 매도한다. 어른들이 자라나는 청소년들을 넉넉하게 바라보지 않고 고정된 잣대로 구분할 때면, 나도 모르게 청소년 옹호자가 되어 어른들의 잘못된 생각을 고쳐주고 싶은 마음이 생긴다.

언젠가 늦은 오후 시간에 한 학생과 산책을 떠났다. 학교생활에 대하여 묻기도 하고 졸업생들의 이름들을 하나하나 떠올리며 그 선배들에 관해 이야기도 했다.

그 학생은 내가 듣기 좋아할 만한 이야기를 해줬다.

"참 흥미로운 학교입니다. 여러 경험을 하게 되고 자발성에 발동이 걸리면 훌륭하게 변하게 하는 학교입니다."

"선배들의 성격이 아주 독특했습니다. 개성이 튀고 너무 강했지요. 어떤 선배는 우리가 견디기 힘들다고 느껴질 정도로 카리스마가 있고 리더십이 뛰어났어요. 어떤 선배는 자발성을 가진 대안학생답게 3년 동안 조금도 흔들림 없이 강인함과 추진력을 보여주었어요. 또 어떤 선배는 움직이지 않고 늘 소극적인 것처럼 보였지만, 실제로는 우리 후배들에게 잘 해주었고 썰렁 개그를 하며 친근하게 다가와 주었습니다. 전부 멋진 선배들이라 다음에 다시 만나면 모두 멋있게 변해 있을 겁니다."

나는 몇몇 선배의 이름을 거론할 때면, 그 학생이 부정적인 반응을 보일 것이라고 예측하고 있었다. 그런데 내 예상과 달리, 그 학생은 '모두들 멋있는 선배들이었지요' 라는 긍정적인 이야기를 들려주었다.

학생의 말을 들으면서 나 자신이 내심 부끄러워졌다. 내가 일부 졸업생들을 기억에서 떠올리기조차 싫었기에 더 그랬다. 나는 학생들을 사랑한다고 하면서도 때로는 사랑하지 못했다. 정형화된 모범의 잣대를 학생들에게 들이대고는 그 틀 속에 학생들이 들어있지 않을 때면 미워했기 때문이다.

선배들과 부딪히며 감당했어야 할 일들이 지금도 그 학생의 기억 속에 남아 견디기 어려울 텐데, 미운 기색 하나 없이 오히려 넉넉하고 긍정적인 평을 들려주어 무척 성숙하게 느껴졌다.

사랑한다는 것은 무슨 의미가 있을까?

"너희 기쁨이 충만해질 것이다."(요한 16,24)라는 예수님의 말씀이 떠오른다. 사랑한다는 것은 차별을 두거나 구분하지 않고 대함으로써, 모든 이가 '기쁨으로 가득 차게 하려는 뜻'이 있는 것이다. 사랑의 참 의미를 보게 해주시는 성령님께 성령강림대축일을 맞아 감사를 드린다.

쌍둥이 남매

쌍둥이 남매가 있다. 모두 고1인데 오빠는 일반 학교에 다니고, 동생은 양업고등학교에 다니고 있다. 나는 그들 가족 중 '양업'에 다니는 학생과 부모를 알고 있을 뿐이다. 큰 오빠는 대신학교* 2학년이며, 자녀들 교육문제로 어머니와 형제들이 대전에 오게 되었고, 아버지는 직장 일로 서울에 남아 지내는 갈매기 아빠라고 한다.

자녀들 교육 때문에 어쩔 수 없이 흩어져 지내는 가족들을 보면 마음이 아프다. 기러기 아빠들에게도 계급이 있다고 한다. 멀리 외국으로 아내와 자녀들을 모두 보내고 5백만 원 넘게 사교육비를 보내면서 아무 때나 보고 싶을 때 비행기로 날아갈 수 있는 능력 있는 아빠는 '독수리 아빠', 생활비와 사교육비를 외국으로 어렵게 보내면서 가족을 보고 싶어도 비행기 탈 돈이 없어 텅 빈 집에서 혼자 외로움을 달래는 아빠는 '펭귄 아빠', 자녀 교육 문제로 아내와 자식을 지방이나 서울에 남겨두고 직장일로 홀로 지내다가 주말에 만

---

* 대신학교 : 가톨릭대학 대학원 과정.

나는 아빠는 '갈매기 아빠'라고 부른단다. 쌍둥이를 둔 엄마는 그래도 우린 '갈매기 신세'라 다행이라고 했다.

주말이면 쌍둥이 남매는 물론이고 갈매기 아빠도 한 집으로 모여든다. 이때가 가족에겐 가장 행복한 시간일 것이다. 가족들이 모이면 언제나 화제는 쌍둥이 남매에게 쏠린다. 학교 상황이 전혀 다른 두 남매는 서로 논쟁을 벌인다.

오빠가 동생에게 묻는다.

"너희 학교는 들로 산으로 쏘다니고 놀기만 하니, 언제 공부하고 대학 가냐?"

아마 걱정스런 눈빛이 역력했을 것이다. 그러면 동생은 충고하듯이 받아친다고 한다.

"난 걱정마. 원하는 대학 가면 되잖아. 오빠는 죽도록 공부만 하면서 언제 삶을 배우고 인간이 될래?"

남매를 둔 어머니는 두 자녀의 논쟁을 재미있게 바라본다며 즐거운 표정을 지어 보였다. 그러잖아도 엄마들이 모이면 양업에 다니는 학생 이야기가 화제란다. 그럴 때면 어머니는 다른 엄마들에게 말한다고 한다.

"저는 오히려 일반학교 교육이 더 걱정됩니다. 모든 부모들이 어쩔 수 없이 일반 교육방법을 선택하는데, 저는 우리 딸 교육방법이 올바른 것이 아닌가 싶습니다. 저는 신뢰를 갖고 오래도록 딸을 지켜 볼 겁니다."

그러면 다른 부모들이 걱정의 꼬리를 내린다고 말했다.

성가정, 반듯하게 살아가는 가정에서 양업에 지원한 것이 신기해서 한가로운 시간에 그 학생을 불러 물어보았다.

"왜 이 학교를 지원했니?"

"저는 일반학교 교육방법이 맘에 들지 않아요. 그렇게 학교생활을 하고 싶지 않거든요. 양업은 제가 선택한 학교이며 교육방법입니다. 정말 좋은 학교예요."

그 학생은 자신 있게 미소를 지으며 대답했다. 자기를 사랑하고 미래를 희망하며 자발적으로 행복하게 살아가는 모습이 미래 교육의 모델이다.

한국 국민은 학력 수준이 높다. 요즈음은 대학교를 졸업한 사람이 대부분이지만, 진정한 교육 수준은 말이 아니다. 교육 수준이 낮다는 것은 자기만 생각하고 남을 배려할 줄 모르는 인간, 사람을 오직 시험과 성적 등급 등으로 구분하는 기능적 인간, 공동체에 대한 윤리의식이 낮은 인간 등, 인간다운 인간을 만들어내지 못한다는 뜻이다.

엘리트 대상에서 제외된 다수의 학생들이 학교와 학원에서 밤 10시까지, 새벽 2시까지 붙잡혀 있는 것이 과연 좋은 교육이고 좋은 대학 가기 위한 노력이란 말인가?

남을 배려하지 않는 교육, 자연적인 것 안에서 성장을 체험하지 못한 채 인위적인 것만을 강제하는 교육, 그 속에서 자라나는 대다수 청소년들의 미래가 숨 막힐 듯 걱정스럽기만 하다.

코드가 맞아야

어떤 학생들은 자기 과시를 위해 금방 탄로가 날 법한 일인데도 거짓말을 한다. 이런 거짓말은 어린 시절부터 잘못 익혀진 습관 때문이라는 생각이 든다. 거짓말이 일시적으로 먹혀드니 계속 그 버릇을 못 고치는 것이다.

한 예로 전입생이 기존 학생들에게 인정받기 위해 자신의 과거 경력을 부풀려서 말했다고 하자. 이는 처음부터 상대방과 기 싸움을 하려고 드는 것이다. 기존 학생들이 그 말을 듣고 '정말 그랬냐? 내 친구가 거기 사니까 어디 확인해 보자!' 며 진위를 확인하려 든다. 그러자 전입생은 학교를 탈출해버린다. 거짓말이 들통 나는 게 싫고, 친구들에게 신뢰가 깨지는 것이 두려워 도망가는 것이다.

그리고 집에 도착해서는 마치 남의 잘못으로 자기가 집으로 쫓겨 온 것처럼 부모에게 얘기한다. 그 학생은 양쪽 모두에게 거짓말을 한 것인데, 부모는 자녀의 말을 확인해 보지도 않고 자식 편을 들며 남에게 비난을 쏟아 붓는다.

'침묵은 금이다' 라는 말이 있다. 이 격언 속에는, 어떤 일을 처리할 때, 때로는 관망하거나 지켜보는 것이 지혜로운 것이라는 뜻이 담겨져 있다.

위와 같은 경우 자녀가 하는 말이 옳은지 냉정히 따져보고 나서 어른들이 나서도 결코 늦지 않을 것이다. 그런데 자녀의 말을 곧이곧대로 믿고 상대를 격렬히 비난한 후, 뒤늦게 자녀가 전적으로 잘못했다는 걸 알게 되어 부모마저 난처해질 때가 있다.

청소년들은 자랑할 것이 힘 밖에는 없다. 그리고 잘난 티를 내려면, 지난번 학교에서 한가락 했다고 뻥튀기하여 폼을 잡아야만 한다. 그런데 그렇게 하다보니 듣고 있던 상대도 기 싸움에서 질 수 없어 맞서게 되는 것이다.

누구든지 공동체에서 적응하고 살려면 진실로 동료들에게 접근하며 코드를 맞추어야 한다. 처음 동료를 만났을 때 코드를 잘못 맞추면, 자신은 물론 부모님까지도 잔뜩 꼬이게 된다. 그리고 거짓으로 비롯된 엉킨 실타래를 풀지 못하면 왕따가 되기 쉽다. 나중에 정신을 가다듬고 코드를 제대로 맞추려고 해도 여간 힘겨운 것이 아니다.

학생이 새로운 장소에 적응하려면 과거에 어땠는지는 문제가 되지 않는다. '지금 내가 살고 있는 곳에 제대로 코드를 맞추려면 어떻게 해야 하나?' 가 중요하다. 그리고 부모는 새로운 곳에 자녀가 잘 적응하고 있는지 자세히 살펴봐야 한다. 학생들은 판단력이 흐려 거짓을 말할 수 있다. 그럴수록 어른들이 자녀의 문제를 정확히 판단하고 슬기롭게 대처해야 하는 것이다.

거짓말한 것이 두려워 학교를 탈출한 학생은 자신의 잘못을 솔직히 인정해야 한다. 그런 노력 없이는 새로운 장소에 적응하기 어렵다. 가장 중요한 것은 언제나 자신을 정확하고 진실하게 표현하는 것이다. 그리고 기존의 코드에 자신을 맞추려고 최선을 다 할 때, 자신도 제대로 서고 부모도 제대로 설 수 있다.

아무것도 없어요

학교가 처음 문을 열었을 때 '학교생활에 잘 적응하자'를 목표로 정했다. 그 당시에 학생들을 교육한다는 것은 무리였다. 마음이 아플 정도로 많은 학생들이 적응하기 힘들어했기 때문이다. 마치 공동체가 식중독을 일으키거나 장티푸스 열병에 걸려 앓아누운 것 같은 일상의 연속이었고, 학교 기능은 마비가 되어버렸다. 개교 후 5년 동안은 그런 분위기가 끊임없이 이어졌다.

공동체 구성원들이 미래의 목표를 갖고 있지 않다는 것은, 학교가 교육시설이 아니라 수용시설에 가깝다는 것이며, 학생들이 생의 가치를 잃어버린 상태를 뜻한다. 학생들은 학교의 특성도 파악하지 않으려고 했고 마지못해 자리를 차지한 채, 고삐 풀린 망아지처럼 목적 없이 나대기만 했다. 그러니 얼마나 학교가 어려웠겠는가?

고등학생이라면 '나는 5년 후, 아니 10년 후 무엇이 되고 싶은가?' 같은, 희미하면 희미한 대로 목표를 갖고 있어야 하지 않겠는가. 그런데 많은 학생들이 목표 없이 하루하루를 반복했다. 그러다가 3년이란 세월을 훌쩍 보내고는, 막다른 곳에서 발등에 불이 붙을 줄도 모르고 졸업하는 경우가 허다했다.

아이들에게 물어보곤 했다.

"자네 목표가 뭐지?"

"목표요?"

아이들은 질문이 오히려 이상하다는 듯이 퉁명스럽게 되묻곤 했다.

"목표가 뭐냐니? 미래를 위해 지금 무엇을 하고 있느냐 말이다."

"아무것도 없어요."

교사들이 학생들에게 현실요법Reality Therapy* 이론대로 적용해 보려고 수없이 시도를 했건만 결과는 허사였다.

그러나 지금 학교를 찾아오는 학생에게 "자네, 목표가 뭐지?" 라고 질문을 던지면 일사천리로 분명히 대답한다. 기분 좋은 일이 아닐 수 없다. 대안학교이므로 교사는 교육 목표를 달성하기 위해 더욱더 노력해야 하고, 학생은 미래의 목표지점에 도달하기 위해 최선을 다해야 한다. 가슴 속에 꿈을 지닌 학생들이 학교가 역할과 책임을 다하고 있다는 것을 믿고 기쁜 마음으로 찾아오는 학교가 바로 대안학교인 것이다.

입학 때부터 3학년이 되어서까지 아무것도 하지 않으며 시간을 낭비하는 사람에게는 대안학교도 또 다른 낙오자를 만드는 장소가 될 뿐이다. 낙오자가 더 이상 생겨서는 안 되는 학교가 대안학교인

---

* 현실요법 : William glasser가 창안한 상암 이론

데 말이다. 그래서 우리는 간혹 교육목표에 미치지 못하는 학생은 낙제를 시켜 최후의 낙오를 막기도 한다. 우리 학교에서 실시하고 있는 유급제도가 바로 그것이다.

대안학교에서의 인성교육이란 무엇인가? 마음을 세워 미래의 목표지점에 훌륭히 접근하도록 끊임없이 돕는 교육이 인성 교육이다. 대안학교는 말 그대로 대안을 세워 살아갈 수 있는 능력을 갖춘 학생들의 학교이다. 정신이 건강하지 못해 자신을 제대로 세울 수 없다면, 대안학교를 선택한 것 또한 잘못된 선택이 될 수밖에 없다. 반복해서 얘기한다. 3년 동안 아무 생각 없이 지낸 학생에게 학교 교육이란, 의미가 없는 것이다. 그러므로 교육의 성과도 기대할 수가 없다.

수용의 개념이었던 대안학교가 이제는 개인의 성장과 성숙을 가져다주는 희망의 교육으로 거듭나고 있다. 올 9월, 또 다른 신입생들이 우리 학교에 입학하려고 준비하고 있다. 벌써부터 치열한 경쟁이 예상된다. 학생이나 학부모들이 우리 학교가 지향하는 분명한 목표가 무엇인지 잘 이해하고, 자신의 목표를 설정하여 대안학교 '양업'을 선택하길 간절히 바란다.

숙제가 뭐야?

– 은인님께 드리는 편지

7월 하순, 방학을 맞은 학생들을 집으로 돌려보내고, 텅 빈 학교를 지키며 40일을 지냈습니다. 그 사이, 지루하게 쏟아지는 폭우 때문에 전국이 상처를 입었습니다. 혹시라도 강물이 범람해 학교에 피해를 입히게 되지 않을까 두려워 내내 마음을 졸였습니다. 그러면서도 잠시 불볕이 폭염을 뿜어댈 때면 시원한 소나기 한 자락 내리지 않는다고 가끔씩 불평을 터트리기도 했습니다.

그러던 어느 날이었습니다. 소나기가 한 줄기 쏟아지자 밭에서 일하던 농부가 얼굴을 적시는 빗줄기를 훑어내리며 손을 높이 치켜들고 덩실덩실 춤을 추는 모습을 우연히 보게 되었습니다. 그 모습을 보며 그동안 쏟아내던 분만이 씻은 듯이 사라져버렸습니다.

올 여름은 유난히 비가 많이 내리고 무더웠습니다. 이 더위에 은인님 가정은 편안하신지 궁금합니다. 이렇게 살아 있다는 것만으로도 감사해서 저절로 두 손이 모아지며 하느님께 기도를 드리게 됩니다.

지난 학기 중에 피곤하고 계속 졸려서 병원에 갔더니, 혈압과 간

수치가 높다며 의사선생님은 약 처방을 해주셨습니다. 그러나 저는 먹으라는 약은 먹지 않고 아카시아 꽃이 한창일 무렵 챙겨놓은 꿀단지를 보며 연일 한 숟갈씩 퍼먹었습니다.

그랬더니 당뇨 판정을 받게 되었고, 간 수치는 더 높게 치솟았습니다. 덕분에 방학 내내 건강을 위해 매일 아침과 저녁 10㎞ 이상씩 열심히 걸었습니다. 귀찮을 때도 있었지만 막힘은 없었습니다.

그 덕분이었을까요. 방학이 끝날 무렵에는 늘어지고 피곤했던 몸이 가을 하늘처럼 맑아진 듯 합니다. 목표를 세워놓고 차근차근 이뤄 나가다보면 삶이 즐겁고 기쁘지 않을 수밖에 없습니다. 의사도 놀라며 칭찬을 해주었습니다. 기분이 좋아 하느님께 감사를 드렸습니다.

은인님도 무더운 여름을 지내며 기쁨을 체험하셨다면, 함께 나눌 수 있게 들려 주시기 바랍니다. 기쁨의 이야기를 듣고 싶습니다.

처서가 지나고 한낮의 해가 지면, 골짜기에서 불어 내리는 바람이 벌써 서늘합니다. 그 사이로 풀벌레들의 자연음이 조화를 이루며 가을 연주를 시작했습니다. 저 멀리 떠나 여름을 태우던 학생들의 개학 소식이 들려옵니다.

한 학생이 놀다가 까먹어버린 시간을 확인하고는, 그때서야 밀려서 나뒹굴고 있는 숙제가 뒤늦게 생각난 모양입니다. 그 학생은 거두절미하고 학교 홈페이지에다 한 마디 써놓았습니다.

"숙제가 뭐야?"

이 버릇없는 녀석이 싸이(싸이월드 미니홈피)에서 하듯이 예의를 차리지 않고 글을 올려놓은 것입니다.

"정신 차려라!……"로 시작되는 긴 문장을 내가 남겨 놓자, 그 녀석은 이내 꼬리를 내렸습니다.

깊은 방학이 지나가자 학교는 이제 서서히 잠에서 깨어나고 있습니다. 그리고 어느새 이렇게 다시 가을을 맞이하고 있습니다. 은인님, 감사드리고 또 감사드리며 인사 드립니다. 하느님의 축복을 전하며 건강과 평화가 가득하시길 기원합니다. 사랑합니다.

고층 아파트

아파트가 키 자랑이라도 하듯이, 높게 솟아오르고 있다. 새로 신축하는 주상복합 아파트도 잘 생긴 자태를 뽐내며 우후죽순처럼 생겨난다. 그 옛날 높게만 여겨졌던 15층 아파트는 이제 초라하기까지 하다.

얼마 전 서울 목동에 있는 15층 아파트를 방문했다. 우리를 안내한 분이 그가 살고 있는 15층으로 가기 위해 엘리베이터 앞에 섰다. 남녀노소가 자기 집으로 가기 위해 거기 모여 있었는데, 그분이 나타나자 하나같이 방긋 웃어 보이며 친근하게 인사를 하는 것이었다.

나는 그 모습을 부럽게 지켜보다가 말했다.

"야, 예로니모 씨! 인기가 '짱'이다. 이 아파트 반장인가 보네!"

그랬더니 함께 있던 사람들의 웃음소리가 가득하다.

"저희 집이 맨 위층에 있으니 엘리베이터를 오래 탈 수밖에 없답니다. 그래서 오르내리는 도중에 사람들을 많이 만나게 되지요. 그때마다 저는 먼저 정답게 인사를 했습니다. 아이들한테도 제가 먼저 인사를 건넸지요. 그 덕분에 저는 사람들이 흔히 말하는 '단절된

아파트 문화’ 속에 살지 않게 되었습니다. 그리고 남들로부터 존경
도 받게 된 셈이지요. 아마 제가 아래층에 살았더라면, 이런 즐거움
은 없었을 것입니다.”

나는 그분의 말을 듣다가 말했다.

“나도 어린 시절에 고층 아파트에 살았습니다.”

무슨 말인지 주변 사람들이 알아듣지 못해, 순간 썰렁한 분위기
가 감돌았다.

내가 어린 시절에 무슨 고층 아파트가 있었겠는가? 나는 고층 아
파트를 학교에서 집까지의 거리를 빗대어 말한 것이었다. 학교에서
집이 가까운 친구들은 아파트로 치면 낮은 층에, 집이 제법 멀면 높
은 층에 사는 것으로 말이다.

나는 왕복 12㎞를 걸어서 학교에 다녔다. 그 거리를 수직으로 세
운다면 정말 높은 고층 아파트에 사는 격이었다. 다른 친구들은 학
교에서 엎드리면 코가 닿을만한 거리에 집이 있었으나, 나는 집이
너무 먼 까닭에 하교 후 집으로 걸어갈 때면 함께 걸어가던 친구들
이 하나 둘 떨어져 나가는 바람에 결국 외톨이가 되곤 하였다.

그러나 나는 친구들보다 집이 멀다고 부모님께 불평하지 않았다.
집으로 돌아간 친구들 대신 다른 친구들을 만난다는 설렘으로 즐겁
기도 했고, 혼자만의 시간을 즐기기도 했다.

이 동네, 저 동네 기웃거리기도 하고 포플러 가로수가 늘어진 국
도를 따라 목청껏 노래도 불렀다가, 달리는 열차에 손을 흔들어 주

기도 하고, 간간히 먼지를 피우고 달리던 자동차를 따라 달리기도 했다. 장날이면 시골 사람들의 유일한 교통수단인 우마차에 올라타 그들의 친구가 되어 주기도 했다.

집이 먼 고층 아파트라 오르내리기 힘들기는 했지만, 오가며 많은 친구들을 만날 수 있었고 그들과 정겹게 인사를 나누는 즐거움이 있었다. 그리고 인사를 나누는 그 순간, 내가 모든 이에게 존중받고 있다는 느낌이 들었다.

집이 너무 고층에 있다고, 혹은 너무 멀다고 탓할 것이 아니라, 좀 더 좋은 마음으로 이웃을 넉넉히 대하자. 모든 사람들이 나에게 더욱 친근한 사람으로 다가오게 될 것이다.

나라가 망한다고?

3년 동안 신나게 놀던 학생이 논술 준비를 한답시고 학원에 가겠다고 했다. 막무가내였다.

그런데 논술은 어떤 주장을 책과 똑같이 옮겨 놓는다고 해서, 또 그렇게 상투적인 글을 쓴다고 해서 좋은 점수를 얻을 수 있는 게 아니다. 논술은 자기 것이어야 하며 자기 경험을 바탕으로, 보다 창의적인 글을 써야 하는 것이다. 그래서 그 글이 남을 감동시켜야 한다. 따라서 학생이 평상시에 종합적인 사고력으로 사물을 바라보지 않으면, 좋은 논술을 기대하기 어렵다.

그 학생은 학원에 한 달 동안 다녔지만 결과는 보기 좋게 낙방이었다. 양업 3년 동아, 종합적인 사고릭을 키우며 논술을 준비했더라면 삶의 경험이 부족한 일반학교 학생들보다 생동감 넘치는 논술을 내놓았을 텐데 말이다.

요즘 논술을 앞두고 일반학교 학생들이 3박4일 일정으로 소록도 체험을 떠난다고 한다. 인기가 좋아 그런지 예약 자리 얻기가 하늘의 별따기라고 한다. 책상머리에서 영리하게 머리를 굴리던 공부

잘하는 친구들이 소록도에서의 짧은 봉사활동 체험만으로 훌륭한 논술을 쓰게 된다니, 역시 머리 좋은 학생들은 뭐가 달라도 다르다.

그들은 긴 시간을 들이지 않고서도 짧은 고통을 멋진 문장력으로 그림처럼 그려낼 것이다. 탄탄한 지식을 기초 삼아 직접 체험한 것을 덧씌워 표현했으니 가히 감동적일 것이라는 생각이 든다.

그런데 우리 학교 지도교사들이 일본 이동수업을 마치고 부산항에 들어와 역까지 가기 위해 택시를 잡아탔더니, 택시기사가 볼멘소리를 하더란다.

"나라 망하겠네! 경제도 어려운데 돈 많다고 싸질러 돌아다니니, 나라가 곧 망하고 말 거야."

그 소리를 들은 교사들은 끽소리도 못한 채 숨을 죽였다고 했다. 우리는 정말 그 운전기사 말대로 외화를 낭비하며 아무 소득 없이 외국으로 싸질러 돌아다녔던 것일까?

언젠가 논술고사를 망치고 돌아 온 학생에게 나는 부산의 운전기사처럼 야단을 쳤다.

"3년 동안 세상을 쏘다니며 보고 듣고 몸으로 체험하며 지냈는데, 그 체험을 바탕으로 감동 어린 글 하나 제대로 못 썼느냐?"

중국 현장수업에서 북한 돕기 감자 캐기 봉사활동을 2박3일 하면서 한 학생이 말했다. "난 앞으로 감자는 죽어도 먹지 않을 거야!"라고….

사실 그런 말을 할 정도로 봉사활동은 무척 힘들었다. 그래도 '양업'의 학생들이 머리가 얼마나 명석한데 그 고통 속에서 고작 그런 생각만 했겠는가. 분명히 이러한 체험을 통해 다양하게 풍부하게 사고력을 키우고 조합할 수 있게 되었으리라고 생각한다.

사고력을 키운다는 것은 무엇을 의미하는가? 보고 듣고 체험한 모든 것을 조합해 성숙하고 창의성이 담긴 글로 표현하는 힘을 기르는 것이다.

우리 학생들은 각자 포트폴리오를 만들었다. 이제 그들의 작품을 보고 사고력이 어느 정도인지 평가하게 될 것이다. 우리 학생들이 만든 작품이 정말 수준 이하라면, 부산항에서 볼멘소리를 했던 운전기사의 말이 맞을는지도 모른다.

틀 속에 가두어 달라는 부모

출세한 사람들은 대부분 정도正道를 걸어 온 사람들이다. 주변을 살필 겨를도 없이 오로지 공부만 하며 살아왔다. 그들은 규격에 맞는 틀에 갇혀 지내면서도 행복해 했고, 그래서 칭찬을 받고 살아왔다. 그런데 정도만을 고집하다 보니 융통성이 없다. 틀에서 잠시 벗어나기라도 하면 큰일이 난 것처럼 군다. 그렇게 살아온 덕분에 출세도 할 수 있었던 것이다.

그렇다 보니 타인에게도 자기처럼 살아갈 것을 요구한다. '해라', '하지마라' 식의 교화敎化 방식으로 말이다. 그런 부모 슬하에서 자란 자녀들이 의외로 정도正道 밖에서 서성거리고 있다.

대안학교에 자녀를 보내놓고 부모들은 걱정이 태산 같다. 부모들은 여전히 자녀들을 강력하게 통제해 정도를 지킬 것을 요구한다. 그러나 학생들에게 규칙을 지키라고 명령할 것이 아니라, 그 규칙을 지켜야 할 당위성을 반드시 먼저 설명해주어야 한다.

규칙을 자녀들에게 강요하는 부모들은 윤리성이 부족한 경우가 많다. 그것은 자신이 어른이 될 때까지 자발성을 키우지 못한 채 강제로 교화되었기 때문이다. 그들은 외부 통제가 두려워서 사람들 앞에서는 잘하는 척 한다. 하지만 남이 보지 않는 곳에서는 고삐 풀린 망아지가 되고 만다. 진정한 교육을 받지 못한 탓이다.

우리 학교는 학생들에게 원칙을 분명히 제시하지만, 강제, 비난, 또는 간섭은 하지 않는다. 언제나 그들을 존중하고 그들이 받아들일 때까지 기다려준다. 그러나 부모님들은 이러한 학교의 교육철학이 유토피아적이라며 걱정이다.

우리가 하려는 것이 정말 현실성이 없는 것일까? 그도 그럴 것이다. 그들 자신이 자유롭지 못한 틀 속에서 정도를 걷기만을 강요받아왔으므로, 교육의 본질에 입각한 우리의 교육철학이 현실성 없어 보이는 것은 당연한 것인지도 모르겠다.

우리 학교는 학생들이 견디기 힘든 상황마저도 다 직면하게 한다. 그렇게 함으로써 규칙이 공동체 생활에서 얼마나 소중한가를 체험케 한다. 그리고 그 와중에 생겨나는 불편함은 갑론을박을 통해 학생들이 스스로 조율하게 한다.

우리 학교는 일반학교와 구분되는 대안학교이다. 부모들이 자녀를 대안학교에 보내놓고 일반학교처럼 교화 방식의 잣대를 강요한다면, 이것은 학교의 교육철학을 잘못 이해하고 있는 것이다.

우리 학교는 규칙을 중히 여기나 그 규칙을 강요하지 않는다. 학교는 매주 전체회의와 교사회의를 통해 학생들에게 맞도록 규칙을 조율해 나간다. 언제나 제일 중요하게 다뤄지는 것은 '원칙' 이다.

우리 공동체는 자유롭고 행복해지기 위해 원칙을 존중한다. 교사는 학생들에게 원칙이 있음을 알게 하고, 학생들이 그 원칙 안에서 자유롭도록 도와준다. 부모들이 우려하는 만큼 결코 학교가 아이들을 방목하지는 않는다.

우리 학교는 '무단결석이 없는 학교, 폭력이 없는 학교를 지향하며 학업성취도가 향상되는 학교'를 목표로 삼고 있다. 그리고 그 과정에 외부 통제없이 학생들과 교사가 자발적인 힘으로 목표를 이루어 간다.

부모들이 대안학교에 자녀들을 맡기려면 적어도 대안학교의 철학을 존중하여야 한다. 그리고 학생이 교육의 본질에 접근할 수 있게, 학생 스스로 변화하는 것을 기다려 주어야 한다. 부모가 학교의 교육철학이 이상일 뿐 현실성이 없다며 강력하게 통제해 줄 것을 요구한다면, 그 부모는 자녀를 위해 일반학교를 택해야 할 것이다.

깡통 소리에 대한 단상

1

빈 깡통을 냅다 걷어찬다. 한 번 발길질 하면 나뒹구는 파열음 소리에 더욱 신이 나서 이곳저곳 발길질을 해댄다. 평화스런 산골은 갑자기 아이들의 시끄러운 소리로 난청지역이 되어버렸다.

어린 시절에 고운 소리 한 번 듣지 못한 채 내쫓겨, 이리 채이고 저리 채이다가 머리가 굵어지면서 빈 깡통이 되어 버렸나 보다. 에잇, 열여덟, 왕왕, 으르렁대는 소리, 쌍소리가 퍼진다.

학생은 괴성 섞인 절규를 토해 내고 있는데, 사치스럽게 야단치듯이 물어보았다.

"넌 살아오면서 음악시간에 발성 연습 한 적도 없냐?"

"뭔 소리요?"

나를 뚫어져라 쳐다보며 귀청 뚫어져라 마음을 후벼파는 한 토막 괴성으로 악을 쓴다.

어린 시절, 사랑이 담긴 부모의 소리를 듣지 못하고 자라난 아이였다. 부모가 빈 깡통이었던 거다. 날마다 요란한 파열음을 들려주며 어린 녀석에게 왕왕대며 빈정거리고 야단을 쳤다.

어른의 빈 깡통소리는 더욱 커져갔고 이에 따라 자녀는 난청이 되어 버렸다. 세상은 온통 깡통소리로 뒤덮였다. 세상은 이 소리가 지겹긴 했지만, 깡통 어른을 정작 나무라지는 않고 아이들만 발길질했다. 이리 채이고 저리 채여 빈 깡통소리는 더 요란해졌다.

빈 깡통이 자라다가 산속으로 이사 왔다. 해야 할 일을 잊고, 엎어졌다 일어났다 반복하며 깡통이 비틀어지는 소리를 여전히 내며 지냈다. 가곡을 들려주고 싶었지만, 난청인 귀에 거슬린다며 화를 내고는 깡통소리가 더 좋다고 아우성이었다.

그러던 어느 날인가 산골 보금자리에서 사는 그들에게 새소리, 물소리, 바람소리가 들리기 시작했다. 난청을 벗어난 그들에게 자연과 어우러진 가곡이 들리기 시작한 거다. 이젠 아무도 그 소리가 싫다며 거부하지 않았다. 빈 깡통들은 자신을 보고 소스라치게 놀라지 않을 수가 없었다. 질 높은 자연소리를 들었다며 얼마나 기뻐했는지 모른다.

2

미술시간에도 깡통소리가 났다. 원색으로 도배해 놓은 그림을 보니 두려움마저 느껴졌다. 깡통을 나무라지 않을 수가 없었다.

"미술을 공부한 적이 없느냐?"

"뭔 소리요?" 힐끗 고개를 들고 쳐다보더니, 애써 보답이라도 하겠다는 듯이 원색으로 칠한 선정적인 그림으로 확실한 답을 해주었다.

그러던 깡통이 원색의 물감을 버리고, 산뜻한 풍경화를 그려 놓았다. 깡통은 자신이 그려 놓은 풍경화를 보다가, 경기를 하듯이 소스라치게 놀랐다. 화폭에는 하늘, 산, 바람소리가 담겨 있었다. 생명을 담은 질감 높은 아름다운 그림이었다.

3

텅 빈 성당, 언제나 예수님은 혼자 계셨다. 이곳을 찾아 온 그 날부터 깡통은 이 고요함을 몸서리치도록 싫어했다. 난청인 깡통이 질러대는 소리에 하느님도 말문이 막혀버렸다.

"너 신자 맞니?" 빈 깡통을 걷어차듯 한 마디 했다.

"뭐요?" 저주라도 할 듯이 뚫어지게 쳐다보더니 사라져버렸다. 그리고 시간이 조금 지난 후 위층에서 들려오는 '쿵쾅' 심통 부리는 소리로 대답을 해주었다.

그러던 어느 날, 잠을 자다가 소스라치게 놀라 일어났다. 은은하게 들려오는 성가 소리가 나를 깨운 것이다. 어느새 성당은 아이들로 가득 찼고, 가장 질 높은 소리로 하느님을 찬미하고 있었다.

4

교육은 무엇인가? 생음악으로 들려주는 아름다운 가곡이나 성가 부르는 소리, 자연의 소리로 인간을 만들고자 노력하는 것이다. 그리고 질 높은 교육이란, 하느님을 향해 나아가며 하느님의 소리를 듣도록 해주는 모든 노력이다.

빈 깡통 나뒹구는 소리가 사라지고 고요가 깃든 산 속 마을은 정감 있는 소리로 가득 찼다. 아이들이 성당을 가득 메워 미사를 드리고, 하느님의 말씀을 듣는다. 교정을 파고드는 가곡이 아침공기처럼 신선하게 마음을 채운다. 사치스러울 만큼 성숙하고 아름다운 소리로 가득 채워지니, 깡통소리는 저절로 아득히 멀어져 갔다.

공해지역 금연운동

얼마 전에 학교 근처에 산불이 났다. 이것을 기회로 학교는 '금연 학교 운동'을 펼치고 있다. 금연 프로그램으로, '금연학교', '금연 마라톤'을 끝내고 나서 지난 10월 30일을 흡연 'STOP DAY'로 지정했다.

하지만 그 후 몇 명이 흡연하다 발각되었고 이들은 금연학교로 보내졌다. 금연학교는 학생의 심각한 흡연을 확인한 후 일단 귀가 시켰다. 그리고 학생들은 부모님과 함께 금연학교에 입소했다.

그 아이들은 금연의 확고한 의지를 갖고 일주일 후에 학교로 돌아왔다. 담임선생님은 아이들이 즐겁게 생활하고 있다는 소식을 전해주었다. 교무부장 선생님이 이어서 한 마디 거들었다.

"금연학교를 운영하는 청소년센터 장으로부터 전화가 왔었습니다. 학생의 금연을 위해 노력하는 학교, 자녀를 위해 금연학교에 함께 온 학부모, 적극적인 자세로 금연을 하고 학교로 돌아가는 학생. 그 학교, 도대체 어떤 학교입니까? 금연학교를 운영하고 있지만 이런 학교는 전국에서 처음 있는 일입니다. 제 자녀도 이 다음 꼭 대안학교인 양업에 보내겠습니다.”

학생들이 건강한 모습으로 학교로 돌아 왔다는 소식을 듣자 무척 기분이 좋다. 지역사회에 우리 학교 학생들은 골초로 소문이 나 있었다. 주민들은 콜밴을 기다리다가 또래들이 모여 한 모금 뿜어대는 모습을 보고 양업 학생들을 구분한다고 했다.

깊이 빨아들인 니코틴에 중독 된 학생들은 차에 탑승하기가 무섭게 운전기사의 인상을 구겨 놓는다. 청주 터미널과 옥산 콜밴 정류장이 온통 담배 연기, 니코틴 냄새로 진동을 했던 것이다.

끊임없이 태워대던 담배 연기, 할 일 없이 서성이며 목표도 없이 지내던 학생들… 아이들은 수업이 끝나기가 무섭게 ‘흡연터’로 달려가고, 흡연터가 없어진 날부터는 산 속을 분점으로 삼아 달려가서 숨어버리곤 했다.

그 모습이 얼마나 딱해 보였는지 모른다. 아이들은 낮은 낮대로, 밤은 밤대로 담배 때문에 괴로워하며 비흡연자 학생들을 괴롭혔다. 담배를 피우기 위해 정적을 깨며 쿵쾅거리고, 깨끗한 복도에 가래침을 뱉었다. 참으로 비참한 모습들이었다. 학생들의 욕구를 충족시켜줄 게 흡연 밖에는 아무것도 없어 보였다.

그런데 이제 ‘클린 스쿨Clean School’로 탈바꿈하고 있다. 예전에 ‘불’에 대한 글을 쓰라고 하면 아이들은 ‘라이터불’, ‘담뱃불’, 혹은 얼마 전에 발생한 ‘산불’을 떠올렸을 것이다. 지식의 영역이 좁은 아이들이 자신이 했던 일 외에는 꺼낼 게 없었기 때문이다. 하지만 지금 다시 학생들에게 '불'을 주제로 작문을 쓰라고 하면, 지금까지 볼 수 없었던 아주 넓고 깊은 글이 나오리라 기대한다.

교육은 지식 영역의 확대이며 좋은 방향으로 안목을 열어주는 일이다. 또 교육은 그 안목을 통한 발전이며 성숙이다. 지금까지 그들에게 풍부한 지식의 세계를 열어주지 못했던 것은 수업의 결손이 너무나 커서 미처 넓혀줄 기회를 얻지 못했기 때문이다. 이는 참으로 안타까운 일이다.

담배 냄새가 사라진 학교는 상쾌하다. 들락거리는 학생도 없다. 행사 때도 또래들이 무더기로 자리를 비워 썰렁하게 만드는 일도 없어졌다.

"담배 가지고 왜 간섭하십니까?" 하는 학생들도 없어졌다. 행복하고 건강한 학교가 되어 가고 있는 것이다.

예, 저희는 건전합니다

사춘기를 지나면서 이성교제가 본격적으로 시작되고, 때론 홍역처럼 심한 몸살을 앓기도 한다. 그리고 성인으로 성숙한다. 아무리 말려도 달리는 열차를 일시에 멈춰 서게 할 수 없는 것처럼 가속도가 붙어 있다.

지금 학교에서는 몇 몇 학생들이 이성교제를 하고 있는 중이다. 다정하게 둘이서 교정 한 구석에서, 산책길에서, 때론 둘만의 공간에서 즐거운 듯 소곤거린다. 식당에서도 교실에서도 함께 붙어 무슨 이야기를 그렇게 다정하게 하는지, 보기 좋다가도 걱정이 된다.

"얘들아, 교제는 건전하게 해야 한다."

"예, 저희는 건전합니다. 서로 존중해주고, 격려하며 힘이 되어줍니다. 걱정 마세요."

이렇게 말했던 커플들이 어느 사이에 어른들의 눈을 피하기 시작하고 어른들에게서 멀어져 간다. 외출을 함께 하기도 하고 늦게 귀교를 하기도 하고, 아침 일찍 둘이서 차에서 내리기도 한다. 좋지 않은 모습들이 자주 선생님들의 눈에 들어오게 된 것이다.

걱정스런 표정으로 무슨 이야기를 하려고 해도 커플은 신경질적이다. 건드리면 곧바로 감정이 터져버릴 것 같아 보인다. 급기야 부모가 학교로 쫓아오고 학교가 그들을 통제하려고 하면 이성을 잃고 벽거울을 발로 차기도 하고, 맨주먹으로 콘크리트 벽을 치기도 한다.

철부지들은 훈계를 거부하며 둘만 좋으면 그만이라는 식으로 행동한다. 아무 곳에서나 붙들고 포옹하고 어둠 속으로 숨는다. 윤리성도 잃고 막무가내이다. 울고 또 울고, 달래주어도 상황이 심각하다.

결국 더 이상 학교가 있을 곳이 아니라는 생각이 드는지 밖으로 자취를 감춘다. 부모와 자식 사이 역시 아무 관계가 없어져 버렸다. 자식 일로 부모는 한숨을 내쉬며 심한 우울증을 호소한다.

졸업 후 잘 다니던 대학생활도 포기한 채, 옹색한 방 한 칸을 마련해 힘겨운 알바를 하며 동거를 하기도 한다. 아직은 모르겠지만 즐거운 시절은 사라져버린 거다. 이제 밀물처럼 밀려드는 쓰디쓴 삶의 고생을 무차별로 겪게 될 것이다.

이 청소년들은 무지한 상태에서 이성교제를 경험하고 혹독하게 치른다. 삶의 질서 속에서 단계적으로 계단을 오르며 이루어야 할 것을 한꺼번에 뒤죽박죽이 되게 만들어버린 것이다. 그리고 대물림처럼 가난을 짊어지고 살아가게 된다. 언젠가는 어느 것 하나 제자리를 잡지 못한 채 다 부수어져 나간 자신의 삶을 되돌아보며 후회를 하겠지만, 그러기에는 삶이 너무 짧다.

사춘기에 둘이 좋아서 벌인 일이 이제 고통이 되고, 그와 관계를 맺고 사는 공동체는 신음을 하며 병들어 간다. 부모는 우울증에 걸리고, 자신들이 만든 태아는 세상의 빛을 보지 못한 채 사라진다. 자식문제로 양가는 서로를 물고 뜯는다. 아이들은 그때서야 달려온 길이 잘못 되었음을 알게 된다. 그리고 헤어질 수밖에 없는 슬픈 현실을 감당해야 하는 것이다.

미성숙한 청소년이 바르게 서려면, 그들이 올바로 걸어갈 수 있게 도와줄 보호자가 꼭 필요하다. 공동체가 있는 한 규칙은 엄격히 지켜져야 한다. 이성교제는 성인이 되는 단계에 겪게 되는 일이지만, 쓰레기가 어지럽게 바람에 날리는 듯한 모습이어서는 안 된다.

텔레비전의 애정물, 사회 풍속도, 인터넷 채팅, 자유롭게 접할 수 있는 각종 유해 환경이 청소년을 지속적으로 무분별하게 오염시키고 있다. 청소년들의 이성교제는 대책이 없어 보인다. 그러나 자기완성을 위해 성실하게 노력할 시기에 이성을 잃은 행동으로 삶의 소중한 한 때를 날려 버리지는 말아야 한다.

그놈이 살아났다

'사랑해야지!' 하면서도 바라보기조차 힘들었던 아이들. 얼마나 보기 힘들었으면 졸업미사가 얼른 다가와 마지막으로 만났으면 좋겠다는 생각까지 했겠는가. 너희들도 학교에서만큼은 나름대로 자세를 가다듬어보겠다고 무척 참았겠지만, 나도 참으로 긴 시간을 인내해야 했단다.

제대로 자리를 잡지 못한 채 3년 내내 엉성하게 지내다가 학교에서 내쫓긴 너희들 모습은 너무도 비참해 보였다. 학교에서 쫓겨나자, 왜 학교 밖으로 나가야 했는지 의미를 찾지 못한 채 너희들은 원망만 무성하게 해댔지. 너희들은 이런 방법을 '벌'이라고 생각했겠지만, 그건 목표를 찾아보라는 강력한 뜻이었단다.

기숙사에서 공공연히 담배를 피워대며 술을 질펀하게 마셔대고, 선생님들에게 들켜 혼나면서도 "우리가 왜 술을 마시면 안 되는 거예요?"라며 따져 묻던 너희들이 아니냐.

3년이란 세월이 나에게는 진저리나게 힘들었다. 사실 너희에겐 그런 일이 유일한 낙이었고, 그러한 욕구 충족이 퍽 위안이 되었겠지. 하지만 우리 눈엔 너희가 전혀 정상으로 보이지 않았다.

고등학교 자퇴 후 싸움질과 오토바이, 차, 술, 담배에 의지해 하루하루를 지겹도록 즐기며 방황했다는 사실만 진작 알았더라면, 우리 가족으로 선택하지 않았을 텐데… 부모도 너희들도 감쪽같이 과거를 숨기고 4차 면접까지 의젓하게 통과를 하지 않았더냐.

역시 우리보다 너희가 한 수 위였나 보다. 너희들은 이곳에 입학하더니 지난날 아무 일도 없었던 범생이처럼 시치미를 떼고 1, 2년 동안은 실하게 살아가는 척 했었지. 그런데 학년이 올라가자, 그동안 숨겨놓은 부정적 기억들이 수면 위로 떠오르는지 조금씩 본색을 드러내기 시작했다.

퉁퉁 부은 얼굴로 어슬렁거렸고, 수업시간이면 긴 하품 끝에 잠을 자고, 깊은 밤 기숙사가 고요해질 때면 몰래 무리지어 PC방으로 내달려 밤 시간을 잘라먹고는, 아무런 일 없었다는 듯이 시치미를 떼기도 했지. 새벽녘에 나를 만나면 소스라치게 놀라야 하는데, 산책 갔다 오는 중이라며 배짱 좋게 아침밥을 챙겨먹기도 했고….

나도 너희들 못지않게 졸업식 날이 돌아오기만을 간절히 기다렸단다. 그리고 드디어 졸업식 날이 되었지. 그런데 배은망덕하게도 부전자전父傳子傳하여 나타나지도 않았다.

뒤늦게 나타난 어떤 녀석들은 감사는커녕, 졸업장에 불을 댕겨 태워버리고서는 그대로 달아나버리기도 했지. 그런 비겁한 모습을 보고 난 후, 나도 너희들을 보고 싶어 하는 마음을 접어버렸다. 너희들이 보여준 행동을 보며 '제발 좀 나타나지 말아다오. 인간도 아닌 것들아!' 중얼거리며, 그 졸업식이 마지막 만남이길 바랐던 것이다.

그래도 위안이 되었던 것은, 많은 학생들이 졸업미사에서 눈물짓던 모습이었다. 그 기억은 나에게 큰 보탬이 되었고 지금까지 좋은 기억으로 남아있단다.

그런데 1년이 지난 오늘, 생각지도 않은 너희에게서 편지를 받게 되었구나. 후배들에게 그놈들한테 감사의 편지를 받았다고 하니 그 애들도 놀라며 "사람 되었네요!" 하더구나.

속죄와 감사의 마음을 담은 이 편지.

"졸업하고 찾아뵙기는커녕 전화 한 통화 없이 지내온 것이 마음에 걸립니다. 그동안의 일들을 매우 죄송하게 생각합니다."

너희는 선생님들의 성함을 한 분, 한 분 열거하며 너무나 큰 은혜를 입었다며 큰 감사를 드리고 있었다. 그리고는 입학 전에 숨긴 사건 사고들을 빈틈없이 열거하며 너무나 솔직하게 고백해 놓았지.

"…… 나를 숨긴 채 4차 면접을 무난히 통과해 입학했습니다. 그런데 이제야 정신이 돌아옵니다. 평생 동안 좋은 학교 '양업'을 기억하겠습니다. 꼭 찾아뵙고 인사를 올리겠습니다."

겨우내 얼어붙은 얼음이 녹아내리듯이 내 마음도 훈훈해졌단다. 나는 신이 나서, "그놈이 살아났다!' 고 소문내며 돌아다니는 중이다. 이제 나도 너희에 대한 부정적인 생각을 지워버리련다. 사실 그동안 속으로는 얼마나 너희가 보고 싶었는지 모른다. 잘들 살게나!

인간 승리자

전체 속에서 자신을 당당히 세우는 학생들이 있는가 하면, 혼자 외롭게 숨어 있는 학생들도 있다. 우리는 후자에 속하는 이들을 '부적응아'라고 말한다.

부적응아인 학생은 자신이 공동체에 잘 적응하지 못하는 문제를 학교에 가지고 온다. 그리고 학교에 적응하려고 노력하기는커녕, 적응하며 잘 사는 학생들을 원망만 한다. 지금 3학년들 중에 졸업하지 못하고 떠난 학생들이 그런 경우다.

부모 역시 자녀와 마찬가지였다. 적응을 잘 하지 못하는 자녀를 있는 그대로 인정하려 하지 않고, 학교 탓만 해대는 것이다. 이 아이가 이런 아이니까 잘 적응할 수 있게 도와달라는 부탁은 접어둔 채, 건강한 학교 또래들이 문제라며 고함을 치고 학교를 떠나버렸다.

지금 당당히 서 있는 3학년 학생들을 대할 때면, 부적응 상태에서 적응 상태로 바뀐 '인간 승리자'의 모습을 그 속에서 발견하게 된다. 그리고 그 중심에 훌륭한 부모가 있다는 것을 나는 안다.

한 학생은 어린 시절을 외국에서 지냈다. 중학교 때 한국으로 들어왔는데 문화적 차이를 겪으며 학교생활에 적응하기 힘들어했다. 말 표현이 정확하지 않은 데다 또래 사이의 대화 중에도 이해의 폭이 엄청나게 다르다는 것을 알게 된 것이다. 건드리기만 해도 추행이며 폭력으로 인정하는 외국 문화와, 툭툭 치며 장난쳐도 아무렇지도 않은 우리 문화의 괴리 때문에 문제가 불거진 것이다.

우리는 그런 학생을 조용히 지켜보며 보살펴줄 뿐, 한 학기 내내 별다른 이야기를 해주지 않았다. 부모가 무척 고통스러워했지만, 우리마저 그 아이를 과잉보호 해 줄 수는 없는 일이었다.

부모의 외국 유학 때문에 아이가 한국 말과 한국 문화를 배우지 못했다면 그것은 그들의 잘못이다. 그걸 알면서 한국에 돌아와 벌어지는 모든 문제를 남 탓으로 돌린다면, 그 아들은 결코 당당하게 설 수가 없다. 공동체에 적응하지 못하면 검정고시를 선택할 수밖에 없지 않겠는가.

이러한 부적응은 부모님이 해결해야 할 문제가 아니다. 문화적 차이를 느끼는 당사자가 우리 문화를 익혀가며 또래들과 잘 어울릴 수 있도록 노력해야 하는 것이다.

얼마 지나지 않아 그 학생은 어려운 문제를 멋지게 해결했다. 처음엔 한국말이 무척 서툴렀지만 일 년 동안 적극적으로 살다보니 어느새 한국말을 제법 잘할 수 있게 된 것이다. 우리 문화를 익히며 전체 속에서 자신을 당당히 세워가는 모습도 보여주었다. 그 학생이 정말 대견스럽다.

부적응은 자신의 문제이다. 결코 남을 탓해서는 안 된다. 공동체 속에서 제대로 자신의 자리를 잡게 되었을 때, 그는 승리자의 모습을 우리에게 보여주게 될 것이다.

일 년 동안 어려움을 견뎌내며 잘 지내온 그 학생에게 격려의 박수를, 그리고 그 부모님께 축복 말을 전한다.

공부 좀 하려고요

방학만 되면 마냥 즐기려는 학생들이 많다. 그런데 어느 날부터 인가 즐기기를 그만두고 미래를 위해 고통을 선택하는 학생들 소식을 듣게 되었다. 방학 동안 목표를 설정하고 실력을 향상시키기 위해 스파르타 학원에 등록한다는 학생들이 늘어나고 있다는 것이다.

이는 매우 좋은 현상이다. 그동안 공부를 포기했던 학생들에게서 이런 희망의 불씨를 보게 되니 부모님들도 무척 기쁜 모양이다.

"신부님, 아들 녀석이 학원에 다니겠다고 하지 않습니까?"

아버지가 사랑으로 자녀를 대하게 되자 자녀가 변하기 시작했다고 한다. 부모님의 강요에 의해서가 아니라 자발적으로 공부를 하겠다니, 얼마나 대견스럽겠는가. 스스로 공부하겠다고 했으니 그 성과 또한 클 것이다.

작년 축제 때 아무것도 하지 않고 뒤에서만 서성이던 아들 녀석이 금년엔 무대를 누비며 뛰어난 춤 실력을 유감없이 발휘하자, 그 모습을 지켜보던 아버지도 고무되지 않을 수 없는 모양이었다.

"신부님, 제 아들 춤추는 거 보셨지요? 제 아들이 그렇게 멋있는 줄 몰랐습니다."

아버지의 상기된 표정이 너무나 보기 좋았다. 나도 덩달아 하루 종일 신이 났다.

작년 축제 때 그 아버지는 무척 속상해 했다.

"다른 친구들은 모두 무대에 올라갔는데, 너는 왜 못해?"

아버지는 아들에게 비난의 말을 쏟아 놓았다. 아들 녀석은 그런 아버지를 싫어했고, 아버지가 학교에 나타나는 것조차 달갑게 여기지 않았다. 그런데 그 아들이 올해는 멋지게 춤을 추었고, 아버지는 환한 얼굴로 웃음을 참지 못했다.

학교에 입학하고 나서 그 가족은 아버지와 아들 사이의 관계성 악화 때문에 가족 모두 집단 상담을 받았다. 상담가는 아버지에게 너무 아이를 다그치지 말라는 주문과 함께 아들을 사랑과 인내로 대하라고 했다.

어느 날 아버지가 아들에게 용서를 청했다. "그동안 나 때문에 무척 힘들었지?" 하자, 아이는 '흑' 하며 울음을 터트렸고 그 후로 밝게 변하기 시작했다고 한다.

그 어느 해보다 신났던 축제였다. 축제를 끝으로 집으로 향한 학생들 중에 '이번 방학에는 밀린 공부 좀 해야겠어요' 라는 말을 남긴 학생들이 많았다.

"아버지, 이번 방학에는 공부 좀 하려고요"라는 말은, 부모가 자녀에게 들어왔던 말 중에 제일 반가운 소리였을 것이다. 사랑과 관심으로 기다려준 학부모가 아이가 변하게 한 것이다.

부모가 자녀에게 사랑으로 자상하게 대할 때, 자녀들은 그 순간부터 바른 마음을 갖고 스스로를 통제하기 시작한다. 학생들을 바로 서게 하는 것은 학교의 희망인 동시에, 가정의 희망이다. 이는 매우 신나는 일이고, 기분 좋은 일이다. 여기서 상생의 힘이 나오고 서로가 행복해진다. 새해 모두 행복했으면 하는 마음으로 기도한다.

4. 아침을 여는 아이들
(2007년)

하느님께서는 아이들에게 좋은 기운을 넣어 주셨고
그 기운은 아이들에게 성령의 열매를 맺게 해 주셨다
그 열매는 '자기 주도적' 이라는 성령의 열매이며
그것으로 인해 아이들은 이른 아침을 힘차게 열고 있다

문제아들, 잘 있어?

가끔은 시골 본당처럼 정감 넘치고 활력 있는 곳이 그리워질 때가 있다. 하는 일이 힘에 부치고 영적으로 메마를 때 특히 그렇다. 낙천적인 성격으로 버텼지만 내 얼굴은 대안학교 설립 이후 5년간 숯처럼 캄캄했다. 새벽을 열기 무섭게 난파선처럼 청소년들과 나의 문제가 얽혔기 때문이다.

본당 신부님들은 그런 내 속사정을 들여다보며 이런 인사말을 했다. "문제아들, 잘 있어?" 되지도 않을 일 한답시고 힘들어하는 모습이 안타까웠나보다. 그런데 내게 그 인사말은 시간이 지나면서 꽤나 불편해졌다.

그래서 나도 그분들에게 들려줄 인사말을 찾아냈다. "문제 신자들(쉬는 교우), 잘 있어?" 이 인사말은 더 이상 얽혀져 있는 인간관계를 문제 삼지 말고 회복을 위한 대안을 찾자는 뜻이다.

언젠가부터 나는, 나도 모르게 어른의 옷으로 갈아입고 과정보다 결과를 중시하며 폭력으로 청소년들을 힘껏 내리쳤던 것은 아니었을까. 그 결과 그들의 마음은 악성종양에 문둥병, 중풍병자처럼 일

그러진 모습을 하고 있었다.

나뿐만이 아니라, 많은 어른들이 청소년들에게 마땅히 해주어야 할 책임과 역할을 다하지 못하고 있었다. 그것은 관계가 단절되도록 만들었으며 철없는 학생들을 사회에 방치시켰다. 이러한 사실을 깨닫고 나는 차츰차츰 학생들의 대변자로 변해갔다. 학교에서의 소중한 체험이 가져다 준 결과였다.

통과의례처럼 성장 과정에서 터져 나오는 청소년 문제는 겪어낼 수밖에 없는 일인데 왜 좋지 않게만 본 걸까 하는 반성과 함께 고개가 숙여졌다. 그리고 그들을 통해 잊고 있었던 내 청소년 시절을 생각해냈다. 나도 예외 없이 미성숙한 철부지였고, 많은 문제를 일으키며 살았다는 기억과 함께 그들에 대한 이해심이 생겨났다.

우리 어른들은 청소년들에게 무엇을 요구하는 걸까? 어른들도 자기 안의 결핍된 부분을 미처 해결하지 못한 채 성인이 되었기 때문에 청소년 문제를 해결해 줄 설득력을 갖고 있지 못하다. 그러면서도 청소년들에게 일방적인 강요와 비난을 일삼으며 닦달만 하고 있다.

아이들은 말한다. "어른들은 로또 복권이 당첨되면 신세를 고친다는데, 저희는 부모님 잘 만나는 것이 로또 복권 당첨되는 것이지요."

이제 난 학생들의 문제를 문제로만 보지 않는다. 그들과 직면해 어떻게 그들을 살릴 것인가 고민한다. "무거운 짐을 지고 허덕이는 젊은이들이여, 다 나에게로 오너라"라고 기도하면서 말이다. 이제는 옛 고향처럼 포근함을 간직한 본당보다 우리 학교가 천당처럼 더 좋다.

꽃에 물 주기

　화분을 잘 관리해 삭막한 주거 공간을 싱싱하게 가꾸는 가정을 볼 때가 가끔 있다. 콘크리트 건물 안팎에서 자라는 크고 작은 나무들과 넘치는 생명력으로 실내를 장식하는 화초들을 보면 풍요로움을 느끼게 된다.

　그런데 이처럼 고마운 생명을 관심 있게 돌보는 사람은 흔치 않다. '양업' 학교 학생들만 해도 학교 건물에 놓여 있는 화분들과 전혀 무관한 것처럼 지낸다. 1년 내내 자발적으로 물 한 번 주는 학생이 드물다. 가정에서나 학교에서나 책임을 맡은 사람 외에 다른 구성원들은 그런 생명이 있는지조차 모르고 지내기 십상이다.

　한 엄마의 얘기가 생각난다. 어느 여름, 엄마는 며칠 집을 비우며 집에 있는 화분에게 물을 주라는 부탁을 딸에게 했다. 엄마는 딸이 모르도록 두 개의 화분에는 생화 같은 조화를 심어 놓았고, 다른 두 개의 화분에는 생화를 심어 두었다.

　엄마는 딸에게 물주는 방법을 정성껏 가르쳐주었다. 그런데 딸아이는 갑자기 책임진 일이라 그런지, 어떤 날은 화분이 넘쳐나도록 물을 주었고, 어떤 날은 깜박 잊고 물을 주지 않았다.

며칠 뒤 엄마가 집에 돌아와 보니 두 화분 속의 생화는 이미 죽어 있었다. 엄마가 딸아이를 불러 세워 "화초가 말라 죽었구나!" 하자, 딸아이는 화초가 죽었다는 걸 그제야 알고는 씁쓰레한 표정을 지었다.

"아, 글쎄요. 화분에 똑같이 물을 줬는데, 이 둘만 이상하게 죽어버렸어요. 이 둘은 여전히 생생한데 말이에요. 왜 이것만 죽었지요? 뭐가 잘못된 건가요?"

"애야! 저 싱싱한 두 개의 화초는 살아있는 것이 아니라 조화란다. 너는 그것을 모르고 있었니?"

딸은 화분에 물을 줘야한다는 의무감만 있었지, 생명에 대한 책임자로서의 소명의식은 없었던 것이다.

우리는 일상에서 각자 생명과 일에 대한 책임을 지고 살아간다. 그런데 대부분의 경우, 책임져야 할 역할은 충분히 고려하지 않은 채 의무감만 갖고 있는 경우가 더러 있다.

우리도 그 딸아이처럼 맡겨진 화초들과의 관계는 중요하게 생각하지 않고 무심한 일상처럼 생명을 대하다가 망쳐버리는 경우가 있다. 외형은 조화처럼 멀쩡히 살아있는 듯 싱싱해 보이지만, 정작 생명체는 책임자가 역할 수행을 하지 못한 탓에 끙끙 앓다가 결국 죽음에 이르게 되는 것이다.

이 세상의 모든 생명체들은 저마다 '나를 사랑해주오!' 라고 소리치며 아우성이다. 많은 생명체들이 제대로 자라서 성숙하려면 물이 더 필요하다고 호소하고 있는 것이다. 그러나 각자 책임져야 할 역할을 올바로 수행하지 않아, 그들의 소리는 공허한 메아리로 들릴 뿐이다. 우리 신앙인들만이라도 참 생명 원리의 성체성사 신비를 통해 생명에 대한 책임과 역할을 다해야 할 때다.

양가집 자녀들

'수秀는 빼어나다, 우優는 우수하다, 미美는 보기 좋다, 양良은 양호하다, 가可는 가능성이 있다'는 뜻이다. 학생에게 주는 성적은 모든 교육 대상을 가능태로 보고 있다. 그런데 유독 우리나라는 성적이 빼어난 수만 가능태로 보고, 양가良可집 자녀들에는 별로 관심이 없다.

또 학생의 인성과 잠재적 소질, 적성은 소홀히 한 채 지식 교과목만 챙긴다. 성적만 중요시하기에 학부모와 학생들이 울고 불며 스트레스에 시달린다. 특히 양가집 자녀들은 어딜 가나 천덕꾸러기다.

설·추석 때 일가친척이 모이면 부모들은 자녀 자랑을 도마에 올려놓는데, 양가집 부모들은 울상이다. 이런 부모들은 집에 돌아오기가 무섭게 뭐가 모자라서 공부를 못하니 하며 아이에게 비난을 쏟아내기 일쑤다.

요즘 우리 학교에 수재들이 몰려온다. 꼴찌 천재부터 일등 수재들까지 밀려온다. 얼마 전 서울의 한 장학관이 찾아와 물었다.

"대안학교는 인성교육만 시킨다고 들었는데 지식교과 수업은 왜

시키며, 대학 진학은 왜 시키나요? 거긴 문제아들이 가는 학교가 아닌가요?"

이는 학생을 성적으로 구분하고 꼴찌를 가능태로 보지 않는다는 걸 보여주는 교육현장의 슬픈 단면이다. 학생을 이런 식으로 나누는 관리가 어떻게 학생을 교육하는지 심히 유감이다.

아름다운 주상복합 건물도 눈에 보이지 않는 기초가 튼튼해야 위풍당당하게 그 위용을 드러낸다. 마찬가지로 훌륭한 인간을 기르기 위해 인성교육은 꼭 필요한 저변이고 기초다. 인간교육에 인성교육 따로, 지식교육 따로 구분 짓는 관리가 없어져야겠다. 이런 어른들은 가능태 학생들을 교육에서 소외시킨다.

무한 가능태를 지닌 학생들을 지금 당장 어렵다 해서 문제아라고 단정 지어서는 결코 안 된다. 그들은 미성숙한 철부지들이고 성장과 성숙을 거듭하는 것이 그들의 특징이기에, 성숙한 어른들이 그들을 도맡아 교육해야 한다.

누구나 힘든 공부를 하는 것보다 즐기고 노는 것을 더 좋아한다. 특히 양가집 도련님들과 규수들은 책 대신 담배와 술을 더 좋아한다. 그 모습이 싫고 다루기 힘들다고 괄시만 할 게 아니다. 그들이 지금 공부를 게을리 하는 이유가 무엇인지, 어떤 대안으로 그들 문제를 풀어 줄 것인지 방법을 찾아내야 한다.

성적 구분 없이 다양한 학생들이 대안학교로 몰려오는 이유는 모든 학생들을 가능태로 보고 기초를 착실히 쌓아올려 장차 드러날 주상복합 건물의 저변을 마련해주기 때문이다. 우리 학교는 양가집 도련님들과 규수들이라도 모든 면에서 빼어날 수를 받을 수 있는 과정을 거친다. 그래서 온통 축제 분위기다. 난 우리나라의 모든 학교가 늘 이런 축제 분위기를 만들어주는 교육현장이기를 소망한다.

애들아, 잘 살아라

입춘이 지나면 산골짜기 봄눈이 녹고 대지는 목을 축인다. 봄의 전령인 버들강아지는 예쁜 꽃눈을 터트린다. 그래서일까? 이즈음 졸업을 앞둔 학생들도 동면을 깨는 입춘처럼 기쁨을 터뜨리고 있다.

양업은 2007년에 일곱 번째 졸업생들을 낳았다. 그들은 중국과 일본에서 문화를 체험했고, 서울 전역에서 연극 · 오페라 · 전시회 등을 직접 관람하며 교실에서 몇 날 며칠을 두고 배워야 할 것을 현장에서 단숨에 익히기도 했다. 또한 산을 오르내리며 가장 힘든 자기와의 싸움을 통해, 보다 성숙해졌다.

기숙사 생활을 하며 선배들로부터 때로는 얻어터지기도 하고 '얼차려'를 당하기도 했지만, 잘 견뎌냈다. 이에 몇몇 마마보이들이, '엄마 나 얻어터졌어!' 라며 마치 중상을 입은 것처럼 소문을 내는 바람에, 중심을 잃은 부모들이 학교에 나타나 선생님들에게 삿대질을 하며 자녀들을 데리고 나갔다.

부모의 직업이 교육자는 아닌 것 같은데, 학교에 찾아와서는 아이를 교육하는 선생님께 삿대질을 해대는 것이다. 나는 그러한 모습에 "여보시오, 교육은 선생님이 하는 겁니다. 당신은 직장에 가서 열심히 일하시오!"라고 일침을 놓기도 했다.

부모의 강요로 학교를 떠나는 친구들을 지켜보는 아픔도 만만치 않았다. 남은 학생들은 그 모습을 보며 고통을 견디는 법과 남을 배려하는 법을 배웠다. 그리고 졸업해서 소위 말하는 SKY 대학은 아니지만, 서울에 있는 대학에 많이 갔다. 성숙하게 키워갈 학과에 합격하자, 학부모들도 좋아하고 후배들도 잘 되었다며 내 일처럼 기뻐한다. 이것은 고통을 겪어낸 자들에게만 돌아가는 축복이고 은혜다.

예수님께서 이루신 십자가에서의 고통과 부활의 축제처럼, 우리 학생들도 자기 안에서 이뤄낸 부활의 축제를 노래했다. 졸업하는 학생들과 3년 동안 함께 숙식하며 지냈으니 인간적인 마음으로는 떠나보내는 것이 아쉽고 섭섭하기만 하다. 하지만 그들이 사랑으로 드높인 마음을 지니고 비상할 것을 알기에 한없이 기쁘다.

예쁜 꽃눈 터트리는 봄의 찬가처럼, '양업'의 졸업식은 언제나 정겹고 아름답다. 이 졸업생들은 3학년이 되자, 양업 공동체를 배려하는 문화를 만들겠다고 제안해 전체회의를 이끌었다. 그리고 대물림할 것 같은 폭력의 고리를 끊어 주었고, 지난 8년 동안의 애환을 담은 '흡연터'*를 손수 없앰으로써 '금연청정학교를' 만들어 주었

---

* 흡연터 : 양업학교에는 8년 동안 학생들이 담배를 피울 수 있는 공간인 '흡연터'가 있었다. 그러다가 7회 졸업생들 스스로 '흡연터'를 없앴다.

다. 갖가지 악습의 온상이던 '흡연터'를 없애버린 것은 그들이 공동체에 남겨준 값진 선물이다. 나는 이들의 값진 노력을 학교사에 기록할 것이다.

무자식이 상팔자라는 말이 진실일까? 자식이 많은 나는 너무나 행복하다. 내 아이들은 군대 가서 감사의 편지를 보내오고, 제대하면 찾아와 인사를 잊지 않는다. 그들은 큰 그림을 그리며 살 줄 아는 인간다운 인간이다. 또한 건강하고 행복한 사회인이다.

나는 그들에게서 성숙된 교육의 성과를 보았다. 그래, 애들아, 잘 살아주었다. 그리고 다들 잘 살아주렴! 안녕.

술 중에 뜨는 술

　요즘 학교 현장에서 뜨는 술이 있다. 바로 '논술'이라는 것이다. 학교들은 이 술을 받아 안고 어떤 맛인지 몰라 곤혹스런 표정이다. 그 술이 대학 입학에 쓰인다고 하니 더더욱 반가울 리가 없다. 방학인데도 교사들은 이 술의 제조법을 터득하느라 바쁘고, 대학들은 학생들이 빚은 술의 맛을 평가할 줄 몰라 당황한다.

　학문 중의 학문이라는 '철학'을 탐탁지 않게 여기는 나라가 갑자기 철학적 사고를 바탕으로 지식의 통합을 요하는 논술을 내어놓고 술맛 나게 하라니……. 이것은 억지에 가깝다.

　교사들은 이것이 너희가 먹을 지식이라며 자기 교과의 지식을 암기하기만을 강요했지, 여러 지식을 서로 관련지어 체계적으로 통합해 성숙한 지식을 만들도록 교육하는 것은 많이 부족했다. 다시 말해 교과에서 배운 지식을 놓고 이 지식이 왜 필요한지, 왜 배워야 하는지, 무엇을 하자는 것인지 전혀 고려하지 않은 상황 아래 논술을 하라니 당황할 수밖에 없었다.

　그런데 대안학교 학생들은 생각과 경험이 많아서인지 논술에 관

해 놀라운 대답을 많이 한다. 한 가지 예로 철학시간에 "얘들아, 중
학교에서는 철학이란 과목이 없는데 왜 여기선 철학시간이 있는 거
라고 생각하니?"하고 질문을 던져 보았다.

한 학생이 나서서 "중학생들은 철이 없고 어린데, 고등학생 정도
쯤 되면 아는 것도 복잡해지고 앎의 폭이 갑자기 커지게 되잖아요.
'도대체, 왜요?'라는 의혹이 끊이지 않고 지식에 대한 의문을 곱씹
으며 해답을 얻으려고 하다 보니 그런 것 아닌가요?"라고 답하는
것이다.

사실 대부분의 학생들은 지식을 습득하면서도 '도대체?', '왜?'
라는 사고를 할 겨를이 없다. 그런데 이런 답변을 들려줄 수 있는
학생들이라면 이미 논술의 첫걸음을 시작한 것이 아닐까.

나는 한동안 학생들에게 "여긴 대안학교인데, 신부님은 왜 우릴
간섭하시지요?"하는 말을 자주 들었다. 학생들은 '자유'의 의미를
제멋대로 행동하는 것으로 해석했고, 아무 생각 없이 학교를 떠나
밖에서 서성거리곤 했었다.

나는 그들을 나무라기보다 그들이 잘못 생각하는 '자유'의 의미
를 제대로 알려주려고 노력했다. 교육의 목적이라는 큰 그림을 마
음에 새겨주고 공허한 지식이 성숙한 지식이 되어 자리를 잡을 수
있도록 도와주었다.

그러자 생각 속에서 자란 지식은 성숙해 갔고, 이는 곧 올바른 행
동을 끌어내는 '자유'로 성장해갔다. 이들이 '자유'라는 주제로 빛

은 논술은 그 맛이 썩 좋을 것 같다.

요즘 학교현장에 논술 책이 나돌고 그 내용을 통째로 암기하려는 모양인데, 이러한 방법으로는 좋은 논술이 나올 수 없다. 지식이 명제적 지식이 되게 하기 위해서는 합리적 사고가 필요할 뿐 아니라, 인간미 넘치는 설득력과 당위성도 갖추어야 한다. 그리고 그런 성숙한 지식을 가졌을 때 훌륭한 논술을 빚을 수 있을 것이다.

맛 좋은 논술은 철학을 통해서 만들어진다. 철학은 각 교과에서 배우는 지식을 단순한 지식이 아닌 성숙한 지식으로 삼아 연구하는 학문이다. 그러므로 이를 바탕으로 교육해야 학생들이 맛좋은 논술을 내놓을 수 있을 것이다. 준비도 되어 있지 않는데 무조건 논술을 하라고 하면 혼란만 가져다 줄 뿐이다.

지식을 먹기만 하지 말고 숙성된 지식으로 간직하도록 되새김하는 묵상시간을 많이 가졌으면 한다.

세배

나도 나이가 제법 들었나 보다. 예전에는 학생들이 세배하러 온다고 하면 꽤나 쑥스러웠는데, 이제는 하나도 어색하지 않으니 말이다. 이번 설 명절에는 세뱃돈이 제법 나갔다. 많은 학생들이 설 명절 오후에 학교에 찾아와 세배를 했기 때문이다. 그 중 학부형인 아버지가 아들을 데리고 찾아온 일이 가장 기억에 남는다.

부자父子가 함께 찾아와 나에게 아주 정성스럽게 세배를 했다. 아버지가 아들에게 고마움에 대한 예禮를 가르치는 모습이 참 보기 좋았고 존경스러워 보였다. 아버지는 아들이 의젓한 자세로 세배하는 모습을 보며, 아들이 인간 변화의 새로운 단추를 끼는 듯한 신선한 느낌이 들었다고 한다.

그 아들이 중학생이었던 시절, 공부는 하지 않고 PC방을 전전하자, 속이 상한 아버지가 그럴 때마다 주먹을 날렸다고 했다. 그러자 아이는 점점 더 어깃장을 놓기 시작했고, 반항심으로 삐뚤어져 갔다고 한다.

그러다 아들이 우리 학교에 왔다. 아버지는 우리 학교에서 ME주말을 체험했고, 부모 역할 훈련이며, 애니어그램, MBTI 과정을 거치면서 자식의 문제를 자기 문제로 보기 시작했다.

아버지는 아들을 입학 시킨 후 아들을 대신해 희생을 치렀다. 아들이 잘못을 저지르면 아버지가 학교 화장실 청소를 했고, 사회봉사 명령이 있을 때는 직장도 마다하고 아들과 함께 궂은일을 했다.

아버지의 변화된 모습을 지켜보는 아들은 한동안 여전히 시큰둥한 태도를 보였다.

하지만 그렇게 2년이 흐르게 되자 아들은 서서히 변화되기 시작했다. 그리고 3학년이 되는 지금, 아버지와 아들이 함께 손잡고 아주 밝은 모습으로 세배하러 찾아온 것이다.

"신부님, 이제 멋지게 살렵니다. 제가 즐겁다고 생각했던 일들이 저에게 기쁨을 가져다주지 못한다는 것을 이 학교에서 알게 되었습니다." 아들은 말을 덧붙였다.

설 명절에 왕복 6시간이라는 귀한 시간을 내어 부자가 함께 세배를 하러 찾아오고, 거기다가 대견한 말까지 하니 기분이 아주 좋았다. 그래서 특별히 세뱃돈을 인상해 주었다.

그 아버지와 아들의 변화 속에는 아주 단순하고도 중요한 진리가 들어 있었다. 바로 아버지의 사랑이다. 먼 훗날 이 아들이 결혼하여 자녀를 두게 되면, 또 다른 아버지가 될 것이다. 그리고 자신의 아버지가 자신에게 그렇게 해주었듯이 자녀를 사랑으로 돌보며 어른에 대한 고마움을 가르치게 될 것이다. 그 모습을 상상만 해도 흐뭇하다.

교감 수녀님 이임에 부쳐

교육 수도회인 노틀담수녀회가 양업고에 수녀를 파견한 것은 1998년 2월 21일이었다. 양업고 설립 소식을 듣고 이 일에 함께 투신해보자는 의견을 먼저 꺼낸 분이 바로 조현순 마가리타 수녀님(전前교감 선생님)이었다고 한다.

3명의 수녀님들이 인천 박문여·중고 종업식을 마치고 곧바로 '양업'에 부임했다. 이는 노틀담수녀회의 특별한 사도직이기도 했다.

1997년 11월 21일, 오랜 진통 끝에 기공식을 마치고 학교터를 파헤치면서 '함께 일할 동업자가 누구일까?' 하고 고민을 하고 있을 때였다. 그때 뜻밖에 수녀님들이 공사현장을 기웃거렸다.

나는 반갑기도 하고 동업자가 나타났다 싶어, 태어날 학교의 청사진을 장황하게 설명하였다. 그런데 그날따라 어지럽게 날리던 눈발처럼 내 설명도 어수선한 느낌이었다. 설명하고 있는 나도 내 말이 황당했는데, 그들은 얼마나 황당했을까? 학교 설립이 모두 가시화된 상태에서 동업자를 초청해도 반신반의 할 텐데, 아무것도 없는 상황이라 무척 혼란스러웠을 것이다.

그런데 그들은 양업에 부임하는 것을 하느님의 소명으로 받아들이며 결정해 주었다. 나의 동업자가 되도록 의견을 내주고 파견 온 조 수녀님이 너무 고마웠다. 하느님께도 감사를 드렸다.

이제 만 9년이 흘렀다. 조 수녀님은 2007년 2월 26일, 파견 소임을 접고 박문여고 교장으로 떠났다. 수녀님이 양업에서 이룬 노고에 대한 상급은 하느님께 받을 일이지만, 그래도 학교를 대표해 몇 자 적어 둔다.

수녀님들이 처음 부임했을 무렵, 학교는 황무지 같았고 정말 부실했다. 공동체가 사용할 숟가락과 밥그릇이며 학교에 쓰일 가구와 책·걸상을 동냥해 와야 할 지경이었다 .

그런 상황 속에서 조 수녀님은 열심히 일해 주었다. 매 식사 때면 신자들과 밥을 지어 날라주며 교사라기보다는 어머니로서의 역할을 톡톡히 해냈다. 일처리 면에서는 자신이 옳다고 생각하면 맺고 끊음이 분명했고, 정확히 일을 추진했으며 마무리가 깔끔했다. 그 보살펴 준 손길의 흔적이 지금도 학교 구석구석에 남아 있다.

특히 인상적이었던 것은 '인간 사랑'이었다. 학생들이 여러 문제로 위기에 처했을 때면 마음을 졸이며 보살펴 주었고, 검정고시를 보거나 전학을 간다고 어깃장을 놓을 때도 끝까지 끈을 놓지 않고 아이들을 학교에 머물게 하였다.

학생들이 한밤중에 배고파 할 때면 적은 돈으로 감자, 고구마, 빈대떡, 강냉이 등을 간식거리로 마련하여 배불리 먹이는 '성체 신비의 기적'까지 행했다. 학교 교훈인 '사랑으로 마음을 드높이자'를 몸소 실천한 것이다.

수녀님은 인천 박문여고 교장으로 떠나는 날까지 밀린 숙제를 다 풀어놓았다. 학생들에게 주는 마지막 선물이라며 도서관과 특별교실을 리모델링 했으며, 개교 당시 손수 얻어온 헌 것들을 정리하고, 선생님들의 책·걸상을 새롭게 마련해 주고 떠났다.

예수님의 마음을 닮은 수도자의 손길로 학교가 더 자란 것이다. 마지막까지 살뜰히 학교를 보살핀 조 수녀님은 사랑이 넘치고 인자하고 훈훈한 양업고 교감으로 영원히 기억될 것이다.

터 눌러주고 떠나기까지 얼마나 고생을 했던지 이제는 백발의 수녀님이 되었지만, 성숙한 미소를 짓는 훌륭한 수녀님이라 박문여고에서 더욱 훌륭하게 일을 하시리라 믿는다.

3월 3일 수녀님의 교장 취임미사를 지켜보며, 많은 교사와 학부모, 학생들이 수녀님을 후원했다. '양업' 가족은 수녀님의 앞날에 하느님의 축복이 풍성하길 바라며 늘 기도할 것이다.

폭격 맞은 인성

"공부해라, 공부해라! 그래야 먹고 산다."

쉽게 듣는 말이다. 부모는 자녀가 공부를 좀 한다고 생각되면 자녀의 직업을 한의사·의사·공무원으로 고정시켜 버리고, 이러한 부모의 요구에 자식은 하는 수 없이 꼭두각시 인생을 살게 된다.

그래도 그것은 좀 나은 편이다. 더 큰 문제는 공부에 싫증난 자녀들이다. 공부에 관심 없는 자녀의 부모들도 앞서 이야기한 부모와 별반 차이가 없다. 오히려 더 강력하게 모진 소리를 해서 자녀에게 상처를 입힌다.

하루 이틀이 아닌 부모의 요구는 자녀의 마음 속에 부정적인 것으로 각인되어 버린다. 그리고 아이는 어느 사이에 폭격 맞은 인성을 갖게 된다. 여기서 학생들은 양분되기 시작한다. 공부에 희열을 느끼는 학생들은 전문성과 창의성을 드높이는 긍정적인 인성을 갖게 되는 반면, 반대로 공부가 미진해 하위 성적에서 서성이는 학생들은 열등감과 부정적 생각들로 가득 차 결코 치유되기 힘든 인성을 갖게 된다.

부모는 자녀에게 윽박지르거나 자신의 의사를 강요해서는 안 된다. 부모는 자녀가 청소년 시기에 여유를 갖고 자신의 미래를 열어가도록 만들어줘야 한다. 그러기 위해서는 생각할 시간을 충분히 주고, 자녀 스스로 살아가도록 도와주어야 한다.

교실에 하루 종일 갇혀 일방적으로 해야 하는 공부에 전혀 관심이 없는 학생들, 그들은 결코 머리가 나쁘지 않다. 부모의 강요 때문에 자신이 원하는 미래를 열 수 없다는 것을 알게 되어 충격을 받았을 뿐이다. 아무 희망 없이 지내는 자녀에게 강요를 계속한다면, 그것은 그들을 더욱 비참하게 만들 것이다.

"나는 누구인가, 나는 무엇을 하는 사람인가?"란 질문에 전혀 답을 하지 않는 자녀일지라도 부모가 생각할 여유를 주고 답을 찾도록 도와준다면, 미래가 희망으로 변할 것이다. 그리고 그것이 인성교육이다.

폭격 맞은 인성! 그것은 어른들이 다급하게 몰아붙인 탓이 아닐까? 부모는 자녀가 열심히 살아야겠다는 의욕을 가질 수 있도록 해주어야 하며 성취후에 희열을 느끼고 그리고 긍정적인 발전을 위해 더욱더 적극적인 호기심을 가질 수 있도록 지도해야 한다.

미래를 계획하고 꿈을 꾸는 것은 남이 찾아주는 것이 아니라 자녀 스스로 찾아야 하는 것이다. 그리고 부모는 이 과정을 밟는 자녀들을 도와주어야 하는 의무가 있다. 부모의 욕심을 강요하지 말자. 자녀 스스로 기쁨을 만들어가며 자신의 무한한 가능성을 발휘하도록 이끌어야 하는 것이다.

　모든 청소년들이 여유를 갖고 많은 것을 생각할 수 있도록, 무한한 가능성을 발견하며 미래를 힘차게 살아갈 수 있도록 어른들이 잘 도와주었으면 하는 마음 간절하다.

함량 미달인 성인成人들

　차창 밖으로 휴지를 날려 보내고, 정차 중에 껌을 튕긴다. 옆 차량의 주인이 시퍼렇게 두 눈을 뜨고 쳐다보고 있는데도 침을 날려 불쾌감을 준다. 청소년들이라면 미성숙하기 때문이라며 이해하겠다. 그런데 인성 함량이 미달인 무지한 성인들이 이런 행동을 하는 것을 볼 때면 그대로 지나칠 수가 없어서, 클랙슨을 빵빵 울리며 '당신 차 값 좀 해라'는 무언의 항의를 한다.

　그러면 일말의 양심은 있었는지 자신의 무지했던 행동을 확인하고 화들짝 놀란 표정을 지으며 사라진다. 이런 사람은 경차를 운전하는 겸손한 운전자들이 아니다. 오히려 윤기 나는 사람들의 고급 승용차에서 종종 이런 모습을 본다.

　왜 성인들이 이 지경까지 된 것일까? 이는 나이를 먹는 동안 인성이 제대로 형성되지 않았기 때문이다. 요즘 '이 사회에 성인은 많으나 어른이 없다'는 말들을 한다. 이는 어린 시절부터 인성교육 없이 지식만 열심히 외워온 탓에 어른이 되어서도 아무 생각 없이 행동하는 철없는 사람이 많기 때문일 것이다.

아니면 어찌어찌 살다 보니 돈은 좀 벌게 되었는데, 수단인 돈을 목적으로 여기고 거기서 나오는 힘만 믿고 제멋대로 행동하는 사람이 많아진 탓일 수도 있겠다.

'실력인' 하면 전문성, 창의성, 인성의 세 가지 요소가 고루 갖춰진 인격자를 말한다. 그중에서도 전문성과 창의성은 이차적인 것이다. 인성이 제대로 형성되어 있어야 전문성과 창의성을 갖게 된다는 뜻이다. 그러므로 세 요소 중에 제일 중요한 것은 '인성' 인 셈이다.

인성은 그 사람의 인간 됨됨이를 말해 준다. 튼튼하게 형성된 인성의 토양 위에 전문성을 갖추고 창의성을 마음껏 발휘할 때 진정한 실력인이라고 할 수 있다. 그런데 어려서부터 마구잡이로 먹어대던 교과서 지식으로 인간을 구분해, '저놈, 공부 잘 하네!' 하고 칭찬을 몇 마디 듣게 되면, 아무 생각 없이 공부만 후벼 파다가 인성 형성을 놓쳐버리는 경우가 많다.

그래서 직장에서의 자리는 상좌인데 인성은 다 허물어진 성인들을 자주 보게 된다. 차라리 미성숙한 학생이라면 우리 학교에서 다시 교육시켜 보겠는데 다 자란 성인들이라 그럴 수도 없고, 불쌍하다 못해 안타깝다.

인성교육은 인간의 기본이며 필수다. 인성교육을 통해 인간이 될 때만이 전문성도 돋보이고, 창의적인 것들이 진정으로 튀어나올 수 있을 것이다.

충격요법도 약이다

4층 베란다, 그곳은 새로 생겨난 학교 흡연터이다.

며칠 전 아침에 일어난 일이다. 아침 교사회의가 시작되기 전에 시간을 내어 모든 선생님들이 흡연터를 돌아보기 위해 4층 베란다로 올라갔다.

학생들이 선생님들의 눈을 피해 안전하게 담배를 피울 수 있는 때는 '교사회의 시간' 일 거라고 알고 있었기 때문이다. 왠지 모르게 '지금쯤 누군가 그곳에서 흡연을 하고 있겠지?' 라는 예감도 들었다.

아니나 다를까. 그곳에서 한 학생이 흡연을 막 하려던 참이었다. 학생은 예상치 못한 발자국 소리에 놀라 이미 행동을 접고 안절부절 못하고 있었다. 그런데 순식간에 한두 명의 선생님들도 아니고 많은 선생님들에게 둘러싸이게 되자, 그때의 그 당황한 표정이라니! 말로 표현할 수가 없다.

선생님들의 시선은 학생의 당황해 하는 모습으로부터 바닥에 비참하게 널려진 담배꽁초로 옮겨지고 있었다. 그 사이에 수녀님 한

분이 학생의 난감한 표정을 재빨리 읽고는 얼른 그 자리에서 학생을 빼내어주었다.

나는 그 학생이 자리에 주저앉을 정도로 창백한 얼굴을 하고 있던 모습을 지금도 생생하게 기억하고 있다. 생쥐가 먹이를 먹으려다가 사람소리에 놀라 막다른 골목에서 어쩔 줄 몰라 하는 바로 그런 형국이었다.

그날 일과는 그렇게 시작이 되었고, 학생들이 물청소를 하고 기물을 정리정돈하자 4층 베란다는 금세 깨끗해졌다.

그날 오후 그 학생을 불렀다. 흡연했다는 것을 야단치려는 것이 아니라, 보건실에 부탁해 우황청심환이라도 먹으라고 말하기 위해서였다. 그 학생에게 물어보았다.

"그때 느낌이 어땠었니?"

"갑자기 멍해졌습니다. 다리에서 힘이 빠져 그 자리에 털썩 주저앉아 버릴 것 같았습니다. 그리고 머릿속이 하얗게 된 것 같은 텅 빈 느낌, 자괴감 같은 걸 느꼈습니다"라고 대답하는 것이었다. 꼭 약을 먹으라고 이르고는 그놈도 웃고 나도 웃었다. 선생님들도 우리 이야기를 듣자 한바탕 웃었다.

며칠이 지난 후 그 학생을 또다시 만났을 때 물어보았다.

"지금도 담배 피우니?"

"아니요!"라고 학생은 단호하게 대답했다. 그날의 충격적인 경험이 그 학생으로 하여금 담배로부터 온전히 해방될 수 있게 해준 것이다.

그 일 이후 모든 학부모들에게 편지를 썼다.

'스쿨 그린 존을 위하여, 청정한 학생들을 위하여 흡연하는 학생은 고향 앞으로 돌려보내드리겠습니다. 그러니 부모님도 함께 금연 운동에 참여해 주십시오' 라는 내용이었다.

청소년들에게 담배라는 기호품은 당장 건강에 타격을 주진 않지만, 청정한 두뇌를 간직해야 할 나이에 성장과 성숙을 방해한다. 학교는 적극적인 노력으로 그들의 금연을 도와주어야 한다.

스승의 날

양업고 6기 ㅎ 학생이 꽃바구니를 들고 밝은 표정으로 교장실에 나타났다. ㅎ은 '스승의 은혜, 감사합니다' 라는 리본이 달린 장미 꽃다발을 나에게 건네며 미소를 지어 보였다. 죽마고우를 만난 듯 반가웠다.

ㅎ은 학교에서 생활하는 동안 밝게 웃음을 지으며 자기 할 일을 늘 충실히 하는 학생이었기에 별명이 '빤짝이' 이기도 했다. ㅎ이 학교에 왔을 때 마침 전체회의를 몇 분 앞두고 있었던 터라, 나는 이참에 ㅎ을 재학생들에게 소개하고 싶었다.

"후배들에게 좋은 말 한 마디 들려줄 수 있겠니?"하고 묻자, ㅎ은 기다렸다는 듯이 반갑게 "네!"라고 대답했다.

함께 교실에 들어갔다. ㅎ은 교실에 한가득 모여 있는 후배들 앞에 서서 친근하게 인사했다. "안녕하세요. 저는 제6기 ㅎ입니다." ㅎ의 인사말에 후배들은 "와!" 하는 환성과 함께 박수로 맞이하였다.

"저는 오늘 스승의 날을 맞이해서 제 고등학교 시절의 전부인 양업고등학교를 찾아왔어요. 학교가 예전에도 예뻤는데 더 예뻐졌네요. 후배들도 굉장히 많아졌고, 여러분들이 너무 너무 귀엽네요. 저는 지금 홍익대학교 미술대학 디자인 영상학부 1학년에 재학중이예요. 선생님들이 보고 싶었고, 양업고의 선배로서 사랑스러운 후배들에게 좋은 얘기를 하고 싶어 찾아오게 된 거랍니다.

음, 일단 우리 양업고등학교는 다른 인문계 고등학교보다 훨씬 아름답고 행복한 학교예요. 저에게 양업고는 꿈을 가져다주었고, 꿈을 이루는 과정을 알려준 곳이에요. 물론 아직 꿈을 다 이룬 건 아니지만, 양업고에서 생활할 때처럼 열심히 제 꿈을 생각하며 알차게 살고 있답니다.

양업고의 생활은 자기 자신이 어떻게 시간을 활용하느냐에 달렸다고 봅니다. 아무리 학교가 좋아도 자신이 생활을 알차게 하지 않는다면 그건 다른 인문계 고등학교와 다를 바가 없을 뿐만 아니라, 굳이 집과 멀리 떨어진 이곳까지 올 이유가 없겠죠? 여러분들이 양업고를 선택한 데는 나름대로의 이유가 있을 거라고 생각합니다. 시간이 지날수록 친구들과의 관계나 갈등 따위로 그 이유가 희미해질 수 있겠지만, 처음 여기 왔던 목적을 잊지 말고 적극적으로 학교생활을 즐기고, 모두들 가슴속에 품고 있는 꿈을 향해 열심히 노력하세요.

양업고는 여러분들이 '맘먹고 뭘 해내야겠다!' 고 다짐하고 실천한다면, 정말 목표 달성을 가능하게 해주는 곳이에요. 다른 인문계 선생님보다 이해심 많고 아빠, 엄마 같은 때로는 친구 같은 선생님들과 공부하고 생활한다는 건 정말 축복 받은 일이라고 생각해요.

사랑스러운 후배님들!

양업고의 좋은 여건을 놓치지 마시고 적극적으로 잘 활용하시기 바랍니다. 그리고 졸업했을 때 뭔가가 남을 수 있는 성공적인 고등학교 생활을 하시길 바랍니다."

후배들은 존경의 눈으로 ㅎ을 바라보다가 "와! 어떻게 홍대 미대갔어요?"하고 물으며 선배를 졸졸 따라다니면서 궁금증을 풀어갔다.

ㅎ은 학교에서 오랜만에 맛있는 점심식사를 하고, 학교 구석구석을 돌아보았다. 아마 '양업'에서 있었던 추억들이 주마등처럼 스쳐 지나갔나보다. 고마우신 선생님들과 한동안 정답게 담소를 나누더니 아쉬운 듯 작별인사를 했다.

"교장 신부님! 포근하게 저를 맞이해 주셔서 고맙습니다. 자주 올게요."

"그래, 양업고가 좋으니?"라고 묻자, "저에게는 정말 잊을 수가 없는 곳이지요"하며 웃었다.

학교 시절 자기 시간을 잘 활용하고 틈틈이 체력관리를 하며, 밤 늦도록 공부하던 빤짝이에 관한 기억들이 떠올랐다. 올 스승의 날은 많은 학생들로부터 줄곧 감사의 인사를 받으며 지내게 된다

여기 고등어 많이 잡혀요?

요즘 학생들은 교실 수업만 죽어라 해서인지 어떤 학생은 텔레비전 프로그램 '골든벨을 울려라'에서 50문항을 맞추면서도 세상 물정은 전혀 모른다. 그런 교육을 받은 학생들이 전문가가 되겠다고 대학에 진학한다.

한 대학의 교수님과 대학생들이 안동댐과 임하댐으로 내수면이 잘 발달된 도시, 안동으로 답사를 갔다. 답사 기간 중에 안동의 명산물인 '간 고등어'를 먹었는지, 한 학생이 교수님께 질문했다.

"교수님, 여기 안동댐에 고등어가 많이 잡히는가 봅니다. 그러지 않고서야 이렇게 맛있는 간 고등어를 맛볼 수 없지 않겠습니까?"

기가 찰 노릇이다. 먹성 좋은 청소년 시절에 공부만 했던 상전들이라 밥이 무엇인지, 자기가 먹는 고기가 민물고기인지, 바다고기인지 전혀 구분을 하지 못한다. 공부하다가 우르르 식당에 몰려가서 주린 배를 채운 것이 전부였을 것이다.

이 음식이 무엇인지, 이 고기가 어디서 난 것인지, 학생들은 음식을 먹으면서도 여유를 갖지 못했다. 군대에서 훈련병이 훈련 받다가 식사하듯 학생들도 마음에 여유 없이 식사를 한 탓이다. 고등어가 바다에서 잡히는지 담수 댐에서 잡히는지 학생들은 전혀 알 길이 없다.

꽃동산에서 꽃구경하다가 한 학생이 "야, 접시꽃이다!"하자 옆에 있던 학생들도 "아, 그래 맞다. 접시꽃!"하며 이구동성으로 외쳐댔다. 교수님이 어이가 없다는 듯 얼굴을 찡그리며, "접시꽃이 아니다. 우리나라 꽃 무궁화란다. 요즘 학생들은 우리나라 꽃, 무궁화도 모르나?" 무궁화를 접시꽃이라 아는 척 으스대는 학생들을 보고 교수님은 놀라지 않을 수가 없었다.

시험 답안을 위한 이론만 받아먹고 사는 학생들, 대상을 객관적으로 파악하고 아는 것은 감이 잡히지 않는 학생들… 요즈음 교육이 학생들을 이렇게 만들었다.

교수님은 이런 교육 참상을 보고 탄식하는데 그치지 않고, 중학교 과정의 자기 딸에게서 공교육을 몰수했다. 이런 교육에 내 자녀를 맞길 수 없다는 것이었다. 그리고는 딸을 양업인 대안학교에 보냈다.

아버지가 주말이 되어 집에 온 딸아이에게 "학교생활이 어떠니?"라고 묻자, 딸아이는 "너무 재미있어요. 외박 날이면 빨리 귀교하고 싶어요!"라고 말했다. 아버지는 "그래, 손으로 만지고 눈으로 보고 확인하고 느끼는 체험학습, 노작 시간에 더 열심히 해라. 그리고 노작 시간이 더 허락된다면 넉넉히 신청해라"라는 당부를 덧붙였다고 한다. 아버지의 교육 철학 덕분일까? 빤짝 빤짝 작은 별처럼 영롱한 딸아이의 학교생활은 언제나 여유가 있어 보인다.

현재의 공교육은 닫힌 교실에서 경쟁, 시기, 질투, 간섭, 비난, 미움, 질책, 왕따, 우울증을 일으키며 청소년들을 고민에 빠뜨린다. 빈틈없이 짜여진 일정이 청소년들을 질리게 만들고 숨 가쁘게 만드는 것이다.

단편적인 지식을 마구잡이로 먹이고 먹는 일방적 교육이 한 인간의 인성, 전문성, 창의성을 모두 망칠까 심히 걱정이 된다. 그래서 미래가 더 걱정이다.

내 양들을 돌보아라

　가족 구성원은 모두 건강해야 한다. 만일 누구 하나라도 건강하지 못하다면 언젠가는 가정에 큰 구멍이 생기게 될 것이다. 구성원 모두의 생각과 말과 행동이 하나 같이 건강해야 한다.

　생각은 말을 꺼내게 되고, 말은 사람을 움직이게 한다. 보잘 것 없다고 여기는 작은 생각이 말이나 행동으로 바뀌면, 무게가 실리고 가속도가 붙는다. 좋은 방향으로 무게가 실리고 속도가 붙으면 좋은데, 그렇지 않다면 걱정을 하지 않을 수가 없다.

　사람들은 어느 사이에 '안전 불감증'에 걸렸다. 그래서 위험하게 과속을 해서라도 목표점에 빨리 도달하고 싶어 한다. 욕심 때문에 유혹에 걸려들어 자신도 모르는 사이 액셀 페달을 밟는 것이다. '아차!' 하는 순간, 정신을 차려보면 이미 돌이킬 수 없는 지경에 처해 후회를 하게 된다.

　요즘 논밭은 수리안전답水利安田畓*으로 잘 정지整地되어 있지만,

---

* 수리안전답 : 관계시설과 경지정리가 잘 되어 안전한 논

옛날에는 하늘만 바라보고 있어야 하는 천수답天水畓*이 많았다. 정지가 되지 않은 논밭은 논두렁을 만들어 물을 보관하기도 하고, 물이 넘치지 않게 수위를 조절하기도 했다. 그러기에 농부들은 장마철에 논두렁 관리가 무엇보다 중요했다. 구름이 밀려오면 농부들은 삽을 들고 논밭을 서성이곤 했다. 혹시라도 논두렁에 물이 새는 구멍이 있기라도 하면 얼른 막아 피해를 줄이기 위해서였다. 논두렁의 실 구멍은 호미로도 충분히 막을 수 있지만, 가끔 한 눈을 파는 사이 실 구멍이 큰 구멍이 되어 버리면 가래로도 막을 수 없게 되어 농작물을 망치게 된다.

한 학생이 정도正道를 걷다가 대박을 터트릴 수 있을 거라는 짧은 생각을 느닷없이 하게 되었다. 그리고 자기 방식대로 부모를 설득하여 잘못된 곳으로 속도를 내어 달리려고 한다.

"아무리 자네 생각이 옳다고 우겨도 나는 자네 결정을 허락할 수 없네. 만일 자네가 지금의 생각을 멈추지 않는다면, 머지않아 크게 후회하게 될 걸세." 충고의 말을 하지 않을 수 없다.

그럴 경우 대부분의 학생들이 자기 생각으로 가득 차 충고를 받아들이지 않는다. 학생의 짧은 생각이 부모를 당당히 제친다. 그리고 학생은 한동안 신나게 제멋대로 행동한다. 잘못된 행동에 속도가 붙게 되자 곧 무슨 일이 벌어질 듯 불안하다.

---

* 천수답 : 하늘에서 비가 와야 농사를 지을 수 있는 논.

과연 학생은 언제쯤 그 행동을 멈출 것인가? 마냥 걱정이 된다. 실 구멍 같은 잘못된 생각은 호미로 단번에 멈춰 서게 할 수도 있지만, 만약 큰 구멍을 만들어 가래로도 막지 못하게 될까 걱정이다.

가족 구성원은 모두 하나 같이 행복해야 한다. 가족 중 그 누구 하나에게 실 구멍이 뚫리기라도 한다면, 가족의 건강을 위해 재빨리 손을 써야 할 것이다. 가족 구성원 모두 건강하게 살아가길 바라는 마음뿐이다.

인격도 자란다

살아가면서 성실한 사람들을 만날수록 내 인격은 자라난다.

산책길에서 논밭을 가꾸는 성실한 농부를 볼 때면, 때 묻지 않은 아침 같은 그분들의 인격을 존경하지 않을 수 없다. 땅과 작물과 교감하며 건강한 생명을 가꾸어내는 농부들의 모습이 마치 생명의 교향악단을 지휘하는 지휘자처럼 느껴진다.

사람들이 각각 자기 위치에서 열심히 최선을 다해 살아가는 모습을 보면, 그들에 대한 존경심이 나에게 옮겨와 나의 인격 또한 덩달아 풍요로워지는 것 같다.

새벽을 깨우는 농부는 생명을 가꾸기 위해 아침부터 밭에 나와 부지런히 일을 하고 있다. 그리고 그 땅에서 자라나는 생명들은 산책하는 나의 마음에 싱그러움을 가득 안겨준다. 교향악단을 지휘하는 지휘자가 단원들과 함께 양질의 화음을 우리에게 선사해주듯이 농부의 생명 가꾸기는 우리 인격을 자라게 한다.

이번에 은인들의 도움으로 인격의 품격을 높일 수 있는 두 번의 기회를 갖게 되었다. 인천시와 덕영재단의 후원으로 공연을 관람하게 된 것이다.

그 중 한 공연은 직장생활을 하며 일주일에 한 번씩 틈틈이 모여 화음을 맞추고 전국 공연을 하는 '인천대건합창단'이 학교를 방문한 것이고, 또 다른 공연은 서울 예술의 전당에서 있었던 'KBS 교향악단과 영 트리오 콘서트'였다.

예술의 전당 공연을 본 것은 덕영재단(전 휄리시아 이사장) 덕분이었다. 이런 공연을 관람하며 학생들은 양질의 인격을 만나게 되는 기회를 갖게 될 뿐만이 아니라, 자신의 인격도 품위 있게 키워갈 수 있게 되는 것이다.

하지만 어떤 학생들은 아직 그런 문화에 익숙하지 않아, 하품을 하고 따분해 하며 공연장 밖에서 구름과자를 입에 물고 서성이기도 했다. 하지만 자신도 모르는 사이 그들 마음 안에 좋은 인격이 담겨졌을 거라고 기대를 해 본다.

노작시간

한 학기를 마무리하며 1학년 학생들과 이야기를 나누었다.

한 학생이 말했다.

"저는 학기를 돌아보면 '노작시간'이 제일 먼저 생각납니다. 감자를 내 손으로 직접 밭에 심었지만 무슨 특별한 일이 벌어질 거라고는 생각하지 않았습니다.

따뜻한 봄날, 선생님은 우리와 함께 조각난 씨감자를 땅에 묻었습니다. 일주일에 한 번씩 갖는 노작시간에 모습을 드러낸 예쁜 감자 싹을 보며 어느 날엔 그 주변에 무성히 자라나는 잡초를 제거해 주기도 하고, 또 어느 날엔 퇴비를 얹어주었습니다.

방학이 가까워질 무렵, 선생님께서는 감자를 수확하자고 했습니다. 우린 아무 생각 없이 밭으로 갔습니다. 그런데 깜짝 놀랄 일이 벌어졌습니다. 감자 줄기를 잡고 호미로 땅을 파면서도 무엇이 나올까 예측하지 못했는데, 주먹보다 더 큰 감자덩이가 줄줄이 쏟아져 나오는 것이었습니다. 저는 흥분했고, 마치 〈흥부전〉에서 박을 켜다가 금은보화가 쏟아져 나오는 것을 본 흥부처럼 흐뭇한 느낌이

들었습니다.

저녁나절 선생님은 학생들과 감자를 깨끗이 씻어 솥에 안치고 삶았습니다. 뽀얗게 잘 익은 감자는 영양분이 풍부한 간식이 되어 있었습니다. 그 어떤 감자보다도 맛있는 감자가 우리에게 큰 기쁨을 안겨주었고 즉시 생명이 되는 것 같았습니다."

나는 이 학생의 이야기를 들으며 다음과 같이 덧붙였다.

"노작은 인성교과의 중요한 과목입니다. 감자가 자라나는 모습 속에서도 나의 인격의 성장을 볼 수 있어야 합니다. 노작시간을 통해 수확해 낸 감자보다 더 귀한 인격을 수확할 값진 교훈을 얻어내야 합니다.

2007년 봄날, 나는 1학년 여러분들을 '양업'의 땅에 심었습니다. 여러분은 각자의 인격 가꾸기를 시작했으며 3년 후 나는 여러분을 수확하게 될 것입니다. 노작시간에 얻어낸 굵은 감자를 보고 기뻐했듯이 여러분이 이곳을 떠나는 날, 여러분의 풍성한 인격을 보게 되길 기대합니다.

노작은 단순한 육체노동의 시간이 아닙니다. 이런 교과목을 통해 우리가 하는 일에 관해서도 여유를 갖고 생각할 수 있도록 돕기 위한 것입니다. 이것을 알아차린 여러분을 만나서 정말 마음이 뿌듯합니다. 특성화 교과목에서의 여러 활동이 내 인격과 만나 성장하며 성숙해지도록 하는 것이 바로 인성교육인 것입니다."

학생들은 무엇인가를 깨달은 듯 고개를 끄덕였다. 

영양성장과 생식성장의 조화

　국민 평균수명이 40대에 머물던 시절, 여러 가지로 열악한 환경 속에서 사람들은 종족번식을 위해 자녀를 일찍 결혼시켰다. 요즈음은 30대 중반을 넘어선 미혼자들이 늘고 있는데 이는 좋은 환경이나 늘어난 평균수명과 무관하지 않다. '60대 청춘이고 90대 회갑'이라는 윗동네 구호가 갖는 의미와는 다르지만, 우리도 이를 새로운 의미로 받아들이고 있다.

　식·동물은 태어나서 일정 기간 영양성장을 거듭하다가 영양성장 속에 생식성장을 하게 된다. 8월의 논에서 벼들은 무더운 여름을 견디며 건실한 영양성장을 하고 있다. 그리고 생식성장인 이삭을 배고 있는 것이다. 그러므로 지금이 벼의 일생 중 가장 중요한 시기이다. 만일 장마로 벼들이 침수라도 하는 날이면 수확량은 현저히 감소한다. 이삭을 배는 생식성장을 저해하기 때문이다.

　생명은 성장 조건에 따라 풍요와 빈곤의 위기를 적절히 지나면서 자연스럽게 영양성장과 생식성장의 시기를 늦추거나 당기기를 조절한다. 그리고 또 다른 생명을 낳을 준비까지 한다. 이는 생명의 신비 중의 하나이다.

사람도 영양이 풍부할 때면 자기 성장을 위해 결혼 시기를 늦춘다. 그러나 자신의 영양이 열악한 위기에 처하게 되면 인간도 조숙한 식물처럼 생식성장이 빠르게 진행된다.

환경이 좋은 학생들은 이성교제에 매달리는 것보다 '영양성장'을 하는데 최선을 다하지만, 환경이 열악한 학생들은 '생식성장'인 성적인 것에 무분별할 정도로 푹 빠지게 된다.

생식성장은 철없이 지내야할 시기를 지나, 제대로 철이 들 때 제 구실을 해야 한다. 젊은이가 너무 조숙해도 안 되고, 너무 철부지여서도 안 된다. 가끔 청소년들이 학생으로서 해야 할 일을 미루고 이성교제에 푹 빠져 정신을 못 차리는 경우를 본다. 영양상태도 좋지 않은데, 그의 미래가 걱정스럽지 않을 수 없다. 그들이 이성교제 때 사용하는 언어들도 매우 위험스럽다. 마치 배우자에게 하는 것처럼 다정스러워 그 도가 넘친다.

이런 모습을 보면 장마 비에 침수된 애처로운 벼를 보듯이, 그 생명력이 걱정된다. 젊은이들은 호기심이 많아 무엇이든 경험을 해보아야만 직성이 풀린다. 그러나 건실한 생식성장은 풍요로운 영양성장 속에서 진행되어야 한다.

청소년들이 건실한 영양성장 과정을 끝내고 난 후, 제2의 인생을 준비하는 생식성장을 이루기를 진심으로 바란다.

결정에 따르는 책임

학업보다 끼로 인생의 승부를 걸겠다는 성급한 학생들이 있다. 그들은 때때로 용감하게 궤도를 수정하고는 훌쩍 다른 곳으로 떠난다. 사실 미지의 세계로 떠난다는 것은, 미래에 대한 선택이자 도전이기에 용기 있는 자들만 할 수 있는 일이다. 엉뚱한 데가 있는 사람들이 성공을 한다는 것도 이런 끼 있는 사람들을 두고 하는 말일 것이다.

하지만 이는 매우 위험해서 아무나 할 수 있는 것이 아니다. 미래에 대한 선택과 결정은 끈기와 인내를 필요로 한다. 그렇기에 제대로 성공을 하려면 한 번 결정한 것을 그만두지 말아야 한다. 설령 미성숙한 철부지들이 끼만 믿고 내린 잘못된 결정이라 하더라도, 쉽게 포기해서는 안 된다. 그러기에 결정은 아무렇게나 해서는 안 되는 것이다.

전문가가 되기 위해, 또 그 분야에서 창의성을 유감없이 발휘하기 위해서는 기초를 튼튼히 다지는 학업교육에 충실해야 한다. 전문성과 창의성을 발휘하기 위해서라도 고등학교 시절은 우리 삶 속에서 가장 중요한 시기라 할 수 있을 것이다.

전문성과 힘을 가진 사람이 되고 싶다면, 먼저 우리 인격 형성에 필요한 신앙교육, 인성교육, 지적교육을 충실하게 다져야 한다. 학업을 포기하며 끼나 재능만 믿고 꾼이 되기 위해 궤도수정을 하고 황급히 떠나려는 무모한 학생들은, 결코 큰 사람이 될 수 없다. 학업에 재미를 느끼게 되면 그것을 기반으로 큰 꿈도 꿀 수 있고, 용기도 낼 수 있으며 도전도 할 수 있을 것이다.

학생들은 평화롭게 학교생활을 하다가 갑자기 신세를 고칠 것 같은 착각으로 훌쩍 학교를 떠나기도 한다. 나는 오랜 경험에 의해 그들이 곧 후회할 것이라는 예측을 하게 된다.

그래서 학교는 최종 결정을 내릴 때까지 학생을 위한 좋은 선택이 될 수 있도록 부모들과 면담한다. 그러나 그 고집을 누가 막으랴. 나는 학생과 학부모의 결정에 따라 하는 수 없이 놓아줘야 할 때가 되면, 이 결정은 다시는 돌이킬 수 없다는 것을 알려준다.

이제 그가 직접 경험해보도록 놓아두는 수밖에 별 도리가 없다. 그들의 선택이 미성숙하다는 것을 나는 알고 있다. 하지만 그 결정이 잘못된 결정이라 느끼고 훗날 다시 학교로 돌아오고 싶어 한다고 해도, 학교는 그들을 받아들일 수가 없다.

그 이유는 그들의 선택에 따르는 결정이 쉽게 내려져서도 안 되며, 그 결정에 대한 책임은 본인에게 있다는 것을 분명하게 가르쳐주기 위해서이다. 그것이 그 학생을 위한 올바른 교육이기 때문이다.

늦게야 임을 사랑했습니다

"저는 오랫동안 방황했습니다. 중학교 시절에 여러 학교를 전전했고 고등학교에 진학은 했지만 끝내 중퇴를 했습니다. 한 마디로 밑바닥을 쳤지요. 부모님은 저에게 시골 대안학교로 가보자고 했습니다. 왜 내가 촌구석으로 가야하느냐며 부모님께 투정을 부리고 고약한 아이처럼 반항하며 여기까지 왔습니다.

그랬던 제가 지금 여기서 건강한 학교생활을 하고 있다는 게 놀랍습니다. 처음 이곳에 왔을 때는 잘 가꾸어진 학교 환경이 맘에 들었습니다. 그 다음에는 매일 있는 아침 미사가 제 마음을 잡아주었고 저를 잘 가꾸어 주었습니다."

이 말은 우리 학교 입학설명회가 있던 날, 한 학생이 학부모와 학생 지원자들 500여 명이 모인 가운데서 들려준 말이다. 그 학생은 화려한 과거 전력을 지녔지만, 지금 그를 바라보는 우리의 시선은 곱기만 하다. 왜냐하면 지금 그 학생은 귀태가 넘쳐나는 모범생 같아서 아무런 흠도 발견할 수 없기 때문이다.

그 학생이 이런 축복의 날을 갖게 된 것은, 입학 전에 부모님을 따라 선배들의 졸업미사에 참여한 것이 그 동기가 되었다. 그날 졸업미사에서 주교님은 이렇게 강론을 해주셨다.

"이 세상에서 가장 무거운 짐은 그 누구도 그 무엇도 아니며 오로지 '자기 자신'입니다. 학교생활 3년 동안 하느님께서는 여러분과 함께 하시며 그 무겁고 힘든 여러분의 짐을 대신 지어주심으로 자기 자신을 극복하게 해 주셨습니다."

그 학생은 주교님의 말씀을 듣고 뜨거운 감동을 받았다고 고백했다. 그리고 입학 후 '아우구스티노'라는 세례명을 받았고, 개신교 집안에서 신앙을 대물림하던 어머니가 가톨릭으로 개종을 한데 이어 금년에는 할머니까지 가톨릭으로 개종을 했다고 한다.

입시설명회가 성황을 이루고 있을 때 학부모들의 질문이 그 학생에게로 쏟아졌다. "무엇이 이토록 훌륭한 학생으로 변화시켰습니까?"

"이 학교는 매일 아침 미사가 있습니다. 3년 내내 아무도 학생들에게 미사에 오라고 강요하지 않습니다. 하지만 모든 학생들은 자발적으로 거의 매일 미사에 참여하고 있습니다. 그 덕분에 학생들 밖에서 서성이시던 하느님께서 우리에게 오시고 우리는 그분을 사랑할 수 있게 되었습니다. 그렇게 함으로써 하느님께서는 우리를 건강하게 변화시켜주십니다.

저는 매사에 열정을 갖게 되었고, 초등학교 3학년 시절부터 망가진 제 삶을 정리하게 되었습니다. 그리고 성실하게 가꾸고 있습니다. 지금 저는 매일 하루 서너 시간 밖에 잠을 자지 않습니다. 제 안에 살아난 열정은 저를 명문대학에 가도록 할 것입니다.”

　침묵 중에 그 학생의 말을 경청하던 학부모들이 큰 박수로 답해 주었다. 입시설명회장은 마치 그 학생의 신앙 간증과도 같았다.

　“늦게야 임을 사랑했습니다. 이렇듯 오랜, 이렇듯 새로운 아름다움이시여, 늦게야 당신을 사랑했삽나이다. 내 안에 임이 계시거늘 나는 밖에서 임을 찾았습니다. - 성 아우구스티노의 〈고백록〉중에서”라고 말씀하신 아우구스티노 성인의 고백처럼 ‘저도 하느님을 늦게야 사랑하게 되었다’고 말한 그 학생은, 성 아우구스티노 축일에 하느님의 크신 은혜에 감사하며 감사미사를 봉헌했다.

무단 귀가

학기 초에 학생들이 적응을 잘 하지 못해 무단 귀가를 하는 경우가 있다. 그럴 때면 학교는 그 학생에게 '왜 무단 귀가를 했는가?' 하고 따져 묻지 않는다. 단지 내일 수업에 늦지 않게 돌아오라는 부탁만 할 뿐이다.

그러면 그 학생은 다음날 학교로 돌아와 아무 일도 없었다는 듯이 생활한다. 담임교사는 그 학생이 학교에 다시 돌아왔다는 안도감에 내심 반가워한다.

또 새 학기를 맞이했고 모두들 건강하게 학교로 돌아왔다. 식탁에서 그 학생의 이야기가 도마에 올랐다. "그 학생, 잘 지내는가?"라는 질문에, 한 선생님이 "건강하게 살아갑니다"하며 그 학생으로부터 들은 이야기를 전해주었다.

후에 안 일이지만, 그 학생은 일반학교 선생님이라면 자기를 불러 '왜 네 맘대로야? 그것도 무단으로! 그래도 되는 거니? 사고라도 나면 어떻게 하려고 그래?' 하는 사무적이고 의례적인 말을 했을 텐데, 여기는 선생님들이 확실히 다르다고 말하더란다.

"학교는 저를 야단치지 않았습니다. 학교로 돌아오라는 선생님의 부탁에 정말 놀랐습니다. 만일 무단 귀가 문제를 놓고 선생님이 우격다짐으로 저를 대했다면, 저는 지금 이 학교에 있지 않았을 것입니다."

지금 그 학생은 차분한 성격에 성적도 좋고 친구들과도 잘 어울리며 지낸다.

아직 한 학생이 학교로 돌아오지 않고 있다. 부모는 자녀의 자퇴를 결심한 듯하다. 끝내 자퇴원을 쓰고 돌아갔다지만, 학교는 결재를 유보하고 기다려주기로 했다.

학생이 돌아오지 않는 이유는, 공동체생활이 힘들다는 이유였다. 그 학생은 귀가를 선택하고 있지만 미래를 위한 선택은 분명히 아니다. 학교를 그만 둔다면 사회성은 어떻게 배울 것인가? 분명 이는 퇴행 행위이다.

학생이 짧은 생각으로 삶의 도피처를 찾더라도, 부모와 교사는 중심을 잡고 말려야 한다. 그 흔해 빠진 검정고시를 선택했던 아이들은 모두들 합격했다. 하지만 단순히 고등학교 자격을 따는 것이 전부가 아니다. 학생이 지금 답답하다고 해서 놓아 버린리고 싶어 한다고 해도 이를 허락하는 것은 어른들이 잘못하는 것이다.

학교는 학생에게 좀 더 여유를 갖게 해서 자신을 극복하고 당당히 살아가도록 도와주어야 한다. 우리 학교는 자녀를 생각해주는 마음이 부모에게 전달되어 고맙다는 인사를 받고 있다. 앞서 제시

한 건강한 학생처럼 이 학생에게서도 환한 미소를 볼 수 있게 되었
으면 좋겠다. 이를 위해 오늘도 마음 모아 기도한다.

지식만 질리도록 먹이는 교육

기숙 학원, 예체능 학원, 국·영·수 학원, 어학 연수······ 청소년들은 '방학'이라는 용어에 걸맞지 않게 방학기간 동안 묶여 지내곤 한다.

'우리 학생들은 일반학교 학생들과 달리 방학 동안 실컷 놀고 있겠지?' 하고 궁금해서 전화를 걸어보면, 대부분의 경우 일반학생들과 다를 바 없이 묶여 지내고 있다. 이는 어른들이 청소년의 인권을 고려하지 않고 일방통행 방식으로 공부를 강요한 결과다.

진정한 '교육의 효과성'은 무엇일까? 많은 사람들이 교육의 목적을 대학 진학이라 설정해 놓고, 얼마나 많은 학생이 원하던 대학에 합격했는지 산출해내느라 바쁘다. 당장 드러나는 숫자만 중요하게 여기는 것이다.

뿐만 아니라 학교 행정가들도 오로지 대학 진학을 유일한 목표로 정해 놓고 서울대학교 합격생을 한두 명 건지는 것으로 교육의 효과성을 가늠하고 있다. 사람 개개인이 지닌 손과 가슴, 다리, 몸통, 머리 등 전 인격을 고려치 않고, 오로지 머리만 잘 굴려 명문대학에 진학하는 것을 교육의 효과성이라 보고 있는 것이다.

학생들이 미래를 위해 자신의 부족한 공부를 하느라 밤낮없이 땀 흘리는 것은 좋은 일이다. 그러나 대학 진학에만 급급한 나머지 자기 확신과 미래에 대한 희망을 간과한다는 것은 생각해 볼 문제이다. 이는 교육의 효과성을 대학 진학 결과에만 초점을 둠으로써 정작 학생들에게 필요한 소중한 것을 잃어버리게 한다.

더 심각한 문제는 대학에 진학해서 2~3년이 지난 후, 비로소 자기가 선택한 대학이 자신과 잘 맞지 않으며 미래의 희망이 되지 못한다는 사실을 알게 된다는 점이다. 그때 대혼란이 일어난다.

그런데 많은 학생들과 부모들이 거기까지 생각하지 못한 채 지내다가 그 상황이 벌어진 후에 고민을 하게 된다. 맞지 않는 전공을 선택한 대학생들은 궤도 수정이 불가피해진다. 그래서 또 다른 대학으로 편입하거나, 자퇴 및 재수를 택하곤 한다. 이 얼마나 심각한 문제인가.

교육은 학생 개개인이 미래를 희망적으로 준비하는데 초점을 맞춰야 하고 그것이 효과성을 높이는 길이다. 삶이 없는 교육, 지식만 질리도록 먹이는 교육은 미래에 승산이 없다. 스트레스와 답답함, 실망감만 안겨줄 뿐이다.

국가 인권위원회에서는 청소년들의 인권을 보호할 목적으로 밤 10시까지 모든 교육 활동을 마감하는 조례를 제정하고자 한다. 이는 당연한 일인데도 학부모와 학원가가 발끈할 것이 틀림없다.

교육 효과성을 잘못 인식하거나 왜곡하는 이런 모습들을 보며,

교육현장이 과연 아이들을 위해 무엇을 어떻게 도와주어야 할지 다 같이 깊이 성찰해야 할 것이다.

설익은 경험, 그 한계를 넘어

우리 일행은 중국의 동북 3성 중의 하나인 요령성의 심양을 돌아본 후, 길림성의 연길까지 14시간 야간열차여행을 하였다.

두만강을 사이에 두고 중국의 삼합과 북한의 회령은 색깔부터 서로 다른 모습으로 다가왔다. 두만강은 푸르건만, 북녘 산자락은 식량난 때문인 듯 가난한 스님의 깁고 기운 승복 같았다.

한반도 최북단인 북한의 남양이 빤히 바라다 보이는 중국 도문에 멈춰섰다가 다시 동남쪽으로 1시간 반을 달려 중국 훈춘에 도착했다. 이곳은 벌써 겨울이다. 두툼한 잠바 차림에 구부정한 몸동작으로 어슬렁거리는 사람들의 모습이 우리 마음까지 움츠려들게 했다.

남북 징상들이 평양에서 만나는 이틀 동안, 우리도 평화를 기원하며 20만 평의 광활한 벌판에 학생들을 세웠다. 우리 선조들이 일군 역사와 문화가 살아있는 중국 벌판 길림성에서 학생들은 이틀 내내 감자를 부대에 담는 작업을 했다. 명색이 '북한 돕기'였지만, 미래를 키워가는 인간 만들기가 더 큰 목적이었다.

한 학생과 대화를 나눴다.

"광활한 벌판에 선 느낌이 어떠니?"

"너무 넓어서 기가 질리고 막막해요. 널려진 감자를 어디서부터 손을 써야 할지 엄두도 못 내겠고, 마음에 큰 부담이 됩니다."

"막막하다는 느낌이 어떤 건지 좀 더 쉽게 설명해 줄 수 있겠니?"

"네, 마치 평소 공부에 소홀한 제가 공부하려고 마음먹고 교과서를 폈을 때와 같은 그런 막막함 같아요."

"자네의 그 막막함이 언제 마음에서 사라졌지?"

"네, 그 광활한 밭에 우리 학생들만 듬성듬성 섰을 때는 숨이 막힐 지경이었는데, 다른 인부들이 많이 와서 일을 거들어 줄 때 그 막막함이 사라졌어요. 갑자기 내 책임량이 줄어들어든 것처럼 한결 가벼운 느낌이 들었거든요. 아마 공부할 때도 누군가 나를 거들어 주면 쉽게 해결될 수 있을 것 같습니다. 누군가 나를 도와줄 때, 혼자라는 막막함으로부터 실마리가 풀리게 된다는 것을 배웠습니다."

이는 그 학생이 터득한 교육적 경험이다.

나는 막막함의 한계를 뛰어넘은 그 학생에게 《토지》의 저자 박경리 씨에 관한 이야기를 들려주었다.

"박경리 씨는 남도의 섬진강을 끼고 도는 '악양'이란 벌판에서 25년 동안 지내며 장편소설 《토지》를 집필했단다. 그는 어릴 적부터 자연과 호흡하며 세계사나 우주과학에 관한 책들을 읽었고, 수도승 이상으로 절제하며 가난한 삶을 실천했다고 한다. 그래서 그 끝에 작품을 창작할 수 있게 되었다는구나. 그가 《토지》의 배경이

되는 중국 용정을 한 번도 가보지 않고서도 충분히 사실적으로 묘
사할 수 있었던 것은, 삶 속에서 얻어낸 숱한 경험 덕분에 가능했던
것이란다."

　학생들의 경험이 아직은 설익지만, 언젠가는 그것이 바탕이 되어
폭발적인 에너지를 창출하게 되리라 믿는다. 교사의 역할은 학생들
이 삶 속에서 얻어낸 교육적 경험을 통해 사고의 한계를 딛고 창조
성을 발휘하도록 돕는 것이다. 이것이 바로 인간 만들기 교육이라
고 생각한다.

종교와 과학이 공존하는 교육

중국 심양을 학생들과 찾은 지 벌써 6년째다. 9월의 끝인데 날씨도 마음도 겨울처럼 차갑다. 하얼빈에 위치한 마루타 부대, 731부대를 보며 일본군의 죄악에 전신이 전율했던 기억 때문이다. 한국이 일제 치하에서 지냈던 36년을 생각하자 '심양 9.18 박물관'에서의 '물망勿忘 9. 18' 이란 글귀의 의미가 마음을 파고들었다.

일본이 서양 학문을 받아들인 때는 1500년대다. 일본은 우리보다 2백 년이나 먼저 서양과학을 받아들였다. 일본인들은 서양인들이 총의 방아쇠를 당겨 한순간에 돌무더기를 사라지게 하는 화력의 위력을 실감했다. 그리고 엄청난 고액을 지불한 후 총 1정을 사들였다.

그들은 자신들이 사들인 총과 똑같은 총을 만들어 총알을 넣고 방아쇠를 당겼다. 화력은 엄청났으나 총알은 코앞에 떨어졌다. 그들은 그 원인이 무엇인지 알아보려고 서양인에게 다시 물었다.

"왜 총알이 목표물에 미치지 못하고 힘없이 떨어지는 겁니까?"

서양인들이 쉽게 기술을 가르쳐 줄 리 없다. 일본인은 또다시 서양인에게 엄청난 고액을 지불하고 '화력의 위력이 총열 내 우회선의 작용에 의해 나온다’는 기술을 사들였다.

일본은 우리보다 2백 년 먼저 서양종교를 받아들였으나, 서양과학기술로 침략 야욕만을 키워갔다. 욕심의 답을 ‘종교’에서 찾지 않고 오로지 과학기술로 해결하려고 한 탓이다.

그들은 종교가 갖는 도덕성과 윤리성은 전혀 고려하지 않은 채 세력을 확장시키며 날로 극악해졌다. 그리고 끝내 잠자는 하와이를 침공했고 그 결과 전쟁의 막은 내려졌다. 미국이 원자폭탄을 일본 히로시마에 터트린 것이다. 어찌되었건 그 투하의 선택은 과학 신봉자들의 결정이었고, 이는 또 다른 큰 상처를 남겼다.

과학자들은 원폭의 위력이 엄청나다는 것을 감지했을 것이다. 그런데 그들은 원폭의 사용 결정권을 과학자들만 갖고 있는 것이 아니라, 하느님의 뜻을 담고 있는 종교에게도 있다는 것을 외면했다. 과학 신봉자들이 종교를 잃었다는 것이 문제였다. 종교 없는 과학기술은 참으로 인류를 불행하게 만든다. 종교가 부재한 독선적 과학이 인류를 큰 파멸로 몰고 간다는 것을 역사는 생생히 보여주었다.

현대사회의 형이상학적 위치는 과학 신봉자에 의해 소멸되고 있다. 볼 수 있는 자연과학의 영역을 뛰어 넘어, 보이지 않는 영역까지 볼 수 있도록 하는 학문이 절대적으로 필요하다. 과학과 종교는 결코 대립적 관계가 아니다. 상생相生의 관계로 종교의 기초 위에 건강한 과학의 발전을 도모해야 한다.

교육은 하느님 자녀답게 살아가는 상생의 기초를 학생들에게 심어주는 것이다. 내가 강하지 않으면 남에게 먹힌다는 약육강식의 논리를 가르칠 것이 아니라, 내가 강자가 되었을 때 남과 더불어 살아가는 방법을 알려줘야 하는 것이다. 교육의 본질을 왜곡한다면 커다란 재앙이 세상에 닥친다는 것을 좌시하지 말아야겠다.

HAPPY SMILE

아침 미사에 열심히 참석하는 3학년 학생이 교장실에 찾아와 말 없이 꾸벅 인사를 하고는 집무실 책상 위에 책가방을 턱 올려놓았다. 그리고 가방을 뒤져 종이 한 장을 찾아 남겨놓더니 총총히 교장실을 떠났다.

자기주장이 뚜렷한 이 학생이 가끔 강성 주장을 펴왔기에 '이번엔 어떤 주문일까?' 궁금했다. 그런데 건네준 종이에는 큰 화분이 생명을 담고 있는 그림이 있었고, 'HAPPY SMILE' 이란 글귀가 꽃처럼 피어 있어 내용을 살피기도 전에 느낌이 좋았다. 그 내용은 다음과 같이 시작되었다.

"안녕하세요. 말썽꾸러기 세사 ㅇㅇㅇ입니다. 양업까지 와서, 더군다나 3학년인데도 모범을 보이지는 못할망정 말썽을 일으켜서 귀찮으시죠? 죄송합니다. 어쩔 수 없는 제 본성입니다. 입학할 때는 마음속으로 잘 지내자 다짐까지 했었는데 제가 요즘 너무 긴장이 풀렸던 것 같습니다."

그 학생은 학생문제가 있을 때면 정의의 잣대를 들이댔다. 모든 결정은 형평에 맞아야 하고, 계획은 결코 변경될 수 없다는 주장이었다. 얼마 전에는 한 학생의 가해 폭력에 대해 학교가 너무 관대한 결정을 했다며, 이는 형평에 어긋난다는 주장과 함께 동료학생들의 동의를 구했다. 학교장으로서 그런 관대한 결정이 날 수밖에 없었던 이유를 학생에게 설명했지만, 납득하기 어려워했다.

또 다른 일도 있었다. 선생님이 학사 일정을 꼼꼼히 확인해야 하는데, 그렇게 하지 못해 수정해야 할 일이 생겼다. 교사는 학생들에게 잘못을 시인했고 계획을 수정할 것을 제안했으나, 유독 그 학생만은 변경할 수 없다며 홀로 그 계획을 강행했고, 학교는 학생의 주장을 인정했다. 종이에는 이 두 가지 사건에 대한 반성과 사과의 글이 적혀 있었다.

"최근 폭력 사건의 ㅇㅇㅇ 가해 학생 문제, 1학기 산악 등반 강행을 놓고 많은 갈등을 겪었는데요. 그 당시는 잘 몰랐지만 지금 생각해보니 반성할 점이 많습니다. 우선 사건을 전체적으로 보지 못했고 어설픈 정의감에 심취해 제 주장만 늘어놓은 것 같습니다. 독선이라고 볼 수 있겠지요. 그리고 제가 보기에 아무리 잘못된 일이라 해도 어른에 대한 기본 예의 없이 행동해 죄송합니다.

저는 주말에 버스 승객 사이에 있었던 싸움을 지켜보았습니다. 할머니께서 깜박 잊으셨는지 카드를 찍지 않고 승차하였는데, 뒤에 계신 아저씨가 큰 소리로 고함을 치더군요. 그 아저씨의 행동이 틀린 것은 아니지만 대다수의 승객들 시선이 곱지 않았습니다. '그냥 있지 왜 나서나?' 하는 분위기랄까요.

그 순간 제가 한 행동이 그 아저씨와 다를 바가 없다는 생각이 퍼뜩 들었습니다. 갑자기 숙연해지더라고요. 진정한 정의는 가해자까지 포용해야 한다는 말이 있는데 어설프게 논리적 잣대를 들이대며 인과적으로 접근했던 제 행동이 부끄럽습니다. 남을 포용하는 것에 대해 많이 생각했습니다. 다시 한 번 제 행동에 대해 진심으로 사과 드립니다. 죄송합니다.”

사과문을 받던 그날은 나도 'HAPPY SMILE' 이었다. 법조인이 되겠다는 그 학생은 더욱 성숙할 것이다.

자기 존중과 자기 사랑

금년에도 전국에서 많은 지원자들이 학교로 찾아왔다. 정원 미달로 고민하는 학교가 많은데, 정원의 5배수에 가까운 지원자 속에서 가르칠 학생을 뽑는 것은 큰 축복이며 은혜가 아닐 수 없다.

그러나 이러한 즐거움 속에 고민도 있다. 입학정원이 적기 때문에 학생들을 많이 탈락시켜야 하니, 마음이 무거울 수밖에 없다.

공정한 선발을 위해 교사들이 머리를 맞대었다. 그 결과, 입학서류와 MMPI(성격다면화 검사)자료를 토대로 서류전형을 거쳐 2배수를 뽑은 후, 4차 면접을 통하여 최종합격자를 발표하기로 했다.

서류전형 중에는 학생이 직접 작성한 '자기소개서'가 관심을 끈다. 그리고 충실하게 작성된 것과 성의 없이 작성된 것 두 부류를 만나게 된다. 성의가 부족한 서류를 보면, 부모가 자녀교육에 대한 관심이 부족하고 학생도 학교에 대한 아무런 정보 없이 지원했다는 것을 알 수 있다. 학생이 인문고에 갈 실력은 안 되고, 실업고에 가기는 싫으니 어쩔 수 없이 대안학교를 대피소 정도로 여겨 지원했다는 것을 얼핏 엿보게 된다.

그 반면에 아주 진지하게 작성된 서류도 있다. 학생의 성장 배경이며 왜 이 학교에 오게 되었는지 꼼꼼히 써놓은 것은 물론, 부모의 교육관도 뚜렷해 소개서를 읽는 사람들이 절로 흥미를 갖게 한다.

그렇다면 왜 일부 학생들이 성의 없는 자기소개서를 썼을까? 그 학생의 마음속에 자기소개서를 쓰고 싶은 자기 존중감과 자기 사랑이 부족하기 때문일 것이다. 어쩌면 강성 부모 때문에 자신감을 잃고 지냈을지도 모른다. '너는 그것도 못하니?', '죽었다 깨어나도 너는 안 돼!', '너는 하는 것마다 그 모양이니 재수가 없지!', '너 같은 걸 낳고 미역국을 먹었다니, 한심하다 한심해!'

부모의 조급함에서 비롯된 비난이 자녀에게서 자신감을 빼앗았을 것이다. 이런 학생들을 선발하면 대안학교를 대피소 정도로 여기며 목적 없이 지내다가 3년 동안 내내 지지부진으로 일관할 것이다.

당당하게 자기소개서를 작성한 학생을 보면 그 부모가 보인다. 그 부모는 매사에 긍정적일 것이다. 그리고 답답해하는 자녀를 격려하기 위해 '너는 할 수 있어!'. '네가 당당히 해결해!'. '네가 잘 알아서 극복해!' 라는 말을 자주 들려준다.

일상생활에서 보여준 부모의 관심과 사랑은 자녀들 마음 안에서 자기 사랑으로 자라난다. 그런 학생들이 작성한 몇 페이지 분량의 자기소개서를 볼 때면 몇 번이고 읽고 싶고, 어서 만나보고 싶다.

아침을 여는 아이들

철학적인 의미로 '생성'은 사물이 그 상태에서 벗어나 다른 것으로 되어가는 것을 말한다. 어떤 생명이든 가능태로부터 시작하여 현실태로 변화하는 적극적 활동을 거치며 생성이 진행되어 간다.

고요한 아침을 여는 소리가 있다. 고속 열차가 달리는 소리, 고속도로를 질주하는 자동차 소리, 공장 가동 소리가 그렇다. 또 자연을 깨우는 청정하고 신선한 산새소리도 한 몫을 한다. 내가 사는 산골의 아침 속에는 이런 소리들 밖에 없었는데, 요즘 다른 소리가 생겨났다. 짙은 안개를 뚫고 아침을 여는 '우리 아이들 발자국 소리'다.

아이들이 내는 소리는 마치 자기들이 살아있음을 당당하게 세상에 알리려는 듯 떠들썩하다. 어미가 고통 끝에 새 생명을 세상에 내어놓는 기쁨처럼, 우리 아이들의 이런 소리를 오랜만에 듣게 될 때, 나는 그들과 함께 기뻐 뛰논다.

어른에게도 어려운, 아이들에게는 더욱 어려운 단어들이 있다. '좋은 생각', '자기 주도적', '자발적', '자기 통제', '좋은 선택'이 바로 그것이다. 어른들은 이러한 단어들을 결코 아이들에게 맡길 수 없다고 생각하지만, 우리 학교는 설립 단계부터 아이들이 이 단어들을 꼭 이루어 갈 것이라는 확신을 가지고 하늘에 계신 아버지께 매달렸다.

"누구든지 청하는 이는 받고, 찾는 이는 얻고, 문을 두드리는 이에게는 열릴 것이다."(루카 11, 10)라는 말씀을 마음에 새기고 기도하며 기다렸는데, 어느덧 아이들 속에서 성령의 열매가 맺혀 익어가고 있다.

"너희가 악해도 자녀들에게는 좋은 것을 줄 줄 알거든, 하늘에 계신 아버지께서야 당신께 청하는 이들에게 성령을 얼마나 더 잘 주시겠느냐?"(루카 11,13)

나는 고통 중에도 아이들이 '좋은 선택'을 할 것이라는 바람을 갖고, 묵묵히 그들에게 교육적 경험을 마련해주며 살아왔다. 학생들을 비난하거나 명령하거나 지시하거나 간섭하지 않았으며, 그들을 존중하며 사랑했고 이해하려고 노력했다.

그 덕분에 하느님께서는 아이들에게 좋은 기운을 넣어 주셨고, 그 기운은 아이들에게 성령의 열매를 맺게 해 주셨다. 그 열매는 '자기 주도적'이라는 성령의 열매이며, 그것으로 인해 아이들은 이른 아침을 힘차게 열고 있다. 이런 아이들의 변화는 채색된 가을만큼이나 아름답다.

길고 긴 10년을 살아 온 대안학교 양업은, '임마누엘'(마태 1,23)이신 하느님께서 넉넉하게 담아주신 성령의 열매들로 넘쳐나고 좋은 목

표치로 상승하고 있다. 이는 양업학교에서 볼 수 있는 아름다운 생
성이다.

　아침을 여는 아이들의 발자국 소리는 더 크게 또 다른 모습으로
'생성' 될 것이다. 이 모든 것에 대해 하느님께 감사를 드린다. 그리
고 또 맡겨드리며, 그분께 청하고, 찾고, 두드릴 것이다.

인생수업을 잘 마치려면

한 여름을 살았던 싱싱한 잎이 삶을 마무리하며 곱게 늙어가고 있다.

가을 자락의 단풍잎을 보면 왜 그리 예쁜지 모르겠다. 팔십 평생을 곱게 늙은 어르신을 보는 것 같다.

그런데 많은 노인들이 아름다움을 잊어버리고 있다. 한 해의 짧은 시간 속에서 정성들여 살아온 나뭇잎에 비해, 인간의 삶이 너무 긴 탓도 있을 것이다.

곱던 낙엽은 찬바람을 만나면 완전한 죽음에 이르지만, 그다지 슬프지는 않다. 그런데 인간은 누구나 하이데거의 말처럼 '죽음을 향한 존재'인데도 그 종말이 마냥 슬프고 공허하다. 무신론적 세계관으로 삶의 가치나 목표를 정했기 때문이 아닐까 싶기도 하다.

위령성월에 나는 《인생수업》이란 책을 읽고 있다. '성모꽃마을'을 설립 운영하고 있는 '박창환 신부의 이야기'와 같은 책이다. 박 신부님은 수많은 암 환자들과 함께 지낸다. 고통의 절정을 만난 암 말기 환자들은 고통이 너무 크면 산소 호흡기를 제거해 달라고 외쳐대기도 한다. 그럴 때 신부님이 "정말 빼드릴까요?"라고 귓속말을 하기라도 하면, 환자들은 큰일 날 것처럼 버럭 화를 낸다고 한다.

신부님은 꺼져가는 자신의 생명을 아쉬워하는 환자들을 보며, 자신의 삶도 더 진지해진다고 했다.

《인생수업》의 저자는 두 명의 정신의학자들이다. 이들은 암 병동에서 호스피스를 하며 지냈는데 그곳에서 만난 101명 환자의 생생한 이야기를 이 책 안에 담아 놓았다. 저자들은 '인생의 교사는 죽음을 앞둔 사람들이다' 라고 말한다. 그리고 삶이 더욱 분명하게 보이는 것은, 죽음의 강으로 내몰린 바로 그 순간이라고 했다.

죽음을 앞둔 사람들은 '더 많은 시간과 여유를 가지고, 사랑하고 봉사하며 좋은 시간을 많이 가질 걸' 하며 후회하기도 한다. 그러나 저자는 그것은 다 쓸모없는 기도라고 하며 '죽을 때 후회할 것을 지금 하라' 고 썼다.

바닷가에 살면서도 바다를 보지 못하는 사람들, 그들은 죽음을 앞두고 한 번 더 별을 보고 싶다고, 바다를 보고 싶다고 말하지만 그런 기도를 절대 해서는 안 된단다. 우리가 '인생수업' 을 마친 후 저 세상에 갈 때 "난 은하수로 춤추러 갈 거예요. 연주하고 노래하고 춤 출 거예요"라고 말할 수 있어야겠다.

우리 신앙인이 부활을 믿고 희망한다면, 마음의 여유를 갖고 매 순간마다 신앙 안에서 삶의 가치와 목표를 찾으며 살아가야 한다. 그렇다면 우리는 '인생수업' 의 마지막 날, 은하수로 춤추러 갈 것이고 연주하고 노래하고 춤출 수 있을 것이다.

수험생을 위한 미사

수능고사 예비소집 날, 전교생과 학부모, 교사 모두 모여 정성스럽게 미사를 드렸다. 수능고사 전날, 이처럼 생생한 미사를 드려본 적이 최근까지 없었다.

수험생을 위한 미사가 있던 날, 정작 있어야 할 주인공들은 늘 보이지 않았다. 선생님도 학부모도 좋은 지향으로 앉아 있는데 주인공이 없으니 좋은 기운은 다 빠져나가고 의례적인 미사를 드릴 수밖에 없었다. 좋은 마음으로 미사를 봉헌하려고 해도, 그들이 그 시간에 공을 차거나 학교 주변을 배회하곤 하니, 어찌 좋은 기운이 학생들을 향할 수 있었겠는가.

정성스럽게 준비한 미사 지향노 마음에서 날아가 버리고 제대 앞에 곱게 준비한 선물꾸러미도 의미를 잃어버렸다. 치유받은 나병환자 열 명 중 아홉은 보이지 않고 한 사람만 찾아와 주님께 감사드린 것처럼(루카17,17-19), 대부분의 학생들이 감사할 줄 모르는 채 몇 명의 학생들만이 자리를 지키고 있었다.

그러나 금년 수험생들은 너무나 달랐다. 그들은 예의를 갖추고 미사에 왔으며, 후배들도 신바람이 난 듯 했다. 학부모들은 자녀들을 위해 미사 예물을 준비했고, 제단 앞은 예쁜 국화꽃 화분으로 장식되었으며 선물 꾸러미도 마련되어 있었다. 좋은 기운이 우리 모두를 밝고 빛나게 했다. 함께 한다는 것이 어떤 의미인지를 느끼며 더 없이 기뻤다. 공동체가 드린 미사는, 수험생들에게 충분히 좋은 기운을 넣어주었으리라는 확신을 들게 했다.

수능고사가 있던 날 새벽, 후배들은 선배들이 고사장을 향해 떠나는 교문을 지키고 서서 파이팅을 외쳤는데, 수험생에게 큰 격려가 되었을 것이다.

수험생들을 배웅한 후배들은 기가 살아 우르르 성당에 들어와 미사를 봉헌했다. 그날 양업의 아침 냄새는 무척 향기로웠다.

좋은 기가 한 방향으로만 움직이면 그 힘은 반감된다. 그리고 좋은 기를 전달하려고 해도, 수용자가 받아들이기를 거부하면 양쪽 다 힘들어진다. 하지만 우리는 좋은 기운을 주고받는 공동체를 경험했다.

좋은 기를 가진 사람들이 모여 사랑을 나누는 공동체, 그 공동체를 우리 모두 다 함께 경험한 것이다. 구성원이 좋은 기를 간직한다는 것, 그리고 함께 한다는 것은 또 다른 모습의 아름다운 공동체의 탄생을 예고한다.

있는 그대로 인정하라

"몸무게가 제일 많이 나갈 때는 언젠가요?"

"예, 철들 때입니다."

이런 썰렁 개그는 때론 우리에게 활력소가 된다.

부모가 자녀 덕분에 최고로 기분 좋을 때는 언제일까? 자녀가 철들 때이다. 여기서 말하는 철은 청소년의 사고와 행동이 새롭고 긍정적으로 변화한다는 것을 뜻한다.

부모는 자녀가 높은 가치를 향해 사고와 행동의 변화를 보일 때 기분이 좋아진다. 그 '철'은 자녀의 성장을 지켜보며 사랑해주고 기다려주면 자연스럽게 생성된다. 하지만 일부 부모는 자녀에게 급조된 철분을 강제로 복용시킨다. 그게 어디 고무줄 늘이듯이 먹인다고 생겨나는 것인가.

자녀들은 부모가 사랑하고 칭찬해줄 때 철이 든다. 또 부모가 어른으로서 모범을 보이지 못했을 때 '미안하다'고 사과한다면, 그 말 한 마디에 철이 들기도 한다.

자녀가 어린 시절에는 부모의 과잉 간섭을 일정량 받아먹고 수용하지만, 사춘기에 접어들게 되면 반발하고 튕기게 된다. 이럴 때 부모는 당황한다. 부모는 자녀가 하고 싶은 것을 묵살해 버리고, 순종을 강요하면서 착한 자녀가 되길 바란다.

그런데 이 착한 아이는 마마보이가 되어 버린다. 마마보이는 매사를 스스로 결정하지 못하고 늘 부모에게 물어보며, 친구 사이에서는 왕따로 몰려 놀림감이 된다. 자기 선택과 결정은 없고 사춘기를 지나면서는 남에게 이용당한다.

이를 보고 부모는 무척 속상해 하면서 태도를 바꿔버린다. '착한 아이' 라고 칭찬을 하다가 갑자기 "좀 똑똑해져라, 이 병신아!"하며 다그치는 것이다. 이 마마보이는 이런 상황에 놓일 때 '부모와 친구들 사이에서 어떻게 처신해야 하는가' 갈등하게 되고 가출을 시도하는 문제아로 추락한다.

자녀가 이렇게 된 것은 부모가 그렇게 만들었기 때문이다. 부모가 어린 시절부터 '너는 나를 닮아야하고 내가 시키는 대로 해야 한다' 는 잘못된 교육으로 자녀를 어려움에 빠뜨린 것이다.

모든 이는 태어날 때부터 각자 고유한 성격을 창조주로부터 받는다. 아버지의 성격과 어머니의 성격이 서로 다르듯이 자녀들 또한 다른 성격을 지니고 태어난다.

부부가 성격이 같으면 서로 거부하며 폭발하기도 하고, 자녀의 성격이 다르면 부모 성격을 닮으라며 아우성치기도 한다. 서로의 고유한 성격을 인정해야 하는데 말이다. 만약 부모들이 자녀에게 성격을 맞추라고 소리치면 문제가 심각해진다.

부모는 자녀들이 '왜 저런 생각과 행동을 할까?' 하며 이해하려 들지 않고 강요하며 다그친다. 자녀들은 각자 자신이 하고 싶은 것이 있는데 부모는 자기 기대가 채워지기만을 바란다. 부모의 잔소리는 거세어지고 자녀는 짜증을 부린다. 급기야 자녀들은 부모를 떠나 자기 기대를 메워 줄 대상을 찾아 탈출을 시도하게 되고, 멀리 도망쳐 버린다. 그러면 어른들은 자녀들을 문제아, 비행청소년이라 단정짓고 만다.

연장은 쓸 줄 아는 사람에게 제격이다. 연장이 다룰 줄 모르는 사람 손에 잡히게 되면 재수 없는 신세가 되고 만다. 부모가 자녀를 살맛나게 해주는 방법은, 자녀를 있는 그대로 인정해 주는 것이다.

자녀의 성격을 인정하고 자녀가 스스로 자신을 열어가도록 도와주는 것이 부모가 할 일이다. 부모가 철들어야 자식도 빠르게 철든다.

5. 엠마오로 가던 제자들

(2008년)

젊은이들은 특히 엠마오로 낙향을 하려고 해서는 안 된다
미래를 향해 나아가야 한다
자신만의 좁은 세상에서 벗어나 하느님께서 마련하신
경이로운 세상으로 나아가야 한다. 부활은 우리 삶의 목표이다
또한 모든 인간이 그리고 있는 희망의 목표점이어야 할 것이다

인재를 만드는 교육

교육은 미성숙한 청소년에게 옳은 품성과 유용한 지식을 가르침
으로써, 미래에 올바르게 살아갈 성숙한 인간을 길러내는 일이다.
따라서 국가가 교육의 부분적인 것만을 중요하게 생각한다면, 큰
잘못을 저지르는 것이다. 한 나라의 정치·경제·사회·문화는 국
가가 '포괄적인 교육'의 그림을 그려야만 건실하게 발전할 수 있기
때문이다.

2008년 1월, 이명박 정부 인수위가 성급한 경제 논리를 내세워
'몰입 영어'라는 인재 육성 대안을 내놓아 세상을 한바탕 시끄럽게
했다. 2010년부터 모든 고등학교에서 몰입 영어 방식의 수업을 통
해 영어가 일상 언어가 될 수 있도록 학습시키겠다는 것이다. 그래
서 '글로벌 코리아'를 실현할 경쟁력 있는 인재를 육성한다는 야심
찬 계획이었다.

국가 미래를 위해 인재를 육성하는 것은 정부의 의무와 책임이므
로 하등 반대할 이유가 없다. 그런데 전체를 보고 넓게 생각해야 할
교육을, 경쟁력 있는 인재를 육성한다는 명목 아래 한 부분만 도드

라지게 생각하는 것 같아 씁쓸했다.

학생들에게 건강한 목적을 갖게 하여 행복한 삶을 목표로 삼아 자기 주도적으로 공부하는 풍토를 만들어주기보다, 모든 학생을 똑같은 방법으로 지겨운 교실에 처박아놓고 혹사시키려 한다는 인상을 지울 수 없었다.

수능고사 과목도 지금보다 더 축소해 중요 과목 몇 개만 학생들이 선택하도록 한다는데, 이것 역시 매우 부분적이라는 인상을 준다. 중요 과목 외의 타 과목은 지금도 시들한데, 이 정책을 실시하게 되면 그 과목들을 더 시들하게 대하게 될 것이 틀림없다. 인수위의 이러한 경제 위주의 교육 대안이 학생들을 더 혹사시키고 진정한 교육의 의미를 잃어버리게 할까봐 염려가 되었다.

경제 대통령은 서울의 청계천과 버스노선 사업 사례 등을 내세워, 교육 백년대계 역시 단시일 내에 해결하고 싶은 모양이다. 이는 아주 위험한 발상이며 학생들뿐만이 아니라 교사들도 혼란스럽게 만드는 일이다.

왜냐하면 공교육의 교사들을 충분히 준비시켜 교육을 살리겠다는 것이 아니라, 영어 전문교사를 양성해 공급한다고 했기 때문이다. 이러한 것이 일자리 창출의 한 방법이라고 생각하였다니, 놀랍기 그지없다. '몰입 영어' 정책을 국가가 떠맡겠다는 안이 실행이 되기 전에 철회되었다고 하니 참으로 다행이다.

교육은 결코 경제논리로 따져볼 수 있는 것이 아니다. 또 경쟁력 있는 인재를 만드는 수단이 되어서도 안 된다. 참 인간을 만드는 교육이 되어, 공동체와 더불어 살아가는 사람을 양성해야 하는 것이다. 또 교육은 전체를 위해 있는 것이지, 어느 한 특정 집단을 대상으로 해서도 안 된다. 교육은 모든 것을 바르게 키워내는 최상위 개념이라는 것을 늘 염두에 두어야 할 것이다.

인재는 육성한다고 해서 무조건 만들어지는 것이 아니다. 새로운 정부가 교육철학에서 말하는 교육의 의미를 깊이 이해하고 백년대계를 위한 대안을 꼭 찾기 바란다. 또한 재미있는 학습법을 학생들에게 제공하는 희망적인 교육 정책을 수립하기 바란다. 하고 싶지 않은 영어 공부를 왜 해야 하는지 그 필요성과 목적을 알려주면, 학생들은 하지 말라고 해도 재미있게 공부를 할 것이기 때문이다.

그럼, 실컷 놀게나

한 학생은 방학 때만 되면 학원에 가라고 준 사교육비를 절약해 유럽 배낭여행을 가고, 캄보디아로 봉사활동을 떠나 즐겁게 지내다 온다. 부모님은 자녀가 열심히 공부하는 모습을 보고 싶은데, 자녀가 그렇게 방학을 지내니 걱정이 큰 모양이다.

방학 중에 학생들이 학교에 찾아온다.

"뭐하고 지내니?"

"신나게 놀고 지냅니다."

"그래, 공부도 내가 하고 싶어야 하지. 그럼, 실컷 놀게나. 그러나 시간을 낭비하지는 말게."

공부는 하지 않고 신나게 놀기만 했다는데, 학생을 혼내기는커녕 다정한 미소로 반기며 '실컷 놀아라!'고 말하는 교장이 대한민국에 그리 많지 않으리라.

그러나 그렇게 말할 수 있는 것은 믿는 구석이 있기 때문인지 모른다. 머리도 있고 속도 멀쩡한 아이들이다. 공부하겠다고 맘만 먹으면 3년치를 깔끔하게 해치울 능력이 있는데도, 놀고 즐기는 것이다.

한 학생은 중학교 시절, 자기가 사는 아파트에서 내려다본 그 동네 고등학교 풍경을 이렇게 말했다.

"교실은 꼼짝없는 형무소이고, 집은 보호관찰소이며, 교사와 부모님은 교도관입니다. 밤 10시가 되어서야 일과가 끝나고 학교는 소등이 됩니다. 그러면 학생들은 대기하고 있는 부모님 차에 올라타 집으로 향하곤 하는데, 전 그런 꼴을 참을 수가 없었어요. 그래서 아주 흥미로운 고교시절을 만들어가며 살 겁니다."

이런 말을 하는 학생들에게 나는 다음과 같이 충고했다.

"얘들아! 세상은 아주 넓고 할 일도 아주 많다. 그런데 아주 넓고 할 일이 많은 이 세상은 우리에게 조건을 요구하고 있단다. 그리고 그러한 조건들을 우리가 갖추었을 때, 비로소 세상은 넓어지고 할 일도 많아지는 거다."

그리고 최근에 일본에 가서 가톨릭에서 운영하는 여러 유명대학 인사들을 많이 만나면서, 보고 들은 얘기를 들려주었다.

"자네도 더 넓은 세상을 향해 힘껏 날아보고 싶지?"

"예!"

"일본 대학들은 전액 장학 유학생제도가 정말 많단다. 그런데 그 제도를 이용하려면 너희가 신뢰할만한 자격을 갖추어야 해. 일어 1급, 수학 · 영어 잘할 것, 이 두 가지가 입학 조건이란다.

돈 없고 가난하다고 신세타령 할 때가 아니야. 노력만 하면 얼마든지 넓은 세상으로 나갈 수 있단다. 그런데 많은 사람들이 아무런 목표 없이 시간을 축내며 젊은 시절을 그저 즐기려고만 해.

그리고 때가 되면 막연히 '나도 그 조건을 쉽게 가질 수는 없을까, 착각을 하곤 하지. 그러다가 대상에서 제외되면 자기 가슴을 치는 것이 아니라, 남을 탓하지 않니? 자, 우리 시작해 보는 거다. 그 똑똑한 두뇌 한 번 빛나게 해보는 거야, 알았지?"

여행을 즐기는 학생들은 나름대로의 인생철학이 있다. 또 여행을 하는 것이 노는 것만은 아니다. 너른 세상을 공부한 아이들이 목표를 세우게 되면, 놀랍도록 집중하여 학업에 매진할 수 있을 것이라고 생각한다.

마음속에 새로운 꿈이 생겨나 책을 다시 잡게 되면, 그 동력이란 정말 무서울 정도이다. 그러니 부모님들에게 너무 걱정하지 말라고 전하고 싶다. 다들 자기 인생을 꾸려나갈 줄 아는 똑똑한 아이들이니까 말이다.

세상은 넓고 할 일은 많다

내가 어린 시절에는 사람도 세상도 모두 청정했다. 눈이 왔다하면 폭설이었고, 눈을 내려주는 하늘을 닮아 사람들의 영혼도 깨끗했다. 꼬마들은 눈밭에서 뛰어놀다가 언덕에 빙판을 만들어 하루 종일 신나게 미끄럼을 탔다. 숲이 온통 눈을 뒤집어쓰고 있을 때면, 친구들을 나무 밑으로 불러 함께 눈을 뒤집어쓰고 놀았다.

그런데 그 동심의 설국은 이제 지구 온난화로 먼 기억 속에만 있게 되었다. 지금은 그때처럼 사람도 세상도 청정하지 못하다. 이곳 일본 북해도에 온 것은, 우리 학생들에게 세상은 넓고 할 일이 많다는 이야기를 해주고 싶어서였고, 다른 하나는 홋카이도北海島의 겨울이 청정할 것이라는 순박한 기대 때문이었다.

홋카이도 중심 도시인 아사이카와旭川에 도착했을 때, 하늘도 땅도 깊은 설국이었다. 1미터가 넘을 만큼 실하게 쌓인 눈길은 혹한 속에서도 생명을 감싸 안은 이불처럼 포근하게 느껴졌다. 그러나 나요로名寄의 아침 온도는 영하 38도였다. 나는 이곳에서 겁 없이 아침 산책을 나갔다가 턱이 사라지기라도 한 듯 감각을 잃어버리게 되는 바람에, 깜짝 놀라 집으로 뛰어들어 왔다.

몹시 춥고 눈이 많아 꼼짝 없이 방에 갇혀있는 신세가 될 거라고 생각했는데 그건 기우였다. 지방정부가 시민의 안전을 위해 밤새 눈을 치운 덕분에, 사람들은 자동차를 몰고 80킬로의 속력으로 눈길을 달릴 수도 있었다. 우리는 옷을 든든히 챙겨 입고 다시 설국으로 나갔다.

오츠크해海가 길게 늘어진 해안을 따라 가보았다. 전나무, 낙엽송, 구상나무, 자작나무로 이루어진 조림목이 자연과 조화를 이루며 빼곡히 자리를 잡고 있었다. 나무들이 겨울옷을 입고 늠름하게 버티고 있는 모습은 참으로 아름다웠다.

슈마리니아 호수를 보러 가려고 했는데 눈雪이 우리가 갈 길을 막는 바람에 더 이상 가는 것을 포기할 수밖에 없었다. 그런데 알고 봤더니 식민지시대에 일본으로 징용된 한국인 노동자들에 의해 그곳에 호수와 철도가 놓여졌다는 것이다.

그 이야기를 듣고 나니 대설大雪이 그 길을 막은 것이 오히려 다행이라는 생각이 들었다. 우리는 한국인 노동자들의 명복을 비는 미사를 조용히 봉헌했다.

우리는 홋카이도에서 프랑스풍의 농촌을 보는 기회도 얻었다. 모두 기업 농업으로 낙농을 하는데, 우리처럼 우유만 생산하고 끝내 버리는 단순 낙농을 하는 것이 아니었다.

젖을 짜는 것은 기본이고 버터와 치즈를 만들고 소시지, 밀크캐

러멜 등 육가공 브랜드 상품을 수북이 내놓고 판매하고 있었다. 부가가치가 높은 상품들을 만드느라 일자리 창출도 끊임없이 이어지는 모양이었다. 단순 농업을 하는 바람에 과잉 생산으로 판로가 막히게 되면 생산비도 건지지 못했다며 거리로 뛰쳐나오는 우리네 농부들 처지와는 사뭇 달라 보였다.

우리 공부방식도 마찬가지다. 왜 이처럼 지독하게 공부를 해야 하는지도 모르는 채 공부만 하는 학생들을 생각해 보니, 우리 교육도 단순 농업과 같다는 생각이 들었다. 나는 설국 속에 파묻혀 풍성한 부가가치를 창출하고 있는 일본의 농촌 모습을 바라보며 교육이 어떤 것이어야 하는지 다시 한 번 배웠다.

오사카의 청심대학교, 나고야의 남산대학교, 동경의 순심여자대학교, 홋카이도의 나요로대학교, 그리고 홋카이도의 대안학교인 가정학교(부지 33만 ㎡, 학생수 56명)도 방문했다. 이 학교들은 가톨릭과 관련이 있는 명문 대학들로 유학생을 위한 장학제도가 잘 짜여져 있었다.

그리고 이번 방문을 통해 우리 학교 졸업반 학생 한 명이 동경의 순심여대 1학년 전 장학생으로 입학하게 되었다. 이는 학교가 대화로 협약을 체결해 이루어낸 성과이다.

이 학생의 입학은 다른 학생들을 위해서도 좋은 계기가 될 것이라고 생각한다. 멍하니 시간을 낭비하는 대신에, 좋은 기회가 자신을 선택할 수 있도록 조건을 갖추게 되면, 날개를 달고 너른 세상으로 날아오를 수 있는 것이다.

　대안학교인 가정학교는 우리에게 신선한 충격을 주었다. 엄청나게 너른 학교 부지에 자연과 인간이 공존하며 지낼 수 있도록 자연친화적인 공간으로 꾸며놓아 입이 딱 벌어졌다. 그 모습은 하느님이 마련하신 자연이 상처받은 사람들을 품어주는 것처럼 보였다.

　가정학교를 둘러보며 우리나라 청소년들 생각이 저절로 났다. 성냥갑 같은 아파트에 숨막히는 교실과 학원, 그 좁디좁은 공간에 갇혀 지내야 하니 얼마나 상처가 크고 깊겠는가. 이렇게 세상은 넓고 할 일도 많다는 것을 그 학생들에게도 보여주고 싶다.

하느님의 사랑

"내가 나를 모르는데 난들 너를 알겠느냐. 한치 앞도 모두 몰라 다 안다면 재미없지. 우리네 인생살이 한 세상 걱정조차 없이 살면 무슨 재미, 알몸으로 태어나서 옷 한 벌을 건졌잖소! 그런 게 덤이 잖소."

가요 〈타타타〉 노래 가사다. 나 자신을 내가 아는가 싶었는데, 한참 동안 들여다보아도 솔직히 나를 잘 모르겠다.

나를 알려고 밤을 지새워 본 적이 있었지만, 끝내 나는 나를 다 알 수가 없었다. 내가 나를 모르는데 자식이 부모님의 사랑을 어떻게 알겠는가? 하물며 지극히 인간을 사랑하시는 하느님을 어떻게 알겠는가? 성경을 보고 듣고, 묵상을 해보고, 기도도 열심히 했지만, 알다가도 모를 분이 그분이셨다.

그런데 눈덩이를 굴리면 굴릴수록 더욱 커지듯이 어느 날 갑자기 그분이 인간을 어떻게 사랑하셨는지 보게 되었다. 나는 진심으로 찬미와 감사를 드리지 않을 수 없었다. 그동안 찬미와 감사를 해야 한다고 이론적으로는 알았지만, 실제로 마음에서 우러나와 찬미와 감사를 드려본 적은 별로 없었다.

사람은 연륜이 쌓이며 성숙할 때 비로소 깊이가 생기며 마음이 넓어지게 된다. 어른의 잣대를 아이에게 들이대며 내 마음 좀 알아 달라 강요한다고 해서, 그게 가능하겠는가. 이처럼 내가 스스로 깨 닫기 전에 수준 높은 하느님의 사랑을 예수님께서 강제로 알려주셨 더라면 나는 질려버리고 말았을 것이다.

"하느님은 이 세상을 극진히 사랑하신 나머지 외아들을 내주시어 그를 믿는 사람은 누구나 멸망하지 않고 영원한 생명을 얻게 하여 주셨다."(요한 3,16) "점진적으로 우리가 그분을 알아듣고 믿도록 그 래서 하느님의 사랑을 깨닫고 마음껏 찬양하도록 해 주셨다. 참으 로 인간에게 자비하시고 자상하신 하느님이시다."(요한 3,16-21)

초코파이 · 3.14 · π

칠판에 원을 하나 그려놓고, 그 옆에 3.14와 원주율 기호 파이π를 써 놓았다. 한 학생에게 하나 하나 짚어가며 이것들이 무엇이냐고 물었더니, 배가 고팠던지 초코파이라고 대답했다. "다른 것도 알고 있니?"라고 물으니 고개를 갸우뚱거리며 생소하다는 듯이 침묵했다.

인간이 추구하는 하위 가치가 먹고 마시며 잠자는 것임을 부인할 수는 없다. 그런데도 갑자기 학생의 답변에 씁쓰레한 느낌이 들었다. 아이들은 그렇다 치고 이순耳順을 사는 사람인데도 여전히 하위 가치 타령을 하는 것을 볼 때는 더욱 안타까운 느낌이 든다.

하위가치만을 추구하며 살아가는 사람은 '생명의 빵'이 갖는 의미가 무엇인지 도저히 감을 잡을 수 없을 것이다. 인간교육 중 가장 중요한 신앙교육은 '생명의 양식'이신 예수님을 통해 성숙해지고자 하는 줄기찬 노력이다. 또한 예수님을 통하여 하느님을 만나, 알아 뵙고, 하느님과 함께 이루어 가는 영적 성장의 과정이다.

"너희의 선생님은 그리스도 한 분뿐이시다."(마태 23,10) 우리의 유일한 스승이신 예수님은 말씀과 행동으로 자녀를 가르치면서 상위의 가치로 이끄신다. 우리도 성체를 모시다가 예수님이 '생명의 빵'이라는 것을 고백하게 될 것이다.

'생명의 양식'을 모신 덕분에 우리 영혼이 빛나면 가치는 상위로 상승하고, 나는 또 다른 '생명의 빵'으로 태어나게 될 것이다. 초코파이를 뛰어넘어 더 높은 가치로 상승할 때까지 '생명의 양식'이신 예수님을 더 자주 만나야 한다.

너희들, 정말 맛 좀 볼래

인간은 참 똑똑한 것 같은데 어리석다. 왜냐하면 늘 살고 나서 후회하기 때문이다. 자녀가 속을 썩일 때면, 아이를 원망하거나 혹은 부부가 서로 당신을 닮아 그렇다고 책임을 미룬다.

아이가 가출하고 등교 거부를 할 때면 부모의 고통은 극에 달한다. 부모는 자녀를 강제로 바로 잡으려 해보지만 아이가 변화할 리 없다. 부부학도 자녀교육론도 공부하지 않고 시집, 장가든 부모가 자녀에게 해 주는 것은 '해라', '하지마라' 라는 말 뿐이다. 그리고 대부분의 사람들이 말썽부리는 아이를 보면 문제아라고 단정부터 짓고 본다.

좀 다르게 생각해 보자. 자녀가 학교나 가정에 적응하지 못하는 것은 철부지 부모에게 성숙하게 변해달라고 보내는 사인sign이다. 이때 부모가 자녀를 남과 비교하여 말하거나, 실망스럽다는 듯이 비난의 말을 하게 된다면, 상처나 자살 충돌을 선물할 뿐이다.

아이는 외친다. "너희들, 정말 맛 좀 볼래?" 이것이 아이들의 솔직한 심정이다. 아이들은 부모를 변화시키려고 가출하고 등교 거부를 하는 것이었다.

자녀가 가져다 준 고통은 부모를 십자가에 매단다. 십자가를 관통한 부모는 자녀를 기다리고 칭찬하고 관심과 사랑으로 격려해주며 어깃장을 풀어야 한다. 부모는 자녀를 위해 십자가를 지고 사는 사람들이다.

하느님께서도 인류를 위해 생 속을 썩으시며 십자가를 지셨다. 그분이 십자가에 높이 올려질 때 비로소 어리석은 인간들은 깨닫는다. "참으로 이분은 하느님의 아드님이셨다."(마태 27,54)

부모님이 십자가에 들어 높여질 때 이 모습을 본 자녀는 또 다른 성숙한 어른이 되어 다시 자기가 낳은 자녀를 기를 수 있게 된다.

인생 역사가 그렇게 많이 지났는데도 여전히 되풀이 되고 있으니 참으로 어리석다.(요한 3,7,8-15)

나다, 두려워하지 마라

　지구 반대편에서 일어난 9·11테러로 많은 인명과 재산을 잃은 일에 대해, 사람들은 가슴 아파했다. 그러나 내 일처럼 심각하게 여길 수는 없었다. 이처럼 사람들은 남의 문제가 내 문제가 되었을 때 비로소 고통을 느끼게 된다.

　어느 한 가정이 있다. 아버지는 실직하고, 아이는 집과 학교 밖에서 서성이고, 엄마는 집안 살림 걱정으로 정신을 차릴 수가 없다. 큰 바람이 일고 높은 파도가 이 가정을 덮치려고 하는 것 같다.

　요즘 이러한 사정을 견뎌내지 못하고 이혼하는 가정이 얼마나 많은가. 그런데 이러한 고통의 위기를 맞이할 때, 누군가가 나를 위해 "나다, 두려워하지 마라."(요한 6,20) 라고 격려를 한다면 그것은 환희요, 기쁨일 것이다.

　하느님께 고통을 의탁하기로 결심한 아내는 분심 잡념을 떨치고 성당에 나가 레지오 활동을 하며 열심히 성체를 조배했다. 집으로 돌아와서는 실직한 남편의 어깨를 주물러주며 힘내라고 격려해 주었다. 그리고 왕따를 당해 집으로 피신 온 아들 녀석에게 "애야, 피하지 말고 당당히 도전해라"는 말로 응원해 주었다.

그렇게 3년의 시간이 흐르는 사이 아빠는 직장을 구했고, 아들은 힘든 과정을 잘 극복해 대학에 진학했다. 그들은 기도와 사랑으로 어려움을 이겨내어 이제 가족이 바라던 도착점에 오게 되었다는 것을 깨달았다.

고통에 굴하지 않고 주님께 기도한 덕분에 그분의 음성을 들을 수 있었고, 콩가루 집안이 될 뻔 했던 가정은 행복이라는 도착점에 안착할 수 있게 된 것이다. (요한 6,16-21)

더 큰 공부

수많은 청년들이 있다고 해도, 그 중에서 신자다운 신자를 만난다는 것은 쉬운 일이 아니다. 요즘 부모들은 자녀를 공부시킬 욕심으로 중학교 졸업과 동시에 신앙교육도 졸업시켜버린다.

이렇게 시작한 냉담은 대학을 졸업하고 난 후에도 이어진다. 그러나 구직란에 '신자를 찾는다'는 문구를 넣어 광고를 내면, 그 자녀들이 교적*을 들고 나타난다. 그리고 취직은 하고 싶지만 신앙의 흔적이 전혀 보이지 않으니 자기도 미안한지 머리를 긁적인다.

몇 년째 신앙을 반납해 버린 덕분이다. 그 청년은 불이익에서 벗어나려고 애써보지만 때가 너무 늦었다. 생명의 성장과 성숙은 매 단계를 정성껏 거치지 않으면 언젠가는 심각한 손상을 입는다는 것을 알 리가 없다.

부모는 자녀가 말 잘 듣고, 책상머리에 하루 종일 붙어 있으면 착한 아이로 여긴다. 하지만 자녀가 성당에서 친구들과 하루 종일 지

---

* 교적 : 가톨릭 신자의 소속을 밝히는 등록 문건

내는 것은 불안해한다.

또 자녀가 배낭을 메고 '세상은 넓고, 할 일이 많다' 는 것을 몸소 체험하기 위해 쏘다니면, 부모는 속에서 불이 난다.

그런데 어느 날인가부터 부모가 착하다고 생각한 아이가 점차 사회에 대한 적응력이 떨어지고 시야도 좁아져 실패를 경험하게 된다. 그러면 부모는 돌변한다.

"너는 왜 바보 같이 그것도 못하냐?"며 그동안 해왔던 칭찬과 전혀 다른 질책을 자녀에게 던진다. 언젠가는 자녀를 보고 '착한 아이' 라고 하더니, 이번에는 똑같은 상황인데도 '바보' 라고 야단을 치는 것이다. 이런 부모의 이중적 태도에 청소년들은 중심을 잡지 못한 채 갈등하고 고민한다.

자녀가 공부를 열심히 하도록 이끌어 주는 것은 부모가 당연히 해야 할 일이다. 하지만 너른 세상을 통하여 좋은 경험을 쌓고 발전해 가도록 도와주는 것 역시 부모가 해야 할 일이다.

"썩어 없어질 양식만을 위해 공부시키는 것, 이것은 진정한 교육이 아니다. 길이 남아 영원한 생명을 누리게 하는 양식도 풍성히 얻으려 힘쓰는 것은 더 큰 공부이니라."(요한 6,27)

나자로야, 이리 나오너라

"나는 부활이요, 생명이다. 나를 믿는 사람은 죽더라도 살고 또 살아서 나를 믿는 사람은 죽더라도 살고, 또 살아서 나를 믿는 모든 사람은 영원히 죽지 않을 것이다."(요한 11,25-26)

죽음 후 이미 부패가 진행되고 있어서 더 이상 생명을 가진 자라고 할 수 없는 절망의 나자로를 향해 예수님은 "나자로야, 이리 나오너라"하고 명령하신다. 그러자 나자로는 곧 무덤에서 살아나온다. 또 예수님께서는 나자로의 죽음을 슬퍼하며 절망으로 치닫는 사람들에게, "그 병은 죽을 병이 아니라 하느님의 영광을 위한 것입니다"(요한 11,4)라고 말씀하신다.

새 학기가 시작되어 고등학교에 갓 입학한 새내기 학생들의 모습을 보면 영 서툴고 어색하다. 그리고 장난기 가득한 꾸러기들이 힘의 우위를 놓고 탐색전을 벌이고 있는 그 속에서 긴장된 표정이 묻어난다.

이 철부지들은 윤리다, 도덕이다 하는 불편한 단어보다 자기 목소리를 내며 우위를 확보는 것이 더 중요하다. 이는 아이들이 성장하는 과정에서 피할 수 없는 한판 승부이기도 하다.

학교는 3월의 날씨처럼 변덕스럽다. 잔잔한 호수처럼 편안하기도 하고 가끔 강풍이 이는 것 같기도 하다. 또 뿌연 황사로 뒤덮인 것 같은 학생들의 마음을 읽지 못해 어른들이 힘들어하기도 한다.

입학하자마자 여러 아이들이 한 아이를 놓고 자기들을 비난했다며 외톨이로 만들었다. 마음이 버거워진 외톨이는 엄마에게 학교에서 있었던 일을 생중계했다. "엄마, 아이들이 나를 따돌렸어. 너무 힘들어."

다수로부터 상처받은 자녀가 염려되어 엄마는 학교를 신뢰하지 않고 전학하기를 바랐다. 입학한지 일주일밖에 안됐는데 제대로 한 번 이겨내 보지도 않고 단념하겠다는 절망적인 말을 들었을 때, 나는 황당함을 느꼈다.

그럴 때 내가 그런 부모의 결정을 앞에 두고, '그렇게 하라'며 존중하듯이 일축해버릴 수도 있다. 그러나 그렇게 하는 것은 내 역할이 아니다. 그래서 나는 학교를 믿고 다함께 이 어려움을 극복해보자며 열심히 부모를 설득한다. 그 과정에서 외톨이 학생의 부모가 자기 자녀만 두둔하고 동료 아이들을 탓하는 듯한 느낌이 그대로 내게 전해져 와서 씁쓸할 때가 많다.

학생의 결정은 그렇다 치더라도, 자식 말만 듣고 쉽게 전학을 결정한 부모를 나는 나무라고 싶다. 부모는 자기 자녀에게 분명하게 말했어야 했다. "애야, 이 병은 죽을 병이 아니다. 참아보렴."

때론 피하고 싶을 만큼 견디기 어려운 상황이라 하더라도 부모는 자녀의 성장을 위해 적극적으로 공동체와 부딪쳐보라고 권해야 한다. 어려움을 견뎌내며 지내다 보면 어느 사이에 적응해 인간관계도 좋아지고 성숙해질 테니까 말이다. 이 결과는 하느님께 영광이 되고 자신에게도 영광에 이르는 지름길이 되어줄 것이다.

부모는 자녀의 일을 어느 정도 모르는 척하며 지낼 필요가 있다. 성장통을 홀로 꿋꿋하게 겪어낸 자녀가 아름다운 모습을 보여줄 때 비로소 '아, 이는 과연 죽을 병이 아니라 하느님의 영광을 위한 것'이었음을 깨닫게 될 것이다.

신앙인들이 생명과 죽음의 주관자이신 예수님을 신뢰하고 사는 것처럼, 자녀를 학교에 맡긴 부모라면 '사랑의 학교'를 신뢰하며 살아야 한다. 자신과 학교를 믿고 노력할 때, 자녀도 부모도 다 함께 생명의 부활을 노래할 수 있을 것이다.

부모들이 아이들 문제에 있어서 보다 성숙한 판단을 내리기 바란다. 부모가 자녀를 사랑하는 것은 당연하다. 하지만 사랑이 지나쳐 자녀를 학교 밖으로 꺼내어 가는 것은 하지 말기 바란다.

절망에 선 사람에게 "나자로야, 이리 나오너라"라고 말씀하심으로 생명이 되어주신 구세주 예수님처럼 나도 그들 부모와 자녀를 열린 세상으로 불러내오고 싶다. 그리고 그들 모두에게 지금 겪고 있는 일이 죽을 병이 아니라는 것과 이는 '하느님의 영광'을 노래하는 과정이라는 것을 알려주고 싶다.

희망의 줄

주일 아침이다. 어제 부모님들과 나눈 대화를 떠올리며 미사 강론을 했다.

"아버지께서는 다른 보호자를 너희에게 보내시어, 영원히 너희와 함께 있도록 하실 것이다."(요한 14,15)

예수님은 이 세상을 떠날 때가 가까워지자 아직 믿음이 부족한 제자들에게 보호자, 진리의 영을 보내주시겠다는 희망의 말씀을 들려주신다. 예수님께서는 그들이 부활에 대한 확신이 부족하다는 것을 알고 계시기에, 이번에는 확증을 굳힐 수 있는 희망의 메시지를 주시려는 것이다.

이 얼마나 하느님께 대한 든든한 희망인가. 인간이 하느님께 대한 신뢰가 부족하면 할수록 더러운 영이 작용을 하게 된다. 마귀는 인간이 하느님으로부터 멀어졌다고 여겨지면, 희망의 줄을 철저하게 끊어버린다.

부모는 자녀에게 희망이다. 그래서 희망이 되어주어야 한다. 부모들과 이야기를 나누다보니, 부모들이 자녀에게 갖고 있는 희망이 부족하다는 것을 느꼈다. 가끔은 자녀에 대해 거의 절망적일 때도 있었다.

어떤 부모들은 서슴없이 절망적으로 말한다.

"아이가 변하지 않아요." "컴퓨터 중독이에요." "놀기만 해요."

이 부모님들은 자녀에 관해 매우 부정적이다. 그래서 만날 때마다 끊임없이 답답한 속내를 드러내고 있다.

부모님들 마음에 진리의 영이 살아 있어야, 자녀들의 미래를 꿈꾸며 희망의 줄로 연결을 해 줄 수 있을 것이다. 그래서 나는 부모님들에게 일관되게 말한다.

"자녀는 훌륭하게 변할 것입니다."

이 말 속에는 부모가 자녀에게 끝까지 희망의 줄이 되어 주어야 한다는 뜻이 담겨져 있다. 부모가 얼마나 안달하고 참지 못했으면, 자녀들이 희망의 끈을 놓아버리게 되었을까 싶으니, 걱정스럽고 안타깝다.

부모는 자녀에게 종합적인 미래를 그려주며 풍요로운 생명이 되도록 '비난' 보다 '칭찬' 을 많이 해주어야 한다. 마귀 두목은 인간에게 다가와 하느님께로 향하는 희망의 줄을 모두 끊어 놓는다. 그것은 아주 달콤한 유혹으로 덧발라진 칼이어서, 그 칼날이 희망을 싹둑 잘라버리게 되는 것이다.

이처럼 마귀란 놈은 어른들 마음속에 들어와 성장하는 어린 생명에게 비난의 화살을 쏘게 하여 하느님과 연결된 희망의 줄을 철저히 끊어 놓는다. 그리고 쾌재를 부른다.

주님이신 예수님은 이 세상에 오셔서 인간 생명을 하느님의 생명이 되게 하기 위하여 끊임없이 희망의 줄로 연결시켜주셨다. 그리고 그럴 때마다 마귀의 권세는 더욱 커졌다. 십자가에서의 죽음으로 하느님께 향하는 희망의 줄을 끊어 놓으려고 한 것이다.

그러나 예수님은 우리에게 부활을 보여주셨고 이제 보호자이신 성령을 보내주시겠다고 하시니 얼마나 희망적인 말씀인가. 구원에 이르는 생명의 길이신 예수님은 성령을 통하여 인간의 마음 안에 생생하게 살아나 희망이 되어주시려고 한다.

학부모들도 자녀에게 희망의 줄이 되었으면 좋겠다. 그리고 자녀가 빨리 변화되었으면 하는 막연한 기대보다, 성령을 통하여 종합적으로 생각하기 바란다. 자녀를 믿고 기다림으로써 그들이 부모를 신뢰할 수 있도록 하는 것이 무엇보다 중요하기 때문이다.

생명의 관리자

생명에 대한 종합적인 인식과 사고가 확보되어 있을 때 생명은 잘 자라나고 풍요로운 결실을 맺게 된다. 생명에 관해 잘 모르는 사람이 꽃집 앞을 지나가다가 아름다운 꽃들을 보고 반해 몇 포기 사 들고 와서 화분에 심었다. 봄인데도 초여름 더위처럼 기승을 부려서인지 화초는 빛을 보지 못한 채 며칠 안 가서 말라버렸다.

'아차!' 싶어 시드는 정도가 심한 화초부터 물을 주었지만 안타깝게도 더 이상 생명이 회복되지 않았다. 잘 키워보겠다는 작은 소망을 갖고 있었지만 생명을 관리할 줄 몰라 화초가 죽고 만 것이다. 이처럼 생명을 관리하는 사람은 종합적으로 생명을 키울 줄 아는 실력자여야 한다. 생명 가꾸기는 장난이 아니기 때문이다.

농촌에서 방사하여 기르던 암탉이 병아리를 품은 채 아이들의 요구로 학교에 이사를 왔다. 며칠 지나지 않아 어미 품에서 병아리가 제법 자라게 되자, 어미 닭은 병아리를 남겨둔 채 3층 좁은 공간을 박차고 비상했고, 병아리만 남게 되었다.

그렇게 되자 병아리들이 주변에 잘 가꾸어진 화초를 사정없이 쪼

아대어 눈 깜짝할 사이에 화분을 볼품없이 만들어버렸다.

어미 닭은 어미 닭대로, 붙잡아서 닭장에 넣어주었더니 원래 있던 닭들에게 왕따를 당해서인지 힘이 없어 보였다. 어미 닭과 함께 병아리를 넣어주었더라면, 그리 심하게 왕따를 당하지 않았을 것 같았다. 그리고 병아리들도 어미 닭의 기운을 받아 튼튼하게 자랐을 것이다.

그런데 혼자가 된 어미 닭은 왕따를 당해 비실거리고, 엄마 잃은 병아리는 주변의 화초를 다 망가뜨려 눈살을 찌푸리게 하니, 모든 생명의 앞날이 불투명하다.

함께 공존하는 생명인 식물도, 어미 닭도, 병아리도 건강하게 살아가려면 이들을 관리할 '생명 관리자'가 필요하다. 나는 병아리를 맡아 키우는 생명의 관리자에게 말했다.

"화초용 닭이 아니라면, 그놈들이 행복하게 살던 시골로 다시 보내주세요. 생명을 기른다는 것은 장난이 아니지요. 생명에 관한 일은 오랜 경험에서 얻어진 종합적인 사고가 필요합니다. 아이들이 힘든 이유는, 생명의 관리자인 부모나 교사의 능력이 많이 부족하기 때문에 그런 것 아닌가요? 전체를 모르면서 부분만을 가지고 생명을 관리한다면 심각한 오류가 발생할 수밖에 없습니다."

예수님은 "나는 길이요, 진리요, 생명이다. 나를 통하지 않고서는 아버지께 갈 수 없다."(요한 14,6)라고 말씀하셨다. 예수님은 창조주 하느님이신 동시에, 인류를 구원으로 이끄시는 생명의 관리자이시다. 그래서 인간 생명이 영원한 생명이 되어 구원에 이르게 하시는 분은, 바로 예수님 한 분뿐이시다.

생명에 대한 종합적인 인식과 사고를 갖지 못해, 부분적으로 말하고 행동하는 생명관리자는 그저 모진 생명을 이어나갈 뿐이다. 하지만 길이요, 진리이며 생명이신 하느님을 모시고 사는 생명의 관리자는 반드시 아름다운 생명을 키워갈 것이다.

엠마오로 가던 제자들

'그래도 나는 돌아가고 싶지 않다. 아무리 절망적일 때라도 나는 원점으로 돌아가고 싶지 않다.' 이런 마음을 갖고 있다면, 이러한 도전정신은 큰 축복이며 은혜를 입은 것이라고 할 수 있을 것이다.

그런데 제자들은 예수님의 십자가 고통이 너무나 크게 느껴졌다. 십자가상의 죽음을 지켜 본 제자들은 그분에게 대한 희망을 다 잃어버리게 된 것이다.

그래서 두 제자는 깜깜한 절망 속에서 삶 전체를 원점으로 돌려 보겠다는 생각에 엠마오로 향하는 낙향을 선택한다. 얼마나 절망적이었으면 그랬겠는가?

부활하신 예수님은 그런 제자늘과 동행해 주시며 희망의 줄을 다시 놓아주신다. "무슨 이야기냐?" 다정하게 함께 걸어가며 말씀해 주시고, 그들과 함께 마주한 식탁에서 빵을 떼신다.

말씀의 뜨거운 감동으로 마음이 열리고, 식탁에서 빵을 떼실 때는 눈이 열려 부활하신 예수님을 볼 수도 있었다. 그것은 제자들에 대한 예수님의 배려였고, 희망이었다.

두 제자는 그 순간 낙향을 접고 그분의 삶을 따르고자 복귀한다. 그리고 부활의 목격 증인이 된 제자들은 평화의 도시 예루살렘으로 되돌아간다. 이것이 바로 예수님의 부활과 승천 사이에서 일어난 제자들의 부활 체험이다.

하느님이 계시다는 것을 믿고, 예수님의 부활을 확신하며, 성령께서 역사하신다는 것을 뜨거운 감동으로 느끼게 되었기에, 그것은 가능했다. 주님께서 그 모든 것을 알게 해주시므로, 우리는 절망 속에서도 새롭게 태어난다.

그러므로 신앙인들은 긴 터널 속을 지나가듯이 끝이 보이지 않을 때라도 결코 낙심해서는 안 된다. 부활하신 예수님을 만난 후 예루살렘으로 되돌아가는 두 제자들처럼, 하느님의 자녀가 된 우리도 예수님에 대한 희망을 버리지 않아야 한다. 하느님을 향해 도전하지 않고 옛 삶으로 복귀한다면, 우리는 그 희망의 줄을 영원히 놓쳐버리게 될 것이다.

'신대륙 발견'은 탐험가들이 자기 생각에서 탈출하였기에 가능했다. 베이컨의 '동굴의 우상론'처럼 우물 안 개구리 신세가 되었더라면, 진리의 세상은 끝내 문이 닫혀버렸을 것이다.

우리 신앙인들은 희망을 주시는 분이 계시기에, 실망했다 하더라도 다시 도전을 해야 한다. 그리고 끊임없이 하느님을 향하고 있는 생명이 될 수 있도록 살아가야 한다.

우리 2기 졸업생 중에, 세계 명문 대학 중의 하나로 손꼽히는 호주 멜버른 의대에 다니는 학생이 있다. 그는 배낭여행을 하며 더 높은 이상과 목표를 위해 살아야겠다는 생각을 하게 되었다고 한다. 그리고 그 생각을 행동으로 실천하게 된 것이다.

그 학생은 과거에 자신이 갇혀 있던 작은 사고思考의 틀에서 벗어나, 지금 미지의 세계를 향해 큰 그림을 그리고 있다. 힘들 때마다 몇 번이고 회귀하고 싶었겠지만, 신앙인인 그는 하느님을 향한 희망의 끈을 놓지 않았다.

젊은이들은 특히, 엠마오로 낙향을 하려고 해서는 안 된다. 미래를 향해 나아가야 한다. 자신만의 좁은 세상에서 벗어나 하느님께서 마련하신 경이로운 세상으로 나아가야 한다. 부활은 우리 삶의 목표이다. 또한 모든 인간이 그리고 있는 희망의 목표점이어야 할 것이다.

온실 속의 어린 싹

온실에서 길러진 묘는 포장圃場*으로 이사 가서 살아야 한다. 더 큰 포장으로 나가야만 더 크게 성장할 수 있기 때문이다. 온실의 꽃이 가냘픈데 비해, 포장에서 피어난 꽃은 빛깔도 선명하고 튼튼해 더욱더 빛이 난다. 이와 마찬가지로 고산지대에 피어난 꽃들이 벌나비를 끌어들일 수 있는 것도, 자연에 점차 적응해가며 발산하게 된 꽃향기가 강렬해서일 것이다.

"인간은 사회적 동물이다." 이는 아리스토텔레스의 말이다. 그는, 인간의 목적은 행복 추구에 있다고 보았다. 그리고 우리가 행복하게 사는 길은 우리 능력을 잘 계발하고 연습하는 것이라고 했다. 또한 제멋대로 방종하며 자기주장만 일삼는 것도 타인과의 갈등을 불러일으키지만, 지나친 억제 또한 나쁘다고 주장했다.

그래서 그는 '중용'이란 카드를 꺼내 들었다. 사회 속에서 바르게 살아가며 균형 잡힌 인성을 유지할 때, 인간은 행복을 만들어 갈 수

---

* 포장 : 논밭과 채소밭을 통틀어 이르는 말

있다는 것이다.

기숙사 학교에서 학생들은 서로 부딪히며 성장해 간다. 약자는 강자가 되는 법을, 강자는 약자를 돌보는 법을 배우게 된다. 그런 과정을 통해 행복이라는 추상적인 단어가 그들 안에서 구체적으로 생생하게 이루어진다.

내가 공동체 안에서 자신감을 갖고 있을 때는 별 문제가 없다. 그러나 내가 약자일 때는 나를 귀찮게 하는 강자들이 몹시 성가시다. 그래서 의도적으로 그들을 피해가려고 애를 써보기도 한다. 그러나 강자들이 무조건 나쁘기만 한 것은 아니다. 때로는 나의 성장을 위해 필요한 존재이기도 하다.

억센 친구 몇 명이 기숙사에서 약자들을 두고 장남삼아 괴롭혔다. 그러나 받아들이는 약자의 입장에서는 그 전해져 오는 강도가 너무 강해 충격으로만 느껴진다. 그럴 때 약자들은 학교를 피해 온실 같은 집으로 피신해버린다. 그리고 현실도피라 할 수 있는 '전학轉學'이란 카드를 꺼내든다. 전학을 한 후 상황이 악화되자 이번엔 마지막 카드인 '검정고시'로 마음을 바꾼다.

학교는 이런 일들을 자주 경험하고 이런 행동의 결과를 알고 있으므로 부모와 학생의 생각을 바꿔보려고 노력한다. 이럴 경우 어떤 학부모는 자기가 교육박사처럼 행세하며 교사들의 말을 일축해버리기도 한다.

집에 가고 싶어 하는 아이의 표정을 보며 마음이 약해지는 아버지에게 나는, 아이를 학교에 남겨두고 과감히 혼자 돌아가라고 조언했다. 그러자 아들은 아버지에게 집으로 자신을 피신시켜달라고 애절한 신호를 보낸다. 나는 그 아버지가 자녀에 대해 어떻게 처신할지 낌새를 눈치 채고 과감하게 아버지에게 말했다.

"가물 때 식물에게 물을 주면 금방 싱싱해지지만, 영영 회복이 되지 않는 경우도 있습니다. 지금 댁의 자녀는 그 한계점에 놓여있습니다. 지금 당신의 아이가 집으로 피신을 가게 된다면, 자녀의 성장은 끝내 멈춰버리고 말 것입니다.

댁의 자녀가 건강한 성장을 계속하기를 원한다면, 자녀를 학교에 남겨두고 돌아가십시오. 아버님은 훌륭한 엔지니어라 공장을 맡을 수는 있겠지만, 자녀 교육은 저희가 맡습니다. 우릴 믿고 제발 좀 돌아가 주세요!"

그 아버지는 학교의 입장을 받아들여 집으로 돌아갔고, 이제 1주일이 지났다. 아이는 공동체 속에서 예전처럼 행복한 표정으로 싱싱하게 지내고 있다.

온실 속의 어린 싹은 포장으로 옮겨져야만 더 큰 적응력을 갖게 된다. 포장으로 나가는 것을 포기하고 온실이 그리워 돌아가게 된다면, 그 생명은 성장의 한계를 맞게 될 것이다. 학생들이 기숙사 생활 속에서 친구들과 부딪히게 될 때에도, 당당히 맞서서 자신을 가눌 수 있게 되기를 바란다. 그래야만 미래에 행복한 삶을 맛보며 살아갈 수 있게 될 것이다.

좋은 학교 양업

"우리들이 버린 학생들, 그런 학생들을 위한 학교는 안 됩니다!"

교육계 전문가들로부터 절망적인 말을 들으며, 학교가 태어나고 나서도 2년 동안은 고통스런 산고를 겪어야 했다.

그리고 천신만고 끝에 땅을 파고 기초를 놓으며 한 층, 한 층 건물을 지어나갔다. 학생들이 공부할 건물을 짓던 몇 해는 참으로 힘들었는데, 어느새 개교 10주년이 되었다.

우리는 밥 먹을 숟가락 하나, 퍼 담을 그릇 하나 변변한 것 없이 학교를 시작했다. 정말 가난했다. 지금은 아름다운 추억으로 여겨지지만, 그때는 왜 그리 서럽고 어설프고 배가 고팠던지… 거지가 깡통을 들고 문밖에 서 있으면 먹을 것을 담뿍 채워주던 나의 어린 시절처럼, 우리도 본당 근처를 서성이면서 밥그릇을 풍성히 채워 얻기도 했다. 생각해보면 행복한 순간들이었다.

물론 힘들었던 때도 많았고, 숱한 사건 사고도 있었다. 학교가 개교를 하고 6개월 되던 때의 일이다. 학교 앞 냇물은 비로 만수위가 되어 힘차게 소용돌이 치고 있었다. 학생들은 그 냇물을 헤엄쳐 갈 수 있다며 폼을 잡았고, 급물살에 빠져버리고 말았다. 하마터면 죽었을지도 모를 일이었다. 다행히 아이들은 냇가 한가운데 섬처럼 드러난 모래톱 위에 기어올라 기적처럼 살았다.

이러한 악재의 소식은, "그래, 네가 그 일을 하겠다고?"하는 빈정거림과 함께 나에게 돌아왔다. 만일 그놈들이 헤엄치다 익사해 실종되어 버렸더라면…? 나는 지금 이 글을 쓸 수 없을 것이다. 지금도 기억조차 하기 싫은 끔찍한 일이다.

'너희가 우릴 사랑한다고?' 라며 코웃음을 치던 아이들이 '정말 우리를 사랑하나 보자!' 하며 매일 시험하듯 선생님들을 골탕 먹였다. 하지만 그런 고비를 넘기고 또 넘기며 학생들은 우리를 인정하고 존중해주기 시작했다.

나는 담배도 맘껏 태우도록 허용했으며 술도 때론 함께 먹었다. 그들에게 즐거움이라고는 책이 아닌 담배와 술이었기 때문이었다.

그런 학생들이 점점 변해갔다. 처음에는 선배들이 후배들을 때리고 돈을 빼앗기도 했다. 후배들은 그런 선배들에게 절절매며 힘들어했다. 하지만 선배들이 졸업하며 조금 나아지고, 또 다음 선배들이 졸업하며 조금 더 나아졌다. 그렇게 몇 해가 지날 무렵, 그들 스스로 암병동 같은 '흡연터'를 없애버렸다.

폭력도 잠잠해졌다. 교사들이 흡연터를 강제로 없애버렸다면, 교사와 학생들은 팽팽히 평행선을 그었을 것이다. 하지만 학생들은 경험이 쌓이고 철이 들면서 건강한 학교가 필요하다는 생각을 스스로 할 수 있게 되었고, 자발적으로 흡연터를 없애버렸다.

이제 누가 보아도 '폭력 없는 학교', '무단결석 없는 학교', '낙오자 없는 학교'인 '좋은 학교 양업'이 되었다. 이는 "사랑으로 마음을 드높이자"는 교훈이 실효를 거둔 것이다.

지금 우리 학교 아이들은 '자기를 존중하며 남을 배려하는 학생'이 되었다. 또한 '좋은 선택을 하고, 잘못된 선택을 했을 때는 응분의 책임을 지는 학생'이 되었다. 뿐만 아니라 '인성교육으로 학업 성취도를 높이며 당당하고 훌륭하게 살아가는 학생'들로 자리 잡았다. 매년 우리 학교 입학 경쟁률이 5대 1을 넘고 있다는 것이 이 모든 것을 증명해준다.

교사들은 끝없이 인내하며 학생들을 기다려 주었고, 그 덕분에 학교는 자리를 잡을 수 있게 되었다. 그런데 요즈음은 우리도 공교육 교사들처럼 욕심이 생겨 조급해져가고 있다. 뿐만 아니라 학부모도 욕심을 부린다. 그래서 솔직히 옛날처럼 재미가 있지는 않다.

사실 이런 흔들림은 어쩌면 10주년을 맞으면서 자연스럽게 일어나는 현상일 수도 있을 것이다. 10년 역사 안에서 '좋은 학교 양업'의 모습을 보고, 지나온 고통이 일궈낸 부활을 다시 한 번 생각하며 마음을 다잡아본다.

그동안의 견디기 어려운 고통들이 학생을 키웠고, 교사를 키웠으며, 학부모를 키웠다. 그리고 교장도 키웠다. 참으로 은혜롭고 행복하며 감사한 일이다.

잘 갖춰진 아름다운 학교, 교육철학이 제대로 세워진 학교, 교사와 학부모·학생이 협력하는 학교, 무질서 속에 질서가 잘 잡혀진 우리 학교는 이제 어디에 내놓아도 떳떳하고 당당하다.

졸업생들이 찾아와 희로애락을 이야기하면 나도 덩달아 행복하다. 그렇게 절망적인 아이들이었는데, 그 아픈 옛 모습이 다 죽고 생생하게 부활한 모습을 보고 있으면 참으로 뿌듯하다.

10주년을 맞이하며 삶을 흔들어 깨워야겠다는 생각이 든다. 하느님께 대한 감사, 수많은 은인들의 사랑에 대한 감사, 소명을 끊임없이 가꾸어 가야 한다는 열정…. 가난한 시절에는 모든 것이 부족했기에 나는 찾아 얻으려고 기를 썼다. 이제 그 마음을 다시 꺼내어 불을 지펴야겠다. 그리고 가난한 자의 초심으로 돌아가야겠다.

나아가 교육 대안을 끊임없이 연구하며 만들고 확고한 교육철학을 세워, 명문 대안학교로의 자리를 굳건히 해야 할 것이다. 그래서 세상 안에서 '좋은 학교 양업'이 성장할 수 있도록 노력해야 하겠다. 모든 분들께 깊은 감사를 드리며 하느님께 축복을 청한다.

다시 그들과 함께 빛이 되어

하느님의 도우심과 사랑하는 분들의 정성이 합쳐져서 또 한 획을 그었습니다. 시간을 쪼개어 찾아주시고 마음으로 기도해 주신 모든 분들에게 감사드리지 않을 수가 없습니다. 그 고마움을 간직하며 나도 열심히 마음을 쪼개어 나누어드리려고 합니다.

아이들은 행복하게 떠났습니다. 축하해주던 온기가 교정 가득히 남아 있고, 보내주신 화분과 화환들이 텅 빈 교정을 대신 지켜주고 있습니다. 언젠가 성당 유치원 선생님들이 정든 아이들을 떠나보내는 날 돌아서서 많이 울던 모습을 보았는데, 이제 제가 그렇게 되어 버렸습니다.

그동안 고운 정, 미운 정 다 든 탓인지 아이들은 늦도록 학교를 떠나지 못했습니다. 고맙다며 몇 번이고 되돌아와선 응석받이 어린 아이처럼 기대기도 했습니다. 그러는 아이들을 먼저 보내고 나서, 학부모들과 선생님들이 한자리에 앉아 이야기꽃을 피우며 술잔을 건넸습니다.

그런데도 학부모들은 못내 아쉬운 무엇인가가 남아있는지, 노래

방에서 선생님들과 함께 어울리기도 했습니다. 덕분에 그동안의 응어리진 마음이 씻은 듯이 사라졌습니다. 신자들의 숱한 고백을 들은 고해 사제의 마음을 앙금 없이 씻어주시는 하느님의 은총처럼, 마음 안에 남아 있던 아이들에 관한 모든 부정적인 흔적까지 말끔히 다 씻겼습니다.

하느님께서는 우리를 얼마나 사랑하시는 걸까요. 그분은 모래알처럼 촘촘히 박혀 살아가는 인간을 "극진히 사랑하신다."(요한 3,16)고 말씀하셨습니다. 그럼 '극진히'는 어떤 뜻인지 다시 또 생각해 봅니다. 그것은 대상으로부터 눈을 떼지 않는 '지극한 정성'이 아닐까요?

하느님은 식물도, 동물도, 인간도 모두 한결같이 풍요롭게 살아가기 원하십니다. 한 번 눈을 떼면 말라버리는 식물처럼, 인간 생명도 마찬가지입니다. 눈에서 멀어지면 시들고 말라버려 급기야 죽어버리는 생명입니다.

'구체적'이란 말도 생각해 봅니다. 그것은 스쳐 지나가는 일상적인 만남이 아니라, 서로 친밀하여 속까지 훤히 꿰뚫어본다는 의미일 것입니다. 우리는 살아가면서 서로에게 얼마나 구체적이었을까요? 혹시 사무적이거나 일상적이지는 않았나 깊이 반성해봅니다.

사람들은 서로 사랑하지 않기 때문에 시들었고, 괴로워서 괴성을 질렀습니다. 하지만 학생들과 우리 교사들은, 만나서 극진히 그리고 구체적으로 친밀하게 사랑했습니다.

주님께서 우리를 바라보실 때는 어쩌면 우리가 힘들어 보였을지도 모르겠습니다. 그러나 우리는 힘들지 않았고 응어리진 마음도 갖고 있지 않습니다. 힘이 들었다면, 생명을 일으키려 하다가 오히려 병을 얻게 되었을 것입니다.

주님의 도우심과 많은 이들의 사랑하는 마음이 있기에 우리는 계속하여 풍요로운 생명을 간직하고 에너지를 나누어 줄 수 있습니다. 또 지금 아이들이 떠난 자리에 또 다른 아이들이 찾아오면 다시 그들과 함께 빛이 되어 살 것입니다.

사랑하고 존경합니다.

'양업' 10주년을 지내며

신록의 계절이며 성모님의 달인 5월을 새로이 맞이했습니다. 지난 4월, 하느님께서는 침울했던 겨울 산을 연두색 봄빛으로 채색시켜 주셨습니다. 그리고 이제 5월을 맞아, 푸른 신록처럼 젊게 한 달을 시작하려고 합니다.

세상을 온통 파란 풀밭으로 꾸며주시고, 이 몸 편히 쉬도록 뉘여주신 하느님의 사랑에 깊이 감사드립니다. 대안학교 '양업'의 개교 10주년이 막 지났습니다. 엊그제 같이 느껴지는 시작이었는데, 벌써 10년이 지났다니 전혀 실감이 나지 않습니다.

모든 게 어설프고 가난했지만, 무척 행복한 시간이었습니다. 주님께서는 10년 동안 한결같이 저의 다정한 친구가 되어주셨습니다. 그래서 '양업'은 결코 외롭지 않았으며 늘 행복했습니다.

10년 전, 이 학교에 몸담고 있으며 응석을 부리던 철부지 학생들도 이제는 철든 어른이 되어, 실한 나무들처럼 사회 속에 뿌리를 내리고 있습니다.

지난날 나를 괴롭혔던 졸업생들이 10주년을 경축한다며 학부모들 손을 잡고 양업 동산에 모였습니다. 얼마나 반갑던지 그들 하나, 하나 포옹을 해주었습니다.

하느님께서 마련하신 파란 풀밭에서 생명을 가꾸던 그들이 마음 모아 감사미사를 드렸습니다. 존경하올 장 가브리엘 주교님과 사제단, 그리고 여러 내빈을 모시고 드리는 감사의 미사는 가슴 벅찬 시간이었습니다.

10년 전 처음으로 만났던 학생들이 10주년을 경축하는 양업 모교에 찾아와서 저에게 보은하는 마음으로 전해준 선물은, 새롭게 볼 수 있는 환한 얼굴과 감사하는 마음이 가득 담긴 대화였습니다.

"저는 이곳에서 너무나 큰 사랑을 받았습니다. 부적응 학생들이 다니던 수용의 대안학교였는데, 이제는 교육철학이 분명한 대안교육의 장이 되었습니다. 학생들을 섬기며 희생으로 보듬던 선생님들이 너무 고맙습니다.

하위의 가치와 목표로 선생님들을 힘들게 했는데, 상위의 가치와 목적으로 이끌어주신 선생님들께서 왜 우리를 자유롭게 해 주셨는지, 이제야 알겠습니다. 우리는 자유 안에서 책임을 배웠고, 제 자신을 통제하는 자발성을 얻게 되었습니다.

선생님들은 저희들에게 지시, 명령, 강제, 비난, 설교 등으로 간섭하지 않았고, 자발성을 통해 미래를 선택하고 결정해 넓은 세상을 향해 나아갈 수 있도록 키워주셨습니다. 그리고 저희가 지겨운 곳으로 여기던 교실에서 세상 밖으로 이끌어내어, 교육적 경험을 쌓을 수 있는 '삶의 교육'을 실현해 주었습니다.

기숙사에서 지내야 했던 3년은 너무나 힘들었고, 수직적인 선후배 사이의 인간관계 또한 힘들었습니다. 그렇지만 그 생활 덕분에 저희는 당당하게 살아갈 수 있는 사회성을 기르고 공동체 정신을 익힐 수 있었습니다.

'양업'은 학부모와 교사가 저희들을 사랑으로 드높인 사랑의 학교입니다. 10년 동안의 인간교육은, 즐거움의 대상인 담배와 술을 없어지게 했고, 학생들이 옆구리에 교과서와 책을 들고 다니는 모습을 볼 수 있게 해 주었습니다. 새벽 동트는 시간까지 불을 밝히고 공부하는 후배들의 모습이 정말 아름답고, 행복해 보입니다."

헤어질 시간이 되었습니다. 그들의 환한 얼굴을 나는 다시 한 번 더 바라봅니다. 그때는 힘들었지만, 지금은 헤어져야 하는 이 자리가 못내 섭섭합니다.

분명한 것은, 그들은 착해빠진 마마보이도 아니었으며 맹목적으로 살아가는 철부지도 아니었다는 것입니다. 끼가 많고 배짱이 두둑한 똑똑한 아이들이었으며 당당히 미래를 선택하고 결정할 줄 아는, 제법 철학적인 아이들이었습니다. 그런 아이들을 '문제아'라고 치부했던 어른들이 부끄럽습니다.

그들이 있었기에 '양업'은 한국 대안교육의 중심으로 우뚝 설 수 있었습니다. 개교 10주년을 맞이해 그들에게 고마움의 인사를 전하지 않을 수 없습니다. 더욱더 잘 살아라. 안녕!

양 업 고 등 학 교

1998~2008

2003년 경향신문에 실린 양업고 학생들 (사진 박민규 기자)

설립 직전의 부도난 공장 부지 양업고등학교 터

1999년 초라했던 여학생 기숙사와 특별교실이던 컨테이너

아름다운 여학생 기숙사 마련을 위한 기공식 장면

1997. 11. 21.
첫삽을 뜨는 기공식 날 모습

1997년 IMF로 인하여 교사동 책상을 얻어와서 수리중인 모습

기다렸던 개교 및 입학식에서 정진석 추기경 모습

눈물 바다를 이룬 제 1회 졸업 미사

1999년 말, 힘내어 시작한 본관 건물 2, 3층 증축공사 현장 모습

1999년 2기 학생들이 입교하는 날의 모습

홍익대와 호주 멜버른 의대
에 재학중인 2기 졸업생들
(뉴질랜드에서)

끼가 넘치는
한마음 축제
연극 공연 모습

겉과 속이 철이 든
양업의 성년식

성모의 밤에 학생들의
소원이 담긴 등봉헌

건강한 학교를 만들어 가자는 학생들의 결정으로 애환이 담긴 흡연터를 철거하는 모습

인성교과의 하나인
생명가꾸기 노작수업

홍천군 내면의 봉명양어장이
마련한 송어잡이 현장학습 모습

유전 발견! 서해안 기름제거 봉사활동

홀벽 마라톤 대회

교장 신부님,
이거 드시지요! 맛있습니다요.

체육대회 준비운동

하느님 감사합니다.

벌써 10주년이네요

최양업신부님 석상 앞에서 컷팅 모습

엄마퇴원하셔서
집에서요양중 ...
기도해주신 양업식구들
너무 감사합니다!
수술 다행히 성공적으로 끝!
-2학년정윤아!-

칠판에 감사 메시지

대 자 보

안녕하세요. 저희는 2학년여학생들 입니다. 저희가 이렇게 소리없는 목소리를 내는 이유는 지난 수요일 동기 학생들에게 인격(여성)을 무시하는 내용의문자 메세지를 받았습니다. 문자메세지의 내용은 여학생의 프라이버시를

남학생들의 여학생 무시 발언에 대한
여학생들의 항의글

지리산 산악 등반

양업고등학교의 겨울